JULIA™

AF274815

ALLY BLAKE

CITA PARA UNA BODA

HARLEQUIN™

Una división de HarperCollins Ibérica, S.A.
Avenida de Burgos, 8B - Planta 18
28036 Madrid
www.harlequiniberica.com

© 2025 Harlequin Ibérica, una división de HarperCollins Ibérica, S.A.
N.º 480 - 2.5.25

© 2011 Ally Blake
Cita para una boda
Título original: The Wedding Date

© 2011 Stacy Cornell
Las reglas de la pasión
Título original: Temporary Boss... Forever Husband
Publicadas originalmente por Harlequin Enterprises, Ltd.
Estos títulos fueron publicados originalmente en español en 2012

I.S.B.N.: 978-84-1074-512-4
Depósito legal: M-4253-2025
Impreso en España por: BLACK PRINT
Fecha impresión Argentina: 29.10.25
Distribuidor exclusivo para España: LOGISTA
Distribuidores para Argentina: Interior, DGP, S.A. Alvarado 2118. Cap. Fed./Buenos Aires y Gran Buenos Aires, VACCARO HNOS.

Capítulo 1

ES usted, ¿verdad?

El guapísimo espécimen de hombre con oscuras gafas de sol señalado por una puntiaguda uña pintada de rosa se quedó paralizado. A la ecléctica multitud que pasaba por la acera de la cafetería de la calle Brunswick a última hora de la tarde le habría parecido simplemente un hombre frío y tranquilo detrás de una media sonrisa tan naturalmente sexy que podía detener el tráfico. Literalmente.

Pero Hannah sabía muy bien cómo eran las cosas.

Hannah, que trabajaba más duro y más horas que nadie que conociera, se habría apostado los preciados ahorros de toda su vida a que, detrás de esas oscuras gafas de sol, él estaba esperando desesperadamente que la mujer que estaba señalándolo con el dedo se diera cuenta enseguida de que lo había confundido con otra persona.

Sin embargo, no tuvo tanta suerte.

—¡Sí que lo es! —continuó la mujer, plantada en firme sobre el suelo adoquinado—. ¡Sé que lo es! Es el tipo que hace el programa de televisión *Viajeros*. Le he visto en las revistas y en la tele. A mi hija le encanta. Incluso a veces se ha planteado ponerse a entrenar para poder ser una de esas personas que usted manda a las montañas con nada más que un cepillo de dientes y un paquete de galletas de chocolate. ¡Y eso es decir mucho tratándose de mi hija porque es imposible levantar a esa cría del sillón! ¿Sabe qué? Debería darle su número. Es bastante guapa a su modo y está solterísima…

Sentada, con una aparentemente invisibilidad propia de un Ninja, en el otro extremo de la mesa que hacía las funciones de despacho de Producciones Knight siempre que el jefe sentía la necesidad de salir de los confines de su frenético cuartel general, Hannah tuvo que taparse la boca para controlar la carcajada que amenazó con escapársele.

En cualquier momento del día su jefe solía ser como las montañas que había conquistado antes de centrar su atención en animar a otros a hacerlo en televisión; era colosal, duro, inquebrantable, indómito y enigmático. Razón por la que verlo ruborizándose y, prácticamente, perdiendo la capacidad de habla bajo las atenciones de una fan excesivamente cariñosa siempre era motivo de regocijo para ella.

Hannah había necesitado solo medio día del año que llevaba trabajando para Bradley Knight para darse cuenta de que un exceso de adoración era su talón de Aquiles. Premios, elogios de la industria, compañeros excesivamente lisonjeros, subordinados excesivamente atentos… todo ello lo convertía en un ser de piedra.

Y después estaban las fans. Las muchas, muchas, muchas fans que distinguían algo bueno cuando lo veían. Y no había duda de que Bradley Knight era un metro ochenta y cinco de algo muy bueno.

Y así, la carcajada que estaba cosquilleando la garganta de Hannah se convirtió en un pequeño e incómodo nudo.

Se puso seria, carraspeó y se movió sobre su silla de hierro forjado mientras se ponía más cómoda y, lo más importante, mientras pensaba qué decir.

Lo último que necesitaba su jefe era el más mínimo indicio de que en momentos de agotamiento extremo y exceso de trabajo él le había provocado cosquilleos en el estómago, además de manos sudorosas, rubores y fantasías que no se atrevería a compartir ni con su mejor amiga.

El claxon de un coche rasgó el aire y Hannah salió bruscamente de su ensoñación para verse respirando entrecortadamente y mirando a su jefe embobada. Se forzó a ponerse tan seria que le dio un tirón en el cuello.

Se había dejado el alma por llegar hasta donde había llegado, había aceptado todos los trabajos que le habían ofrecido para acumular experiencia antes de encontrar el trabajo que amaba de verdad; ese en el que era realmente buena, el trabajo que estaba hecho para ella. Y ahora no estaba dispuesta a echar su carrera por la borda.

Y por si eso no era razón suficiente, no podía olvidar que ir detrás de ese tipo era una absoluta pérdida de tiempo. Bradley era una roca que jamás le había permitido acercarse, que jamás dejaba a nadie acercarse. Y en lo que concernía a las relaciones sentimentales, Hannah no estaba dispuesta a conformarse con algo inferior a maravilloso.

«No. Jamás te conformes. No lo olvides».

Miró el reloj; eran casi las cuatro. ¡Uf! Los cuatro días de fiesta que tenía por delante, y durante los que podría estar alejada de su absorbente trabajo y de su absorbente jefe, no podían haberle llegado en mejor momento.

Aún pendiente de la hora, volvió a centrar su atención en la mujer que, a juzgar por lo quieto que estaba su jefe en la silla, más que señalándolo parecía que estuviera amenazándolo a punta de cuchillo. Decidió levantarse e intervenir antes de que Bradley llevara a cabo el primer caso jamás conocido de ósmosis humana al desaparecer por los agujeros de la silla de hierro forjado. La mujer, por su parte, se percató de la existencia de Hannah solo cuando ella le echó un brazo por los hombros y, con un gesto no demasiado delicado, la llevó hacia el bordillo.

—¿Lo conoce? —preguntó la mujer casi sin aliento.

Mientras miraba a Bradley, Hannah sintió a su diablillo interno tomar el control de la situación y, acercándose a la mujer, le susurró:

—He visto su nevera por dentro y está tan limpia que da miedo.

La mujer abrió los ojos como platos y la miró; parecía que estaba fijándose minuciosamente en los caracolillos que solían salirle a Hannah en su pelo alisado a esa hora de la tarde, en las incontables arrugas de su vestido de diseño, en el masculino reloj de buceador que colgaba de su fina muñeca, y en las botas de vaquero que le asomaban por debajo.

Y entonces, la mujer sonrió, y Hannah supo que estaba comparándola con esa hija suya que nunca se levantaba del sofá. Su diablillo interior prefirió salir corriendo y esconderse.

Encogiéndose de hombros admitió:

—Soy la asistente personal del señor Knight.

—Oh —respondió la mujer como si eso tuviera mucho más sentido que el hecho de que él hubiera elegido pasar algo de tiempo con ella como pareja.

Tras un poco más de charla, Hannah giró a la mujer en la dirección contraria, le dio un empujoncito y se despidió; como un zombie, la señora fue alejándose por la calle.

Se sacudió las manos. Un trabajo más hecho. A continuación, se giró con las manos en las caderas y vio a Bradley con las gafas de sol subidas lo suficiente para que ella pudiera ver un atisbo de esos arrebatadores ojos plateados.

Tiempo era lo que necesitaba. Tiempo y espacio, para que los límites de su vida no quedaran definidos por el monstruoso número de horas que pasaba metida dentro de la abrumadora visión creativa de Bradley. ¡Gracias a Dios que tenía cuatro días de fiesta!

En realidad, tiempo, espacio… y conocer a un chico sería lo ideal, sin duda. Porque no pensaba conformarse con menos que todo. Ya había visto de primera mano lo que era «conformarse» en el primero de los tres matrimonios al que se había lanzado su madre tras la muerte de su padre. Y no fue agradable. Es más, fue sórdido. Eso jamás formaría parte de su vida.

Se quedó sin aliento cuando el hermosamente esculpido rostro de su jefe quedó en primer plano ante sus ojos. ¡Era impresionante! Sin embargo, cualquier mujer que quisiera estar al lado de Bradley Knight estaba pidiendo directamente que le rompieran el corazón. Muchas lo habían intentado, y muchas más lo harían, pero nadie en el mundo conquistaría esa montaña.

Se echó un mechón de pelo detrás de la oreja, se plantó una gran sonrisa en la cara y volvió a la mesa. Bradley no alzó la mirada. Ni siquiera pestañeó. Seguro que ni se había dado cuenta de que Hannah se había levantado de la mesa.

—¿No te ha parecido una señora encantadora? —preguntó Hannah—. Vamos a enviarle a su hija una copia firmada del *Viajeros* de la última temporada.

—¿Por qué yo? —preguntó Bradley aún mirando a lo lejos.

Ella sabía que no estaba hablando de enviar el DVD.

—Simplemente naciste con suerte —contestó ella.

—¿Crees que tengo suerte?

—Oooh, sí. Unas hadas espolvorearon polvo de la fortuna sobre tu cuna mientras dormías. ¿Por qué, si no, crees que has tenido tanto éxito en todo lo que te has propuesto siempre?

Él se giró hacia ella y el corazón de Hannah se aceleró. Su voz fue algo más intensa al decir:

—Entonces, según tú, mi vida no tiene nada que ver con el trabajo duro y con la persistencia, ni con saber lo suficiente sobre la necesidad primaria de un hombre como para demostrarse a sí mismo que lo es?

Hannah se dio unos golpecitos con el dedo en la

barbilla y se tomó unos segundos para calmar sus propias necesidades mientras miraba al cielo. Finalmente dijo:

—¡Qué va!

El sonido ronco de la risa de Bradley hizo que una calidez la invadiera. Disfrutar de él desde el otro lado de los muros que llevaba como si fueran una segunda piel ya era bastante imprudente; soportar el bombardeo de su atención personal era una batalla totalmente distinta.

—Si de verdad quieres saber por qué tienes tanta suerte, llama a la hija de esa señora. Llévala a cenar. Pídeselo tú mismo —sacudió delante de él el trozo de hoja con la dirección y el número de teléfono de la mujer—. Esa sí que es una buena estrategia de relaciones públicas. «Bradley Knight sale con una fan. Se enamora. Se muda a un barrio residencial de las afueras. Entrena a los chavales de la Pequeña Liga. Aprende a cocinar asado de cordero».

Podía notar cómo él iba estrechando los ojos detrás de sus gafas de sol.

—En este momento —dijo con un profundo tono de advertencia—, me alegra mucho, mucho, que seas mi asistente y que no estés al mando del departamento de Relaciones Públicas.

Hannah se guardó el papel en su sobrecargada agenda de piel y respondió:

—Sí, yo también. No estoy segura de que haya dinero suficiente en el mundo que pudiera tentarme para aceptar un trabajo en el que tendría que pasarme los días intentando convencer al mundo de lo maravilloso que eres. Quiero decir, yo trabajo duro, pero tanto…

Con gesto serio y la frente fruncida, se echó hacia delante para apoyar los brazos en la mesa; era un hombre tan grande que le tapó el sol; una sombra con un halo dorado perfilando su silueta.

Los dedos de Hannah podrían haberlo tocado con solo estirarse y eso hizo que se le pusiera el vello de punta. Tenía los pies tan echados atrás y tan tensos para no rozarse con los de él que le dio un calambre.

—¿No estamos de un humor algo raro hoy? —le preguntó en un tono que pareció tan íntimo que a ella le fallaron las rodillas—. Bueno, ¿qué importa?

Se quitó las gafas y ahí pudo ver sus ojos gris ahumado, unos ojos que en ese momento estaban tan oscuros que el color era impenetrable.

Ese hombre era tan adicto al trabajo que jamás la miraba si no era para gritarle una docena de instrucciones; sin embargo, en ese momento la miró sin más. Y esperó. A Hannah se le hizo un nudo en la garganta.

—Lo que importa—dijo otra voz— es que la mente de nuestra Hannah ya está pensando en un fin de semana de libertinaje y en un revolcón.

Hannah se estremeció tanto ante la brusca intrusión que se mordió un labio, pero incluso asaltada por el pequeño dolor, pudo notar lo que le pareció una mínima expresión de decepción en el rostro de Bradley. Después, él bajó la mirada hasta su labio hinchado que Hannah estaba rozándose con la lengua. Y entonces, como si todo hubiera sido imaginación suya, giró la cabeza, se recostó en la silla y se dirigió al dueño del soez comentario.

—Sonja. Qué alegría que hayas venido.

—Un placer —respondió Sonja.

—Llegas en el momento oportuno —añadió Hannah con la voz algo más entrecortada de lo que le hubiera gustado—. Bradley estaba a punto de ofrecerme tu trabajo.

Sonja ni se estremeció, pero el atisbo de diversión que vio en el gesto de Bradley le hizo sentir una intensa calidez por dentro. Sonja no solo era una gurú de las Relaciones Públicas, sino también la compañera de piso de Hannah… y la única razón por la que sabía utilizar un secador de pelo y por la que en su armario no había únicamente vaqueros y camisetas.

Sonja apoyó su curvilíneo cuerpo en una silla y se cruzó de piernas sin apartar los ojos de su iPhone mientras desplazaba un dedo asombrosamente deprisa sobre la pantalla.

La actitud de su amiga la puso nerviosa, tanto que le agarró el teléfono y la despertó de una especie de trance.

Hannah dijo:

—Si estás pensando en twittear algo sobre mi fin de semana fuera, sobre libertinaje, revolcones o algo parecido, por mucho que te refieras a mí como «empleada anónima de Producciones Knight», pediré una hamburguesa de remolacha y te la echaré en el vestido.

Sonja posó la mirada sobre la lana color crema del vestido que le había prestado a Hannah y, muy despacio, se guardó el teléfono en su bolso de piel de cocodrilo.

—¿Por qué me siento más que nunca como si estuviera al otro lado del espejo con vosotras dos?

Las dos amigas se giraron hacia Bradley.

—Tengo la sensación de que me va a producir indigestión sacar el tema, pero no puedo evitar preguntar. ¿Libertinaje? ¿Revolcones?

Al pronunciar la palabra «libertinaje» sus grises ojos se posaron fijamente en Hannah; fue solo una fracción se segundo, antes volver a mirar a Sonja, pero fue suficiente para dejar a Hannah sin aliento.

¡Sí que necesitaba unas vacaciones! ¡Y ya mismo!

Sonja pidió un expreso y dijo:

—Para tratarse de alguien tan inteligente, tienes una memoria pésima en todo lo que no gire en torno a ti o tus montañas. Este es el fin de semana que nuestra Hannah vuelve a casa, a la encantadora isla de Tasmania, para ser la dama de honor de la boda de su hermana Elyse que ella misma ha organizado.

—¿Es este fin de semana?

Hannah lo miró como si no pudiera creer lo que estaba oyendo. Durante los últimos quince días se lo había dicho como unas veinte veces, aunque estaba claro que no le había hecho caso.

Sonja había dado en el clavo: si algo no le interesaba a Bradley, en su cabeza era como si no existiera.

—Este fin de semana tengo el viaje a Nueva Zelanda.

—Sí, lo tienes —respondió Hannah mirando el reloj—. Y yo ya llevo diez minutos de más trabajando. Sonja, ¿qué planes tienes tú?

Sonja sonrió de oreja a oreja ante el sarcasmo que rezumaba de las palabras de Hannah.

—Me quedaré sentada sola en nuestro apartamento, sintiéndome extremadamente celosa porque este fin de semana vas a tener mucho donde elegir.

—¿Elegir qué?

—Elegir entre un montón de hombres arreglados y perfumados y rodeados por mucho más romanticismo concentrado del que pueden soportar. Estarán paseándose por esa boda como lobos en celo. Es el evento más primario que se puede ver en la sociedad civilizada —y con eso se echó atrás en su silla abanicándose la frente con la mano antes de seguir escribiendo en su móvil.

Hannah sintió un poco más de calor en la ya de por sí calurosa tarde de Melbourne. Tras haber insistido en planear la boda de su hermana pequeña en los ratos libres que había tenido cada día, movida tal vez por el sentimiento de culpabilidad de ser dama de honor a varios cientos de kilómetros, había estado tan ocupada que la idea de vivir una aventura de fin de semana no se le había pasado por la cabeza. Aunque, tal vez, un ardiente fin de semana era justo lo que necesitaba para desconectar, recargar pilas y recordar que existía un mundo más allá de la órbita de Bradley Knight.

—Los acompañantes del novio seguro que serán guapísimos —continuó Sonja—, pero estarán tan preparados para la acción que resultará embarazoso. Mejor que los evites. Mi consejo es que busques otro invitado que resulte más misterioso y que no sea pariente de nadie que conozcas. O un pescador.

Hannah cerró los ojos algo molesta ante la burla de Sonja hacia su pueblo.

—¿Estás tomando la píldora, verdad?

—¡Sonja!

Eso sí que había sido ir demasiado lejos. Pero era verdad, tomaba la píldora a pesar de que últimamente no había tenido muchos motivos para hacerlo. Su horario de trabajo era prohibitivo y su empleo tan absorbente que estaba demasiado agotada como para recordar por qué había empezado a tomarla en un primer momento.

Pero ahora la esperaban cuatro días enteros en un precioso hotel en medio de la nada y rodeada por docenas de solteros. Un pequeño fuego se encendió en su interior por primera vez en meses desde que había sabido que iría a casa a pasar unos días.

Estaba a punto de tener la oportunidad de darse tiempo y espacio para ella misma y de conocer a un chico. ¿Qué probabilidades tendría de encontrar al hombre de su vida en la isla de la que hacía tantos años se había marchado?

Vio que Bradley estaba mirándola y le dijo:

—Ahora voy a la oficina a asegurarme de que Spencer tiene todo lo que necesita para ocupar un puesto durante este fin de semana.

—¿Es tu sustituto para una búsqueda de localizaciones tan importante? ¿El becario enamoradizo?

—Spencer no está enamorado de mí. Solo quiere ser igual que yo cuando llegue el momento.

—Pero si prácticamente se le cae la baba cada vez que entras en la sala.

¿Tanto se había fijado…?

—Pues mejor para ti. Así, no estando yo, este fin de semana estarás libre de babas.

—¿Ese es el aspecto positivo?

Hannah se encogió de hombros.

—Ya te dije que se me dan fatal las Relaciones Públicas, aunque por suerte para mí, soy tan buena en mi trabajo que ya estás echándome de menos por adelantado. Es más, está tan claro que me echarás tantísimo de menos que creo que este es el momento ideal para pedirte un ascenso.

Fue un comentario sin importancia, en broma, pero pareció que él se lo había tomado en serio. Tras sus ojos grises parecía estar levantándose una fuerte tormenta. Alargó la mano, le quitó a Sonja una galletita de azúcar de su plato y, cambiando de tema, dijo:

—Cuatro días.

—Cuatro días y unos preparativos prenunciales tales que te pensarías que va a ser una boda real —pero no, la novia era simplemente su hermana—. La boda es el domingo y yo volveré el martes por la mañana.

—Y se le habrá contagiado el patetismo, sin duda —apuntó Sonja—. Al fin y al cabo, su madre fue Miss Tasmania. Ahí abajo ella está considerada ganado de buena cría.

Por suerte, en ese momento su amiga vio a alguien con quien cotorrear y así, con un «¡Queriiiiida!» se marchó, dejando a Bradley y a Hannah solos otra vez.

Bradley estaba observándola en silencio y gracias a Sonja, que obviamente había nacido sin un pelo de discreción, Hannah se sentía casi como si no pudiera respirar después de tantas alusiones al sexo.

—¿Entonces te vas a casa?

—Mañana por la mañana. Aunque anoche soñé que los piratas habían asaltado el *Espíritu de Tasmania*.

—¿Vas a ir en barco?

—Pensé que, de todo el mundo, tú serías el que más apreciaría la aventura de que me fuera en barco.

Aunque, claro, para Bradley un asiento reclinable en un ferry de lujo no era exactamente lo que él llamaría «aventura». Sudor, dolor, la prueba definitiva de valor y fuerza de voluntad, un hombre probándose a sí mismo en situaciones extremas… eso sí que era otra cosa. Ella, por el contrario, ya había comprado cajas de pastillas para el mareo.

Cada vez que viajaba en barco con él elegía sentarse en la parte central y se acostumbraba a mirar al horizonte mucho tiempo para intentar disimular y mantener la apariencia de empleada perfecta; de una empleada irremplazable.

En absoluto le diría que la auténtica razón por la que había optado por un viaje en barco, que duraría doce horas, antes que el vuelo de una hora era que, aunque estaba deseando tener un descanso, por otro lado le aterrorizaba volver a casa. Había vuelto a Tasmania una vez desde que se había marchado hacía siete años y había sido para la celebración del cincuenta cumpleaños de su madre; o eso le habían dicho, porque al final había resultado que era para su tercera boda… con un imbécil que había ganado una fortuna con herramientas de jardín. Hannah se había sentido dolida, su madre no había entendido por qué y la pobre Elyse, que por aquel entonces tenía dieciséis años, había estado en el medio de las dos. Había sido un desastre.

Por eso, si tenía que soportar doce horas sin comer otra cosa que galletitas saladas resecas y controlando las náuseas, merecería la pena.

—¿Alguna vez has estado en Tasmania? —le preguntó deseando cambiar de tema.

—No.

—¿No? ¡No me lo puedo creer! Pero si está ahí al lado y es preciosa. La mayor parte de su territorio es bastante abrupto y virgen. Están los acantilados de Queenstone, donde parece como si las garras de un gigante hubieran arrancado el cobre de la tierra, Ocean Beach, cerca de Strahan, donde los vientos soplan con fuerza por toda la costa. Y después está Cradle Mountain, que es donde se va a celebrar la boda. Es un lugar frío, escarpado y simplemente asombroso, que descansa sobre el borde del lago cristalino más bonito que pueda haber. Y eso solo es una diminuta parte de la Costa Oeste. Toda la isla es mágica, tan exuberante, diversa, hermosa, desafiante…

Se detuvo para tomar aliento y, tras despertar de su ensimismamiento, se dio cuenta de que Bradley estaba mirándola, estaba escuchándola. Escuchándola de verdad, como si su opinión le importara.

Comenzó a palpitarle el corazón con fuerza, pero era peligroso seguir por ese camino ya que era un hombre inaccesible, una isla en sí mismo, y ella no podía permitirse sentir nada por él.

Se levantó rápidamente y se echó al hombro su gran bolso de piel.

Bradley también se levantó, fue un gesto instintivo que a ella le encantó, aunque millones de hombres se levantarían cuando lo hiciera ella. Al menos, miles… Y existía la posibilidad de que alguno de ellos estuviera en la impresionante boda de su hermana buscando, tal vez, un poco de amor y diversión. Buscando a alguien con quien desconectar y dejarse llevar.

O tal vez más…

—Espero que te guste mucho Nueva Zelanda.

—Que lo pases bien, Hannah. Y no hagas nada que yo no haría.

Ella le lanzó una sonrisa.

—No temas. No tengo ninguna intención de quedarme dormida ni de ir a la tintorería a recoger ropa.

Él se rio y ese sonido extrañamente relajado le recorrió el cuerpo. Vibró. Por dentro y por fuera.

Cuando Bradley volvió a sentarse en su silla, Hannah se puso las gafas de sol, respiró hondo el fresco aire del invierno y se dirigió a la parada de tranvía que la llevaría hasta su apartamento en Fitzroy.

Y así fue como comenzaron las primeras vacaciones de Hannah en casi un año; su primer viaje a casa en tres; la primera ocasión en la que vería a su madre cara a cara desde que se había casado... otra vez.

Ya podía empezar a invadirla el pánico...

Capítulo 2

HANNAH estaba en el baño recién levantada y lavándose la cara cuando el timbre de su apartamento sonó justo antes de las seis de la mañana. No podía ser el taxi que la llevaría al muelle porque para eso aún faltaba otra hora.

—¿Puedes abrir tú? —gritó, pero de la habitación de Sonja no salió ni movimiento ni ruido.

Hannah se pasó la mano por su aún alborotado pelo y corrió hacia la puerta. La abrió y allí se encontró a la última persona que se habría esperado: Bradley, con la chaqueta de cuero que era la favorita de ella, y los vaqueros oscuros que se tensaban sobre todo la musculatura que cubrían. Alto, guapísimo, totalmente espabilado, y allí, en la puerta de su diminuto apartamento. La situación le parecía tan ridícula que tuvo que frotarse los ojos y, cuando los abrió de nuevo, él seguía allí, en todo su esplendor, aunque ahora sus ojos

estaban deslizándose sobre los pantalones de su pijama, la camiseta de la Universidad de Melbourne que
perteneció a su padre y sus ajadas botas UGG.

Quería ocultarse detrás de la puerta, pero, por
otro lado, también quería dejarse mimar por esa lenta mirada que estaba recorriéndole el cuerpo.

—¿Puedo pasar?

Así, sin un «buenos días», sin un «perdona que te
moleste», sin un «está claro que he llegado en mal
momento». Él fue directamente al grano.

—¿Ahora? —Hannah miró atrás y, sorprendida,
vio que los conjuntos de ropa interior de seda de
Sonja que solían estar siempre colgando y secándose
por todas partes habían desaparecido misteriosamen-
te durante la noche.

—Tengo una propuesta.

¿Que tenía una propuesta? ¿A las seis de la mañana? ¿Una propuesta que no podía esperar? ¿Qué
iba a hacer si no invitarlo a pasar?

Él entró y, al instante, el apartamento empeque-
ñeció más todavía con su impresionante presencia.

Cerró la puerta y se apoyó contra ella mientras
esperaba a que Bradley terminara de hacer un reconocimiento del lugar. Comparado con su bestial casa
con infinidad de habitaciones y vistas a la ciudad,
esa debía de parecerle un cuarto de escobas.

—Espero que estés prácticamente preparada. El
vuelo sale en dos horas.

Hannah se quedó tan sorprendida que se espabiló
de pronto; estaba tan despierta como si se hubiera tomado tres tazas de café. ¿Es que se le había vuelto a
olvidar? Se apartó de la puerta con las manos en las
caderas.

—¿Estás de broma?

—Quítate ese gesto de la cara. No he venido a echarte sobre mi hombro y llevarte a Nueva Zelanda.

Ella tragó saliva… medio contenta, medio decepcionada.

—¿Ah, no?

—Lo he comprobado y el ferry tarda un día entero en llegar a Launceston. Me parece una pérdida de tiempo absurda cuando tengo un avión que podría llevarte allí en una hora. Te llevo a Tasmania.

—¿Y qué pasa con Nueva Zelanda? Me ha llevado un mes organizar a todo el equipo…

—Vamos a desviarnos. Y ahora, venga, date prisa y prepárate.

—Pero…

—Ya podrás darme las gracias más tarde.

¿Darle las gracias? Ese tipo le había echado a perder su brillante plan de tardar doce horas en llegar para poder retrasar todo lo posible el momento de ver a su madre y, al mismo tiempo, para poder ver detenidamente cómo ponía cientos de kilómetros entre ellos dos. Sin embargo, Bradley lo estaba haciendo, al parecer, en un intento de ser agradable. Si las cosas seguían por ese camino tan surrealista, no le extrañaría que Sonja saliera de su habitación y le comunicara que iba a meterse a monja.

—Está decidido —dijo él y se acercó.

Ella colocó las manos delante, para mantenerlo alejado y, a la vez, para contenerse y no subirse a la mesita de café y estrangularlo.

—No, yo no he decidido nada.

Era un hombre testarudo, pero ella también. Su padre había sido un verdadero encanto, así que la terquedad ocasional que la invadía era el único rasgo que había heredado de su madre.

—Sé lo mucho que trabajas y, comparado con la mayoría de la gente que me he encontrado en este negocio, lo haces de buena gana y te vuelcas en ello. Y te lo agradezco. Así que, por favor, acepta que te lleve.

Ese hombre estaba esforzándose tanto por darle las gracias… a su modo… que parecía como si le fuera a estallar una vena de la frente.

Hannah levantó las manos y resopló antes de decir:

—De acuerdo, propuesta aceptada.

Inmediatamente, él se mostró aliviado y un poco relajado. Se giró, eligió un sillón y se sentó fingiendo interés en la revista que había agarrado y que anunciaba un artículo llamado *101 trucos para tu pelo en verano*.

—Nos marchamos en cuarenta y cinco minutos.

Bueno, parecía que los momentos agradables y felices habían llegado a su fin; él ya había recuperado su talante habitual.

Hannah miró el viejo y excesivamente grande reloj de buceo de su padre. ¿Cuarenta y cinco minutos? ¡Estaría lista en cuarenta!

Sin decir más, se dio la vuelta y corrió hasta su habitación. Agarró la apropiada ropa para viajar a Tasmania que se había preparado la noche antes y entró en el baño. Sonja estaba allí, depilándose las cejas ataviada con un kimono de seda verde botella, y Hannah frenó en seco haciendo que sus botas chirriaran sobre las baldosas.

—¡Sonja! ¡Qué susto me has dado! Ni siquiera sabía que estabas en casa.

Sonja sonrió al espejo.

—Solo quería daros un poco de intimidad al jefe y a ti.

De pronto Hannah recordó la ausencia de ropa interior colgada.

—¡Sabías que iba a venir!

Su amiga tiró las pinzas al lavabo y se giró hacia ella.

—Lo único que sé es que desde que volvimos a la oficina ayer por la tarde, no dejó de decir «Tasmania esto, Tasmania lo otro…» y todo lo demás quedó designado como «prioridad secundaria».

Hannah abrió la boca asombrada, aunque no logró decir nada.

—A mí nunca me ha ofrecido llevarme a casa en avión por Navidad y llevo trabajando para él el doble de tiempo.

—Porque tus padres viven a quince minutos en tranvía de aquí —Hannah sacó a su amiga del baño de un empujón y cerró la puerta de golpe.

Con el tiempo echándosele encima, se quitó los pantalones del pijama y la camiseta, se hizo una coleta alta porque no tenía tiempo para hacerse nada más en el pelo y se metió en la diminuta ducha, metiendo tripa mientras le caía el agua congelada y esperando a que se calentara.

«Un viaje en avión», pensó. «Rodeada de cámaras, de chicos de iluminación y del contable de Bradley, que es más seco que la mojama». Después, en el aeropuerto, seguirían caminos separados y ella podría seguir adelante con sus vacaciones y recordar lo que era tener una vida sin Bradley Knight en el centro de ella.

Una vocecita dentro de su cabeza le dijo: «Si hubieras aceptado uno de los dos estupendos trabajos que te han ofrecido en los últimos meses, sabrías lo que es vivir sin él de manera habitual».

Maldiciendo de una forma nada femenina, Hannah se giró de espaldas hacia la ducha dejando que el caliente chorro cayera sobre su piel mientras se enjabonaba el abdomen dibujando círculos con la mano. Dejó caer la frente para apoyarla contra el frío cristal.

Cualquiera de los dos empleos había sonado bien… genial, mejor dicho. Pero trabajar en un estudio no era tan emocionante como viajar, recorrer glaciares y descender en canoa por ríos llenos de cocodrilos, aunque tuviera que contar de cien a cero para no acabar vomitando.

En algún momento del pasado año, la Hannah pueblerina se había convertido en una adicta al peligro. Tanto profesional como personalmente. Y todo eso tenía que ver con el hombre cuya imposible ética de trabajo le hacía sentir como si estuviera tambaleándose entre un éxito inmenso y un fracaso colosal en todo lo que hacía.

Sentirse así la volvía loca. Él la volvía loca; Bradley, una persona tan contenida y difícil de conocer. Pero, ¡y lo emocionante que era estar los dos juntos!

Tembló. Fue una sensación deliciosa. De la cabeza a los pies. Una sensación a la que no quería renunciar porque no se veía preparada a hacerlo.

De pronto se dio cuenta de que el agua salía tan caliente que estaba empezando a sudar; podía sentir escozor en la cabeza y en las manos. Se lamió los labios y comprobó que estaban salados.

Se giró para apoyar la cabeza contra el frío de la puerta, aunque descubrió que, después de todo, el agua no estaba tan caliente. Seguía enjabonándose dibujando círculos con la mano por los hombros, los brazos y el pecho a la vez que su cabeza se llenaba de unos impenetrables ojos gris ahumados, un cabello oscuro y ondulado, una incipiente barba, unos hombros lo suficientemente anchos como para cargar con todo el peso del mundo…

El calor palpitó en el centro de su cuerpo e irradió de él, haciéndola tener que respirar por la boca para tomar aire. Se rodeó fuertemente con los brazos.

Brillante, guapísimo e intenso… y, literalmente, al otro lado de la puerta. En el apartamento no había otro sonido que el del agua. La puerta no estaba cerrada con pestillo. Las paredes eran tan viejas y estaban tan combadas que tenía un felpudo contra la parte inferior de la puerta para mantenerla cerrada. Con lo grande que él era, si pisaba con demasiada fuerza los listones de madera del suelo, seguro que la puerta se abriría.

¿Y si sucedía eso y él la veía desnuda y resbaladiza? Y sola y con la piel sonrojada por el calor del agua…, pero más todavía por estar pensando en él. ¿Qué haría Bradley? ¿Vería de una vez por todas que en realidad era una mujer y no solo una agenda andante?

No, seguro que no. Y gracias a Dios que no, porque si alguna vez la mirara así, ella no sabría qué hacer. Juntos trabajaban de maravilla, pero por lo demás, ese hombre estaba tan alejado de la realidad de Hannah que era prácticamente como si fuera de otra especie.

—Una fantasía perfecta y segura para una chica demasiado ocupada como para encontrar diversión de otro modo —le dijo a la pared.

Pero, de algún modo, había sonado mucho más sofisticado dentro de su cabeza que cuando lo había dicho en voz alta. En voz alta sonaba como si ya fuera hora de que empezara a buscarse una vida propia.

Con actitud decidida, soltó el jabón y cerró los grifos. Después, fue a agarrar su toalla... pero se dio cuenta demasiado tarde de que la había dejado colgando en el perchero de su habitación. Miró el pantalón del pijama sobre la taza del váter y la minúscula toalla de mano que tenía al alcance. Dejó caer la cabeza contra la mampara de la ducha.

Las tuberías del edificio construido antes de la guerra chirriaron cuando el agua se cortó en el baño de Hannah.

«Por fin», pensó Bradley. Le había dicho que serían solo cuarenta y cinco minutos y esa mujer llevaba en la ducha una eternidad. Soltó la revista que había estado hojeando todo ese tiempo.

—¿Café? —le preguntó Sonja como salida de la nada.

Estaba tan seguro de que se encontraban solos, él en el salón, ella en la ducha con unos pocos metros y una fina puerta de madera separándolos, que se sobresaltó al oír su voz.

—¿De dónde demonios has salido? —bramó.

—De por ahí —respondió Sonja al girarse hacia la resplandeciente máquina exprés de café que ocupaba la mitad de la diminuta cocina. Era lo único que parecía haber costado algo de dinero en todo ese lugar.

El resto eran alfombras desgastadas, papel de pared rosa de flores y unas lámparas de borlas tan viejas que cada vez que miraba una le entraban ganas de estornudar. Se sentía como si estuviera sentado en el vestíbulo de un viejo burdel del Oeste esperando a que apareciera la madame. No era lo que se habría esperado de la casa de Hannah, aunque tampoco es que se hubiera parado a pensar mucho en ello.

Era una mujer trabajadora, meticulosa, con una reserva de estamina oculta en algún lugar de su pequeña constitución, lo cual significaba que era capaz de estar a la altura del ritmo frenético de Bradley ahí donde otros habían fracasado.

Pero de lo que había estado seguro era de que no era ni cursi, ni ñoña…

O eso creía…

—Me voy a preparar uno para mí, así que no es molestia.

Bradley se dio cuenta de que estaba mirando con tanta intensidad la puerta del baño de Hannah que parecía como si intentara atravesarla con visión rayos X.

—¿Café? —repitió Sonja, de cuyo meñique con uña pintada en rosa pendía una taza rosa y dorada.

Estaba claro que el apartamento era puro Sonja. ¡Claro! Ahora recordaba vagamente que le había contado que Hannah iba a mudarse a vivir con ella ese año.

Por alguna razón, se tranquilizó al ver que podía seguir confiando en el sentido común y el buen gusto de Hannah. Miró el reloj y frunció el ceño. Si no se daba prisa, iba a tener que cambiar esa opinión que tenía de ella.

—Uno rápido.

Una vez hechos los cafés, Sonja se sentó en el borde de la silla con tapicería de rayas rosas.

—Así que, ¿vas a llevarte a nuestra chica a Tasmania?

—De camino a mi viaje de reconocimiento a Nueva Zelanda.

—Pues tienes que desviarte varios cientos de kilómetros.

—¿Qué intentas decir?

—Ese no es mi trabajo. A mí me pagas por construir misterios y emociones —dijo sonriendo—. Y, ¿qué puede haber más misterioso y emocionante que el hecho de que Hannah y tú vayáis a vivir unos momentos excitantes en los parajes más remotos de Tasmania?

—¿Excitantes…? —se puso más serio que antes incluso e intentó ponerse lo más derecho posible en ese sillón extremadamente acolchado y blando—. Trabaja muchísimo y solo se lo estoy agradeciendo, así que no empieces a inventarte historias. Ya sabes lo poco que me gustan ni el drama ni los teatros.

Sonja lo miró fijamente y, al darse cuenta de que no estaba de broma, asintió y respondió:

—Lo que tú digas, jefe.

Y con eso se levantó y fue hacia lo que debía de ser su dormitorio.

—Con tal de que me prometas que yo seré la primera en enterarse cuando tengas algo que contar…. sobre Nueva Zelanda—añadió antes de girarse con un dramático ademán que hizo que su bata de seda siseara.

Bradley se dejó hundir lentamente en el sillón y se tomó el café de un trago dejando que le achicharrara la garganta.

«Si esta mujer no fuera tan buena en su trabajo…»

Aborrecía el drama gratuito y lo había evitado durante toda su vida, hasta el punto de recorrer para ello miles de kilómetros y llegar hasta remotas montañas y lejanos ríos en el medio de la nada, adentrarse en junglas deshabitadas. Había dedicado su vida a verdaderos desafíos que podía ver y tocar. Se había enfrentado al mundo para descubrir qué clase de hombre era en realidad.

El destello de un movimiento apareció en el rabillo de su ojo devolviéndolo al presente como de un manotazo. Se inclinó hacia delante, apoyó los codos en las rodillas y se pasó la mano por la cara en un esfuerzo de borrarse de la mente el resto de sus recuerdos. Todos se desvanecieron de inmediato al darse cuenta de qué había sido ese destello: Hannah saliendo del baño corriendo para meterse en su dormitorio. Desnuda.

Giró la cabeza lentamente para ver el espacio, ahora vacío, donde antes había estado esa visión. Una visión que se coló en su mente pieza a pieza.

Un espalda de mujer, unas esbeltas y húmedas piernas y una pequeña toalla de mano cubriendo apenas lo que debían de ser unas nalgas mojadas.

Hannah, desnuda, que justo en ese momento estaría detrás de la puerta secándose con algo del tamaño de un sello postal. Como salido de ninguna parte, un

calor comenzó a surgir en su interior. Un calor inconfundible. Ese calor que solía recibir con los brazos abiertos.

Apartó los ojos de ese punto para volver a mirar
al frente, hacia una lámpara rosa cubierta con tantas
borlas que la imagen le hizo daño a los ojos. Sin embargo, mejor eso que centrarse en la imagen que parecía estar achicharrándoselos.

Un fuerte golpe se oyó en la habitación de Hannah, tras el cual vinieron un improperio y un ruido
que parecía indicar que estuviera dando saltos.

De pronto él soltó una carcajada y lo invadió una
sensación de alivio a la vez que ese desafortunado
calor que había ardido en su interior se disipaba. Esa
era la Hannah que conocía: trabajadora, meticulosa y
capaz de sacarlo de ese laberinto mental cuando él
más lo necesitaba.

Justo entonces Hannah salió saltando de su habitación y completamente vestida. Es más, parecía que
llevaba una manta gris cubriéndola mientras tiraba
de una gran maleta negra.

Él logró levantarse de las garras del esponjoso sillón justo cuando ella soltó de golpe la maleta junto
a la puerta y se giró para mirarlo con los labios separados y casi sin aliento. ¿Sin aliento por haber cargado con la maleta? ¿Por haber saltado al darse el golpe? ¿Por el esfuerzo de correr hasta su habitación
desnuda y mojada?

Se dio una bofetada mental.

—¿Te has hecho café? —le preguntó mirando a
la mesita de centro.

—Sonja.

—¡Oh… Oh! —abrió los ojos de un modo exagerado y miró hacia la habitación en la que se había metido Sonja—. ¿Te ha…? ¿Le has…?

Él enarcó una ceja y ella se limitó a sacudir la cabeza con un tinte rosado en las mejillas y una mirada que decía mucho sin necesidad de palabras; una mirada que, cuando se sumaba a la imagen de un cuerpo femenino desnudo, podía hacer bullir la sangre de un hombre.

«Eres un hombre, no una piedra. No seas tan duro contigo mismo».

De pronto Hannah levantó un dedo y se dirigió a la pequeña mesa redonda situada detrás del sofá e, ignorándolo por completo, hojeó un puñado de periódicos. Al moverse, su voluminosa manta, que resultó ser una especie de poncho, se desplazó y dejó ver que, en lugar de sus habituales y elegantes trajes de chaqueta, llevaba unos vaqueros ajustados negros por dentro de unas botas vaqueras y un jersey ceñido de rayas rojas y negras. Muy ceñido. Tanto que revelaba unas curvas que sus sueltos y sobrios trajes de trabajo nunca antes habían destacado.

Unas curvas que él había visto en su desnudez, sin ningún tipo de embellecimiento. Unas curvas que casi podía sentir bajo sus manos.

Apretando los dientes, Bradley apoyó la espalda contra el borde del sillón, esperó y observó. Con el sol de primera hora de la mañana colándose por la vieja ventana que tenía tras ella, Hannah parecía tan joven, tan fresca. Tenía la nariz sonrojada por el frío, y las mejillas más todavía. Sus labios eran del natural color de una rosa oscura. Tenía unas pecas por la nariz en las que jamás se había fijado antes y su melena, siempre con un estilo tan cuidado y profesional, estaba alborotada, como si acabara de volver de pasar un día en la playa. Como si acabara de salir de la cama.

Ella alzó la mirada y lo encontró mirándola. Al cabo de un segundo, sonrió a modo de disculpa.

—Dos segundos. Te lo prometo.

Él se aclaró la voz.

—Si no te conociera bien, pensaría que estás retrasando nuestra marcha a propósito.

Ella parpadeó varias veces muy deprisa y después sacudió la cabeza rápidamente haciéndole pensar que, tal vez, lo que había comentado como una broma en realidad había dado en el clavo. Pero sabía tan poco sobre ella fuera del trabajo que no podía estar seguro.

—Sonja es muy despistada a la hora de pagar las facturas y hace demasiado frío como para arriesgarme a que le corten la calefacción, aunque se me ocurren muchos motivos por los que se lo merecería.

Él se vio sobrepasando una línea que no solía cruzar cuando preguntó:

—¿Por qué tengo la sensación de que hay alguna otra razón por la que estás evitando salir por esa puerta?

—Yo… —tragó saliva antes de mirarlo fijamente a los ojos durante varios segundos, encogerse de hombros y responder—: No es que no quiera volver a casa. Adoro esa isla más que nada en el mundo. Solo estoy preparándome para lo que voy a encontrarme cuando cruce el umbral del Gatehouse.

—¿El Gatehouse?

—El hotel.

—¿Estás arrepintiéndote de tu elección?

Con ese comentario se ganó una verde mirada tan fría que podría cortar el cristal.

—¿De verdad crees que organizaría la boda de mi única hermana en un antro?

—Supongo que eso depende de si te cae bien tu única hermana. ¿Cuánto dices que hace que no la ves?

Sus mejillas se sonrojaron todavía más; fue un luminoso, cálido y encantador rosa que surgió cuando la sangre se precipitó hacia su rostro. Sin embargo, ella optó por ignorar su pregunta.

—El Gatehouse, para que lo sepas, es un pedacito de cielo. Como un chalet suizo metido en un bosque de eucaliptos nevados y situado a un simple paseo de la impresionante Cradle Mountain. Cien habitaciones maravillosas, seis restaurantes espléndidos, una discoteca fabulosa, un cine y un gimnasio a la última. ¡Y ni te imaginas cómo son las suites!

Cerró los ojos y se estremeció. Sintió un intenso temblor que comenzó en sus hombros y fue bajando por su cuerpo para terminar en sus botas. No podía hacer otra cosa que quedarse allí de pie, con los dientes apretados, y pedirle a los cielos que ella terminara pronto para poder así salir de ese piso que parecía un tocador rosa gigante antes de que le achicharrara más neuronas.

¿Quién era esa mujer y qué había hecho con su leal ayudante?

De no ser por esos grandes y expresivos ojos verde claro que lo miraban fijamente sin sentirse en absoluto intimidados, estaría preguntándose si se había equivocado de apartamento.

Ella, como si no hubiera pasado nada, se dirigió hacia la montaña de papeles.

—De acuerdo. Creo que podemos decir con seguridad que Sonja sobrevivirá hasta el martes —se pasó una mano por el pelo, que terminó incluso más despeinado y sexy que al principio—. Estoy lista.

Él no podía dejar de mover las manos, como si no supiera dónde ponerlas. Como si quisieran ir a algún lugar donde su cerebro sabía que no debían ir. Por eso, decidió darles una tarea y agarró el asa de su maleta.

—¿Pero qué llevas aquí? ¿Ladrillos?

Hannah posó una mano sobre su cadera que desapareció bajo las profundidades de metros de lana gris que ocultaban seductoramente más de lo que dejaban ver.

—Sí. He llenado la maleta de ladrillos y no, como sería lógico, de ropa, zapatos y ropa interior que me harían falta para pasar estos días y, además, asistir a una boda. ¿Es que nunca has ido a una boda?

—Jamás.

—¡Vaya! No sé si decir que no sabes lo que te has perdido o que eres el hombre más afortunado del mundo. Mientras estés recorriendo algunos de los parajes más bellos del mundo, o sea, los de Tasmania, yo estaré cambiándome de ropa más veces que una cantante en un videoclip.

Bradley cerró los ojos para detener la visión que provocó ese comentario antes de que se pudiera manifestar dentro de su cabeza.

—El coche está abajo —gruñó sacando la maleta por la puerta—. O estás en cinco minutos o…

«Ropa interior…».

—O me largaré sin ti.

—*Vaaaaale*.

Y con eso, se giró para ir a despedirse de Sonja.

Bradley salió por esa puerta y se alejó de esos as-
fixiantes y cursis volantes de terciopelo rosa que, sin
duda, se habían elegido para que revolvieran el cerebro de un hombre.

Y ahora derecho al aeropuerto, a subirse al avión,
a dejarla en su destino, a oír cómo le daba las gracias… y después su equipo y él directos a Nueva Zelanda.

Capítulo 3

HANNAH estaba en la puerta del avión Gulfs-
tream.

¿Lugar? Launceston, Tasmania.

¿Hora de llegada? Media mañana.

¿Temperatura? Glacial.

Inhaló el frío e invernal aire. ¡Qué bien olía allí!
A bosque, a pureza. Hasta podía oír los pájaros cantar, y el cielo era tan claro y azul que hacía daño a
los ojos. Una pequeña sonrisa rozó las comisuras de
sus labios.

Había dudado cómo se sentiría al poner pie en
Tasmania después de tanto tiempo en Melbourne y
no sabía si le resultaría un lugar provinciano en comparación con su ocupada vida cosmopolita allí. Pero
fue como volver a casa.

Una profunda voz dijo tras ella:

—¿Qué? ¿Nadie te espera con una pancarta que

diga «Bienvenida a casa»? ¿Ni te recibe una banda de música?

—¡Por favor! —dijo sobresaltada—. Ya me voy, ya me voy. Puedes seguir tu camino. Vuelve al avión, está helando.

—Soy un chico grande, puedo soportar el frío —vació dentro de su boca los restos de una bolsa de nueces de macadamia y miró a su alrededor—. Así que esto es Tasmania.

Ella miró también. El Aeropuerto Internacional de Launceston. Un sencillo edificio de tejado plano situado sobre kilómetros de gris asfalto. Una suave llovizna espesaba el frío aire. Montoncitos de nieve se esparcían por puntos donde daba la sombra mientras que el resto del suelo estaba cubierto de pequeños charcos.

En lo que respectaba a las primeras impresiones, dudaba que ese lugar fuera a despertar la atención de Bradley.

—No, esto es un aeropuerto. Tasmania es un conjunto de maravillas ocultas.

—Venga, muévete, que no tengo todo el día.

Ella sacudió la cabeza.

—Lo siento. Claro. Gracias… por el viaje. Pero, por favor, no necesito que vengas a recogerme para volver. Nos vemos el martes.

Y con eso bajó las escaleras corriendo… para ver que el piloto acababa de dejar sus maletas sobre el asfalto junto a unas que se parecían demasiado a las de Bradley.

—¿Qué está haciendo? —preguntó justo antes de volverse y ver que lo tenía detrás.

Instintivamente, apoyó las manos sobre el pecho

de Bradley para no caerse hacia atrás, y sus caderas rozaron sus muslos... y su rodilla derecha quedó encajada entre las suyas.

Unos fuertes músculos se tensaron de inmediato cuando se agarró a él. Unos músculos ardientes... Los bien formados músculos de Bradley.

Lo único en lo que podía pensar era en ¡lo agradable que resultaba tocarlo! Grande. Fuerte. Sólido. Cálido. Demasiado real. Lo miró fijamente a los ojos, impactada, y vio unos resplandecientes círculos de un intenso gris mirándola.

—Estás temblando —le dijo él con mala cara, como si le hubiera herido la sensibilidad.

Ella cerró los puños y ocultó las manos detrás de su poncho mientras daba un paso atrás.

—Claro que estoy temblando. Estamos prácticamente bajo cero.

Él miró a su alrededor, como si por un momento hubiera olvidado dónde estaban. Después, se llevó una mano al punto donde un instante antes habían estado las de ella y rozó su pecho.

—¿En serio? No me había fijado.

Lo cierto era que ella tampoco, porque a pesar de esas gélidas temperaturas, seguía sintiendo una especie de fiebre después de haber estado tan cerca de un horno humano.

Dio otro paso atrás.

—¿Por qué ha puesto James tu equipaje junto al mío?

—Estoy haciendo una investigación.

—¿Cuál es? ¿La diferencia entre el asfalto de los aeropuertos de Tasmania y los aeropuertos de Nueva Zelanda?

En los ojos de Bradley se veía humor, diversión y ella, al captarlo, comenzó a sentir un calor puramente femenino. Después él se puso las gafas de sol y Hannah ya no pudo seguir estudiando su expresión.

—Algo menos específico —dijo secamente—. Probaré con Tasmania.

—¡Espera! —gritó ella—. Espera un minuto. ¿Qué me estoy perdiendo?

—Te subestimas en lo que se refiere a tus habilidades como relaciones públicas. Me lo has vendido.

—¿Qué te he vendido?

—Extensiones de una belleza salvaje y virgen. Acantilados escarpados. Bosques exuberantes. Impresionantes cascadas. Lagos tan calmados que no sabes distinguirlos del cielo. ¿Te resulta familiar?

Claro que sí. Ese había sido uno de sus muchos y efusivos discursos sobre su maravilloso lugar natal.

—Me ha hecho pensar y ya lo tengo decidido. El equipo sabe qué hacer en Nueva Zelanda y lo hará mientras yo hago un reconocimiento de esta zona durante el fin de semana.

Así que eso era lo que habían estado tramando en el avión mientras ella había estado jugando a estar de vacaciones e intentando no dejarse atrapar por conversaciones laborales: tomándose un cóctel, leyendo una revista de cotilleos y escuchando música en su iPod, evadiéndose de todo.

Debió de quedarse literalmente con la boca abierta porque él añadió:

—No te asustes. No tengo ninguna intención de invadir tus vacaciones. Spencer me ha alquilado un coche y me ha trazado una ruta.

Hannah cerró la boca bruscamente. No entendía

que él fuera a quedarse, pero por encima de todo estaba intentando controlar la intensa sensación de desazón que le producía ver que el único momento en que se había desvinculado del trabajo era el momento en que podría haber demostrado su valía como productora. Sí, sin duda, Spencer era genial con un mapa online, pero nadie en el círculo de Bradley conocía más que ella la isla, los detalles y los lugares más apropiados para mostrar por televisión.

No podía haber sido un momento menos oportuno.

Una insistente voz resonó en la parte trasera de su cerebro. «Olvídalo. Date este tan necesitado descanso y el próximo martes dile exactamente por qué tiene que ponerte al cargo de ese proyecto».

—De acuerdo —dijo exageradamente animada—. Bueno, es… excelente. De verdad. No lo lamentarás.

Se dio la vuelta, fue hacia su equipaje y lo oyó: una penetrante voz femenina en la distancia.

—*¡Yuuuuuhu!* ¡Hannah! *¡Aquííííí!*

¿Por qué? ¿Cómo? ¡El mensaje! Le había enviado un mensaje a Elyse diciéndole que llegaría pronto. ¡Maldita sea!

—¡Hannah!

Desesperadamente, miró hacia el grupo de personas que aguardaban a sus seres queridos desde el otro lado de una verja de alambre. Con sus castañas melenas largas y lisas, piel clara, sus brillantes piezas de bisutería y ataviadas de rosa de pies a cabeza, la madre y la hermana de Hannah destacaban de entre la pequeña y alegre multitud como flamencos en un grupo de palomas.

En unos cinco segundos se sintió como si pasara de ser la respetada ayudante de un joven prodigio de la televisión a una esquelética chicazo que iba por el jardín de casa dándole patadas a un balón de fútbol mientras su madre y su hermana iban de compras, se acicalaban y se reían hablando de chicos.

Su madre se abrió paso a empujones entre la multitud, empujó el portón de la verja, probablemente rompiendo así una media docena de leyes de seguridad de aviación, y fue hacia ella. Hannah sabía que lo más maduro que podía hacer era acercarse y saludarla con alegría, pero estaba tan sumida en su debacle personal que comenzó a retroceder. Y fue entonces cuando sintió un brazo colarse bajo su poncho y posarse firmemente en la parte baja de su espalda.

El muro de calidez que acompañó a ese gesto la detuvo más de lo que pudiera haberlo hecho cualquier otra cosa.

Debía de haber dado tantas muestras de angustia y aflicción que hasta su contenido y frío jefe se había dado cuenta y había salido en su defensa. Lo cierto era que la galantería se estaba convirtiendo en un patrón de actuación en ese hombre; ojalá sentirlo tan cerca no hiciera que sus rodillas olvidaran cómo mantener derechas sus piernas. Y lo peor de todo era que necesitaba toda la fuerza del mundo para lo que estaba a punto de pasar: enfrentarse a su madre sin estar previamente preparada y someter a su jefe a ese culebrón en directo que era su familia.

Bradley y su madre… ¡Oh, no! Como si tuviera un sexto sentido, se acercó a él y le dijo:

—Gira a la izquierda, dirígete a esos arbustos que hay al este y te toparás con la carretera principal en unos tres minutos. Cuando llegues, llama a un taxi. ¡Vete!

Él enarcó las cejas y soltó una suave carcajada.

—¿Y por qué demonios iba a querer hacer eso?

—¿Ves esa visión rosa que se dirige hacia nosotros? Es mi madre. Y si no sales corriendo ahora, te sentirás como si te hubiera azotado un huracán.

Pero ya era demasiado tarde.

Sintió a Bradley tensarse tras ella y cómo sus dedos se hundieron en su piel. Si su cerebro no hubiera estado trabajando a toda máquina para encontrar el modo de evitar que su jefe cayera junto a ella en una debacle, habría gritado de placer.

Los ojos de Virginia se habían clavado en Bradley con ganas, y no era de extrañar. Un hombre guapo de más de metro ochenta bajo la sombra de su propio avión privado no era algo que una mujer pudiera ignorar fácilmente. Y, mucho menos, una mujer como ella.

Hannah sintió a Bradley acercarse unos centímetros y respirar hondo antes de que él rompiera el silencio diciendo:

—Bueno, para reducir al huracán a categoría de llovizna, ¿qué tengo que saber?

—Número uno: llámala Virginia, nada de «señora lo que sea». Nunca le ha gustado que la vean como madre o esposa porque si la gente cree que es ambas cosas, eso es una prueba de que tiene una cierta edad. Hazlo y verás...

Bradley enarcó las cejas en exceso, pero relajó el modo en que estaba agarrándola.

—¿Y qué creía que pensaba la gente que erais tu hermana y tú? ¿Su club de fans?

Hannah se rio y, al girarse, vio que él estaba mucho más relajado de lo que jamás habría podido esperar; la mano de Bradley se deslizó más alrededor de su cintura.

—Relájate —le murmuró—. Estás tan nerviosa que estás empezando a asustarme un poco. Que no te entre el pánico. A las madres les encanto.

Hannah le lanzó una mirada de desesperación.

—Ese no es el problema. Quiero decir, mírate. No tengo la más mínima duda de que mi madre te va a adorar.

Él esbozó una sexy media sonrisa.

—¿Te parezco adorable?

—Hasta la punta de tus calcetines de diseño —respondió ella con la voz más inexpresiva que pudo adoptar—. Y, que conste, además de hombres altos con aviones privados, mi madre también adora las circonitas, las chaquetas rosas ajustadas y los cócteles de fruta con sombrillitas en el vaso.

En cuanto esas palabras salieron de su boca, lamentó haber hecho semejante comparación. Sin embargo, no era la primera vez que le tomaba el pelo a ese tipo. Para poder trabajar sesenta horas a la semana, una chica tenía que tener sentido del humor y él era lo suficientemente duro como para soportarlo. Pero..., ¿compararlo con las circonitas?

Tal vez su cerebro había entrado en una especie de estado de cierre por vacaciones. Fuera como fuera, se le había soltado la lengua peligrosamente.

Y así de peligrosamente la mano de Bradley se deslizó más aún hasta terminar posada sobre su cadera, hasta que su dedo meñique se coló entre su camiseta y sus vaqueros y encontró su piel. Una indicación de que si iba un paso más allá, estaría a su merced. Y una indicación muy efectiva, por cierto.

Estaba tan tensa que, prácticamente, estaba vibrando.

No tuvo tiempo de pensar antes de que Virginia estuviera sobre ellos, con su larga melena sacudiéndose como en un anuncio de champú y sus tacones tintineando sobre el asfalto.

—¡Hannah! ¡Querida! —los ojos de Virginia estaban vidriosos, tenía los brazos extendidos y estaba mirando a Bradley de arriba abajo como si fuera una langosta de doscientos dólares mientras le tendía un abrazo a la hija a la que llevaba tres años sin ver.

Virginia la rodeó con su brazo de un modo nada delicado justo cuando Bradley apartó su mano y Hannah se entregó a la una a la vez que echaba de menos al otro.

—Virginia, qué alegría que hayas venido a recibirme, pero no era necesario. Y menos este fin de semana en concreto.

Por encima de los hombros de su madre vio a Elyse acercándose y se le encogió el corazón al ver lágrimas en los verdes ojos de su hermana pequeña.

—Es muy guapo.

Ni siquiera fue un susurro; fue una obvia declaración por parte de su madre que seguro que hasta James el piloto había oído.

—Es mi jefe, lo que significa que está fuera de los límites. Déjame tranquila.

Elyse ocultó una carcajada detrás de un bostezo fingido. Su madre se apartó y la miró directamente a los ojos con lo que pareció un atisbo de respeto. ¡Guau! Eso era algo que no había pasado nunca.

Virginia dio un paso atrás y, señalando el atuendo de Hannah, dijo:

—¿Vaqueros, Hannah? ¿Es que siempre tienes que parecer un chicazo?

«Aquí la tenéis, chicos. Mi madre».

—Mi trabajo implica que tengo que viajar mucho, por todo el mundo, de hecho y he aprendido que esto es lo más cómodo —mentalmente, le sacó la lengua a su madre y le hizo una pedorreta, sin importarle mucho que esa actitud le hiciera sentirse como una niña de cinco años.

Tras haber dicho todo lo que, al parecer, quería decir, Virginia volvió a mirar a Bradley que parecía muy cómodo con sus vaqueros, su camisa ceñida y su cazadora de cuero. Estaba para comérselo. Y el aroma a macadamia que emanaba de él no hacía más que reforzar ese pensamiento y expandirlo. Tuvo que ignorar la sensación que la recorrió y que terminaba en su espalda, como si tuviera grabada en ella la forma de su mano.

—Parece que mi hija no tiene modales para presentarnos…

—Perdóname —dijo Hannah—. Virginia, te presento a Bradley Knight, mi jefe. Bradley, ella es Virginia Millar Gillepsie McClure, mi madre.

—Querida, te has olvidado de «Smythe». Aunque me temo que Derek era una persona de la que era fácil olvidarse.

Bradley se quitó las gafas de sol y se las enganchó en el cuello de la camisa antes de estrechar la mano de la mujer; una mano con una manicura perfecta. Hannah contuvo el aliento. La roca estaba a punto de chocar contra el huracán y se preparó para esquivar las piedras que podían salir volando.

—Un placer, Virginia —dijo Bradley con esa sexy

voz tan profunda y suave como la seda—. Y, teniendo en cuenta que nunca he visto a nadie con un color de ojos tan impresionante como el de Hannah, ella debe de ser Elyse.

Virginia, de ojos marrones, parpadeó lentamente mientras apartaba la mano de la de Bradley y se hacía a un lado para dejar paso a su hija. No acostumbrada a quedar en segundo plano, permaneció en silencio un momento.

Hannah se llevó una mano a la boca para ocultar su sonrisa. Si bien antes no había sentido debilidad por su jefe, ahora eso había cambiado.

Los ojos verde claro de Elyse, muy parecidos a los de su padre, prácticamente se le salieron de las órbitas mientras parecía gravitar hacia Bradley.

—Vaya, es un placer conocerlo, señor Knight. Me encantan sus programas. Muchísimo. Los adoro, y no solo porque Hannah trabaje en ellos. ¡Son buenísimos!

Bradley se rio.

—Gracias. Creo.

Hannah se mordisqueó el dedo pulgar. Increíble. Para ser un tipo que solía convertirse en piedra ante el primer signo de semejantes declaraciones de adoración, estaba tomándoselo muy bien. Lo observó cuidadosamente en busca de alguna señal que le indicara que estaba a punto de echar a correr, pero su sonrisa parecía auténtica.

Y con esa misma sonrisa, fue girándose lentamente hacia ella y la miró, asombrado por un instante, como diciéndole que era consciente de cómo había reaccionado, pero que a pesar de ello era capaz de mantener esa actitud un rato más.

La única razón que se le ocurrió por la que él estuviera comportándose así era ella misma. Sabía que su viaje a casa sería breve, pero importante, y por eso la había ayudado a llegar allí lo antes posible. Se había dado cuenta de que reencontrarse con su madre no era algo que hubiera estado deseando, y por eso la había protegido.

De pronto, el suelo bajo sus pies le pareció menos asfalto y más gelatina, y fue entonces cuando se dio cuenta de que Elyse aún estaba hablando.

—Hannah no nos había dicho que vendría acompañada, pero sin duda haremos sitio para ti, ¿verdad, Virginia? Hannah es tan discreta con su vida en Melbourne que no cuenta nada sobre los guapos famosos a los que conoce en todas esas fiestas de la televisión ni sobre los chicos con los que sale. ¡Pero tú puedes contarnos todos los cotilleos!

—No, no, no —se apresuró a decir Hannah—. Elyse, Bradley no ha venido a tu...

—Vendrás a la boda —insistió Virginia situándose entre Hannah y su jefe—. El hotel es de seis estrellas, la comida una delicia y Cradle Mountain es el lugar más hermoso del planeta. Sin duda. No puedes venir a Tasmania y no experimentar su salvaje belleza. Es más, es uno de los lugares que serían perfectos para uno de tus programas.

Hannah sacudió la cabeza tan enérgicamente que se fustigó el ojo con un mechón de pelo. Agarró a Bradley del hombro y prácticamente tiró para liberarlo de las garras de su taimada familia.

—Bradley no ha venido para ir a la boda y ni siquiera le sobra un minuto para quedarse aquí de cháchara, ¿verdad, Bradley?

—Sería de lo más improvisado —fue su única respuesta.

Hannah lo miró a los ojos, pero vio que él estaba evitando mirarla. Después, Bradley la agarró con fuerza del codo y ella comenzó a sentir un intenso calor recorriéndole el brazo.

Intentó apartarse, pero él la apretó con más fuerza y le sonrió.

Hannah sintió como si se le fuera a salir el corazón, aunque finalmente se soltó. Jamás debería haberlo comparado con circonitas, ni con chaquetas rosas ajustadas, ni con cócteles de frutas con sombrillitas. No estaba protegiéndola. ¡Estaba castigándola!

—No seas ridículo —dijo Virginia enganchándolo del otro brazo—. La tía abuela Maude dijo anoche que estaba segurísima de que tenía tuberculosis.

Elyse volteó los ojos.

—Para la fiesta de compromiso era malaria. Aunque, dejando de lado su hipocondría, es la tía abuela perfecta. ¡Siempre manda los regalos por adelantado!

Virginia se giró hacia el edificio de la terminal y comenzó a tirar de Bradley. Hannah, como de costumbre, no tuvo más opción que seguirlos.

—Así que hay una comida que ya está pagada y que nos sobra.

Elyse, que ahora se había agarrado al otro brazo de Bradley, dijo:

—¡Y también está pagado el regalo! Escribiremos tu nombre junto al de la tía abuela Maude en la tarjeta. Ella jamás lo sabrá. No te sentarás con Hannah, porque ella estará toda la noche con Roger, pero pareces un hombre que sabe cuidar de sí mismo.

Hannah giró los ojos y vio que Bradley estaba mirándola.

—¿Roger? —le preguntó con un tono extrañamente acusatorio.

—El padrino —explicó Elyse—. Es un gurú del fitness. Ella, como dama de honor, tendrá que estar pegada a él, pero te prometo que te buscaremos una mesa divertida.

—Además —dijo Virginia—, eres la razón por la que nuestra chica no ha podido venir aquí hasta ahora. Nos lo debes, así que no aceptaremos un «no» por respuesta. Ahora iré a buscar a alguien para que se ocupe de vuestro equipaje y os alquile un coche. El nuestro está hasta arriba de cosas para la boda; si no, con mucho gusto iría de copiloto mientras tú conducías el mío —le dio una palmadita en la mejilla antes de marcharse seguida por Elyse.

Bradley esperó a que Hannah estuviera a su lado.

—Te he dicho que salieras corriendo.

—Sí, me lo has dicho —sacudió la cabeza como asombrado y esbozó una media sonrisa que aceleró el corazón de Hannah.

—No puedes venir.

Él se quedó en silencio un instante… dos… y cuando ella estaba segura de que iba a darle la razón, le respondió:

—¿Y por qué no?

—Porque serías un estorbo para mí.

—¿Lo sería ahora? —le preguntó con una pícara sonrisa.

—Nunca se sabe.

—Mmm… Bueno, ¿y cómo lleva tu padre tanta energía femenina a su alrededor?

La sonrisa de Hannah se desvaneció y ella comenzó a juguetear con el viejo reloj de su padre.

—Murió cuando yo tenía catorce años.

Y desde el momento en que aquello había pasado ella se había sentido como Cenicienta, abandonada con su familia adoptiva... con la diferencia de que a ella la habían abandonado con la suya propia.

Sintió los ojos de Bradley posados en ella mientras se lo explicaba.

—Adoraba a Virginia. A Elyse y a mí nos parecía asqueroso cuando los pillábamos besándose en la cocina. Y entonces murió y ella se casó a los seis meses. Desde entonces, nuestra relación ha sido bastante fría.

Bradley tardó un rato en contestar.

—Lamento oírlo.

—Gracias.

En la tranquilidad de ese gran espacio abierto, Hannah se preguntó si había llegado el momento adecuado, por primera vez, de preguntarle por su familia. No sabía si sus padres vivían o estaban muertos, si almorzaba todos los domingos con ellos, si eran misioneros, cazadores de ovnis o los reyes de algún pequeño país europeo poblado únicamente por gente guapa.

Sin embargo, en el último segundo se echó atrás y le dijo:

—Mi madre ha vuelto a casarse. Dos por ahora.

Y lo había hecho prometiendo amarlos y honrarlos igual que había amado y honrado a su querido padre. Todo ello no era nada más que una bonita mentira y esa era la razón por la que Hannah jamás le haría a alguien una promesa así a menos que de verdad lo sintiera. A menos que supiera que tendría asegurado el mismo nivel de compromiso. La idea de hacer algo opuesto a eso le daba ganas de vomitar.

—Tu madre…

Hannah se preparó para oír lo que había oído millones de veces. «Tu madre tiene mucho glamour. Y Elyse parece una muñequita. Aunque tú eres… distinta».

—Es… —Bradley se detuvo otra vez—. Creo que ese vestido que lleva es...

Hannah soltó una inesperada y efusiva carcajada, tan efusiva que pasó a convertirse en un golpe de tos. Una vez que hubo recuperado el aliento, dijo:

—A Virginia le encantan los volantes, además de las chaquetas rosas y los cócteles con sombrillitas.

En esa ocasión no hizo mención de las circonitas, pero el gesto de diversión que vio en el rostro de Bradlye le dijo que eso él ya lo sabía.

Sonrió. No pudo evitarlo.

Y después, como si él también estuviera sintiendo una extraña familiaridad creciendo entre los dos, frunció el ceño y miró a otro lado, hacia el cielo. Tomó una bocanada de aire helado y se metió las manos en los bolsillos. Al verlo, ella no supo qué decir y ahí estaba, sintiéndose como un satélite de su luna. Si esa no era razón suficiente para ponerle fin al enamoramiento que tenía por su jefe, no sabía qué lo sería.

—El día está pasando y nosotros seguimos aquí. Ha llegado el momento de moverse. Te dejaré en tu hotel.

—¿Hotel? —Hannah casi pudo oír su pregunta

resonar por las nubes que se cernían sobre las colinas a lo lejos.

Bradley ni se inmutó.

—El itinerario de Spencer empieza en Cradle Mountain. He estudiado su ruta y tiene sentido. Al igual que tiene sentido que te lleve en mi coche porque está claro que necesitas uno.

Hannah cerró la boca de golpe. Si a ella le hubieran encargado trazar el itinerario, habría hecho lo mismo, pero estaba de vacaciones. Y sí, necesitaba un coche.

Alzó las manos al aire y fue hacia el edificio de la terminal.

Él la siguió y la alcanzó en dos pasos.

—Más vale que ese coche que ha alquilado Spencer sea bueno y resistente. Las carreteras de esta isla pueden ser muy sinuosas.

—Es un Black roadster —y con las manos dibujó su silueta.

—¿Estás de broma?

Oyó una agradable y suave carcajada y, aunque caminó deprisa, él pudo alcanzarla sin esforzarse demasiado.

Capítulo 4

HEMOS llegado ya? —murmuró Hannah estirándose todo lo que pudo en el estrecho espacio del ridículo coche deportivo que Spencer había alquilado para que su jefe se paseara con él a toda velocidad. ¡Ya hablaría con él cuando volviera a casa!

—Gire a la izquierda a ochocientos metros —indicó la profunda voz australiana del GPS.

—Ken —dijo ella—, mi héroe.

—¿Quién demonios es Ken? —preguntó Bradley pronunciando sus primeras palabras en casi dos horas.

Su mente estaba centrada en la cantidad de impresionantes paisajes por los que habían pasado desde Launceston hasta la montaña.

—Ken es el chico del GPS.

—¿Le has puesto nombre?

—Su madre le puso nombre. Yo simplemente he elegido su voz cuando estabas ocupado fingiendo comprobar si el coche tenía desperfectos cuando en realidad estabas babeando y embelesado contemplándolo. Seguro que habrías preferido a la sueca Una o a la británica Catherine, pero me ha parecido lo más justo ya que mi madre y tú no habéis dejado de avasallarme en todo el día y me merecía salirme con la mía en esto.

—¿Elegir a Ken es salirte con la tuya?

—No emplees ese tono cuando hables de Ken. Que sepas que tengo que darle las gracias por haberme sacado de muchos desastres cuando me mudé a Melbourne.

Él la miró y ella pudo verse reflejada en sus gafas de sol.

—Entonces, ¿tu idea de un hombre perfecto es uno con un buen sentido de la dirección?

—No tengo ni idea de cuál es mi idea de hombre perfecto. Aún no he encontrado uno que se acerque remotamente a la perfección.

Miró a Bradley por el rabillo del ojo esperando una reacción por su parte, aunque él se limitó a levantar la mano de la ventanilla y pasársela por la boca.

—En Ken puedo confiar. Es inteligente, siempre está disponible y se preocupa por lo que quiero.

—«Gire a la izquierda y llegará a su destino» —apuntó Ken demostrando una vez más su valía.

—Y, ¡tiene la voz más sexy del planeta!

La mano de Bradley se detuvo en seco mientras se rascaba la barbilla y, lentamente, se posó sobre el volante.

—Y a mí que me parecía que tenía la voz parecida a la mía...

—¡Qué va!

Pero lo cierto era que el australiano, intenso y sexy acento de Ken sí que le recordaba mucho a la voz de Bradley; tanto que en ocasiones lo había conectado cuando volvía a casa desde el trabajo en los días lluviosos en los que iba en coche en lugar de en tren. Se había dicho que lo hacía por sentir que no estaba sola en el coche mientras conducía por calles oscuras en la noche, pero había mentido.

Y entonces, saliendo de entre una masa de vegetación verde grisácea salpicada por una brillante nieve estaba el Gatehouse: una gran fachada moteada con cientos de ventanas, decenas de chimeneas y torretas. Era como algo sacado de un cuento de hadas que se alzaba magníficamente y fantásticamente sobre la tierra australiana.

Y tras el hotel se podían ver los impresionantes, poderosos y recortados picos de Cradle Mountain.

Bradley se quitó las gafas y enarcó tanto las cejas que prácticamente desaparecieron bajo el nacimiento de su pelo.

—Dios debió de ser un cinematógrafo de corazón para idear un lugar así.

—¡Lo sé! —dijo Hannah saltando prácticamente en su asiento. Cuando se dio cuenta de que estaba tirándole de la manga, le soltó y se echó atrás, conteniéndose.

Los ojos de Bradley se posaron en el edificio que se alzaba ante ellos.

—¿Cuántas habitaciones tiene?

—Suficientes para todo el equipo.

Finalmente apartó los ojos de esa perfecta visión para mirarla; resplandecían ante la emoción de semejante descubrimiento, ante la emoción de la aventura. Era lo más que se acercaba a dar muestras de alguna emoción humana. Momentos como ese eran la razón por la que su imposible enamoramiento a veces parecía virar hacia algo un poco más intenso.

Le tembló la mano ligeramente mientras se colocaba un mechón detrás de la oreja.

—Es perfecto, ¿verdad? Escarpado, pero aun así accesible. Y espera a ver la montaña de cerca. ¡No querrás irte jamás! Yo cuando no querré irme será, sin duda, cuando pise el jacuzzi de mi habitación.

Bradley arrancó el coche de nuevo y rodeó el camino de entrada circular hasta llegar frente a los amplios escalones de madera. ¡Por fin empezarían sus vacaciones!

Cuando salió del coche al mismo tiempo que ella, se quedó sorprendida al ver que Bradley no dejaba de mirar las puertas del hotel.

—¡No, no, no! Primero te presentas en mi apartamento y prácticamente me sacas a rastras hasta tu avión y después me obligas a meterme en ese coche. ¿Y ahora esto?

Él se giró hacia ella, como si no comprendiera lo que le decía.

—¡Y yo que creía que había sido generoso al proporcionarte un avión privado y un coche de alquiler gratis como forma de agradecimiento por todo el trabajo duro que has hecho!

Durante medio segundo ella se sintió culpable, pero después recordó que Bradley nunca hacía nada que no le supusiera un beneficio.

—Bien, vale, pero no vas a reservar una habitación.

Por primera vez ese día vio un atisbo de duda.

—El invierno es temporada alta en esta parte del mundo, así que el Gatehouse lleva reservado meses. Y, aparte de una fiesta de reunión de antiguos alumnos, también está la boda de mi hermana, con muchos invitados. Mi madre conoce a todo el mundo, Elyse es demasiado dulce como para no invitar a toda la gente que conoce y la madre de Tim es italiana. La mitad del territorio estará aquí. Si tienen un cuarto de la limpieza, ganarían cientos de dólares por alquilarlo una noche.

Él miró al hotel y las escarpadas cumbres de la montaña, y tensó la mandíbula de ese modo que ella sabía que quería decir que no se echaría atrás.

Su voz fue dulce como la miel cuando dijo:

—Está claro que conoces al director. Emplea tu magia y consígueme un sitio para dormir. Una noche solo para ver esta montaña que tanto has alabado y después no me verás el pelo.

—Estoy de vacaciones. ¿Quieres una habitación? Pues entra ahí y consigue una.

—¿Estás sugiriendo que ni siquiera sé reservar una habitación de hotel sin que tú me estés dando la mano?

Hannah intentó sacarse de la cabeza la imagen de estar agarrando cualquier cosa que perteneciera a Bradley.

—No estoy sugiriendo nada, te lo estoy diciendo directamente. Por aquí anochece pronto en esta época del año y hace mucho frío. Estás a dos horas de Queenstown y allí hay un par de moteles de carretera donde podrías probar suerte.

Abrió la puerta del maletero y sacó su equipaje.

—Aquí no vas a conseguir habitación.

—¿Quieres apostar?

Hannah no era una jugadora por naturaleza y le tenía aversión a las sorpresas desagradables, pero las circunstancias jugaban a su favor. Cuando Elyse la había informado de la ausencia de la tía abuela Maude, había llamado al hotel y a punto habían estado de llorar de alivio por poder darle su habitación a alguien que aparecía en la lista de los desesperados por entrar.

—Claro —dijo ella con una irónica sonrisa.

—Excelente. Ahora tenemos que hablar de los términos de la apuesta. ¿Qué nos jugamos? Las damas primero.

—Si haces un programa aquí, tendrás que darme el puesto de coproductora.

Bradley frunció el ceño y de pronto todo quedó en silencio. Ella pudo oír su propia respiración, sus frenéticos latidos, y se preguntó si lo habría estropeado todo soberanamente.

Entonces pensó de nuevo. Se merecía un puesto como productora teniendo en cuenta todo lo que había aportado a las producciones de Bradley hasta el momento. Y si eso era lo que hacía falta para que él se diera cuenta de lo mucho que ella suponía para su empresa…

—Trato hecho.

—¿En serio? —gritó ella saltando como si bajo sus pies estuvieran estallando fuegos artificiales—. Puedo verlo: «coproducido por Hannah Gillespie». «¡Y el premio es para Hannah Gillespie y Bradley Knight!».

—¿No querrás decir «Bradley Knight y Hannah Gillespie»?

—Estas cosas siempre van en orden alfabético.

—Mmm —enarcó una ceja—. ¿Y si consigo una habitación?

—No la conseguirás.

Agarró su bolsa de piel y la pesada maleta de ella y echó a andar hacia la puerta. Hannah lo seguía apresuradamente.

—¿Bradley? ¿Las condiciones?

—¿Qué más da? Estás muy segura de que no voy a ganar.

Le lanzó una sonrisa e inmediatamente ella sintió mariposas en el estómago. Unas mariposas gigantes y de amplias alas.

No ganaría. No podía ser. Pero se trataba de Bradley Knight y él siempre se salía con la suya.

Hannah subía las escaleras resoplando, mientras que él las subía de dos en dos como si nada. Se detuvo al llegar arriba, abrió la puerta y le indicó que pasara. Ella le lanzó una sarcástica sonrisa y entró con la cabeza bien alta.

Tras dar dos pasos, se detuvieron a la vez. Hannah soltó aire al darse cuenta, con inmenso alivio, de que el Gatehouse era tan precioso como se había esperado. Suelos de mármol, vigas expuestas y chimeneas del tamaño de elefantes. Era un lugar hecho para reyes.

—Impresionante —dijo él.

—Y totalmente ocupado —añadió Hannah.

Bradley se rio y el intenso sonido reverberó en el gran espacio abierto.

—Eres una criatura de lo más obstinada, señorita Gillespie. Creo que me convendría recordarlo.

Ella no pudo evitar devolverle una sonrisa... hasta que él dijo:

—Voy a ir a la boda de tu hermana.

—¿Cómo dices? ¿Qué?

—Si consigo una habitación esta noche, sería un desperdicio no visitar al completo esta parte del mundo. Y si estoy aquí, sería muy grosero por mi parte no aceptar la invitación de tu hermana.

—¡La cosa se pone cada vez mejor!

—¿Estamos de acuerdo?

Las mariposas de su estómago quedaron apartadas bruscamente por una oleada de calor líquido que invadió todo su interior.

—Estamos de acuerdo.

Él estrechó la mirada con determinación, miró a su alrededor y la agarró por los hombros para llevarla hacia el bar.

—Dame cinco minutos.

—¿Qué demonios? Te daré veinte.

Mientras Hannah se dirigía al bar, la risa de él la siguió como una oleada de calor que hizo que se le pusiera la carne de gallina.

Se dejó caer sobre un taburete; en veinte minutos sabría si había logrado un ascenso o si su imposible jefe asistiría a la boda de su hermana.

De un modo u otro, necesitaba una copa.

Hannah dejó que el licor se deslizara por su garganta mientras un pianista tocaba algo de los Bee Gees y las vistas desde los grandes ventanales eran como imágenes de una postal.

Suspiró mientras tragaba el whisky y, finalmente,

por primera vez desde que había salido de Melbourne, comenzó a desconectar lo suficiente como para sentir de verdad que estaba de vacaciones.

—¡Hannah Banana!

Se giró y encontró a Elyse yendo hacia ella. Por suerte, su hermana iba sola. Se abalanzó sobre ella y la abrazó con fuerza.

—¿No es genial este sitio? Tenías *tooooooooda* la razón cuado lo sugeriste. ¡Tim y yo te debemos una bien grande!

Hannah le devolvió el abrazo y un millón de pequeños recuerdos salieron a la superficie: las dos hermanas compartiendo habitación, compartiendo muñecas, compartiendo un pintalabios viejo de su madre para pintarles las caras a las muñecas. Todos ellos recuerdos que había escondido para poder mudarse desde Tasmania a Melbourne y empezar completamente de cero.

—Es lo mínimo que podía hacer —dijo Hannah dándole una palmadita en la espalda y apartándose antes de que se convirtiera en un momento demasiado agradable—. Teniendo en cuenta que no podía ejercer mucho de dama de honor estando tan lejos.

—Lo has hecho genial. Eres la mejor dama de honor de la historia. Bueno, ¿dónde está tu tío bueno?

—Ha ido a hablar con el director del hotel —respondió Hannah sonrojada—. Pero no es mi tío bueno, solo es mi jefe y está aquí para trabajar.

Las perfectas cejas de Elyse desaparecieron bajo un también perfecto flequillo.

—¿Entonces es pura coincidencia que hayáis venido en el mismo avión? ¿Y que de todos los lugares del mundo en los que podría estar esté precisamente en Cradle Mountain? ¡Ese hombre tiene segundas intenciones y está clarísimo!

Hannah soltó una carcajada. ¡Cómo notaba que su hermanita ya había crecido!

—Créeme, lo que pasa entre Bradley y yo es menos que nada.

Elyse apoyó los codos sobre la barra y con la punta del pie dio unos golpecitos en el suelo adoptando una postura que había adquirido tras sus años estudiando ballet.

—Entonces, ¿no está aquí porque está secretamente enamorado de ti y le da miedo que vayas a fugarte con el padrino de la boda y lo dejes con el corazón roto?

—Lamento romper tu romántico corazoncito, pero a Bradley lo que le asustaría de que me marchara de repente sería que ya no me tendría para llevarle la ropa a la tintorería.

Miró hacia el arco de entrada del bar y vio que el hombre en cuestión seguía en el mostrador de recepción. Su oscuro cabello se ondulaba ligeramente sobre el cuello de lana de su chaqueta de cuero. Sus vaqueros resaltaban cada músculo de sus piernas; incluso desde lo lejos ese hombre era guapísimo, tanto que parecía un espejismo.

Miró al hombre que estaba detrás del mostrador de recepción y sonrió para sí. Si al menos fuera una mujer la que estuviera atendiéndolo podría empezar a preocuparse por perder la apuesta.

—¿Entonces no va a venir a la boda?

Hannah volvió a mirar a Elyse, aún sonriendo.

—Me temo que no, pero ha sido muy dulce por tu parte preguntar. De verdad, tiene que trabajar. Es un adicto al trabajo. Tanto que debería llevar la palabra «trabajo» tatuada en la frente. Si el matrimonio lo declararan un empleo legal, iría derecho al altar.

Cuando se percató de que estaba divagando, soltó la copa y la apartó. Miró hacia atrás y vio a Bradley mirando hacia el bar.

Estaba demasiado lejos como para estar segura, pero creía que la estaba mirando a ella. Podía sentirlo como si un láser la hubiera atravesado y estuviera abrasándola por dentro. La música del piano y las conversaciones de los huéspedes recién llegados que se colaban en el bar se oían de fondo tras el martilleo de su corazón.

Bradley asintió hacia ella y lo único que Hannah pudo hacer fue tragar.

—Bueno —dijo Elyse—, todo está marchando como un reloj, así que esta noche no tienes nada que organizar. ¡Solo diversión! ¿De acuerdo?

—Me suena genial.

—Y ahora, será mejor que vaya a ver a mi cachorrito porque llevamos todo el día sin vernos y seguro que necesita que lo calme.

Y guiñándole un ojo, su hermana se marchó.

Elyse, tan madura e irreverente y su madre, nada descontenta con verla. Lo que había encontrado al volver a casa hizo que una agradable calidez comenzara a embargarla hasta que vio una llave pendiendo ante su cara bajo los bronceados dedos de Bradley.

—¿Qué es eso? —preguntó.

—¿De verdad tienes que preguntar? —dijo Bradley rozándole la espalda con las solapas de su chaqueta y generándole un delicioso cosquilleo antes de tomar asiento a su lado.

Ella se giró sobre su taburete para mirarlo y sus rodillas se chocaron, pero él, en lugar de apartarse, posó una mano sobre su pierna tranquilamente, con absoluta naturalidad.

—Si le has prometido a ese hombre entregarle a tu primer hijo a cambio de una habitación, habrás perdido todo mi respeto.

La sonrisa que se reflejó en los ojos de Bradley le produjo escalofríos, como si estuviera sentada en el borde de un volcán; un volcán del que sabía que tenía que huir a pesar de tener el deseo de saltar directamente dentro de él.

—No he hecho nada drástico ni ilegal. Simplemente he negociado y el único modo de conseguir una habitación era reservándonos una suite.

—Perdona, ¿has dicho «nos»?

—Habitaciones separadas por un salón compartido. Mejor aún que la suite Luna de Miel, o eso me han dicho.

Ella ni se inmutó ni dijo nada. ¿Qué podía decirle? Habían compartido habitación en muchas ocasiones, tanto en los festivales de televisión como durante la preproducción de nuevos programas, y habían empleado el salón compartido como una improvisada oficina. Claro que, en aquellas ocasiones habían estado constantemente rodeados por el resto del equipo que siempre viajaba con él… y que ahora mismo estaba en Nueva Zelanda.

Al ver que no parecía impresionada, Bradley añadió:

—Por lo que he oído, solo le dan la Suite Platino a sus clientes más importantes.

Ella estrechó los ojos.

—Esa es la suite de mi madre. Me costó mucho conseguirle esa habitación.

Algo que parecía un intenso rubor cubrió el rostro de Bradley, pero Hannah estaba demasiado furiosa como para reparar en ello.

—Me he encontrado con Virginia en el vestíbulo, ha oído el aprieto en que me encontraba y se ha ofrecido a intercambiar las habitaciones. Ahora ella se ha quedado con la tuya individual y nosotros tenemos su suite.

Hannah tenía la cara cubierta con las manos y estaba balanceándose hacia delante y atrás en su silla. El pulgar de Bradley deslizándose por su rodilla la hizo salir de ese trance y ella bajó las manos e hizo lo que pudo por actuar como si el hecho de que estuviera tocándola fuera algo irrelevante. Se giró para mirarlo y en sus ojos vio un brillo plateado.

—Resulta que, a pesar de la predilección de Virginia por… ¿cómo era...?

—Chaquetas rosas y cócteles con sombrillitas dentro —murmuró ella.

—Eso, solo me acordaba de lo de la circonita... Pues resulta que, a pesar de todo eso, es una mujer sensata.

—Oh, no, no, no —dijo Hannah sacudiendo un dedo ante su cara—. No te vayas a dejar engañar por su numerito. Virginia es todo lo contrario. Es narcisista, egoísta, una persona dañina que siempre tiene un plan y que siempre busca cómo una situación en concreta puede beneficiarla.

Sus duras palabras parecieron resonar en el espacio abierto del bar y volver hacia ella una y otra vez como en una especie de horrible mantra.

Bradley apartó la mano de su rodilla y ella sintió el frío golpe del silencio. Hundió los hombros y se quedó mirando a la alfombra.

—Evidentemente hasta ahora no sabía la mala situación que tienes con tu madre.

—Bueno, pues ya lo sabes.

De pronto, Hannah se sintió muy, muy, cansada. Como si sus años en la ciudad, trabajando tanto, construyendo una impecable reputación profesional, creando una vida partiendo de la nada, haciendo todo lo posible por olvidar el periodo de su vida en casa después de la muerte de su padre, estuvieran volviéndose en su contra.

Con un gruñido, dejó caer la cabeza contra la barra del bar y, por el rabillo del ojo, vio los dedos de Bradley jugueteando con la llave de la habitación. Tal vez algo bueno había surgido de su psicótica diatriba. Tal vez él estaba dándose cuenta del nivel de drama al que se sometería si se quedaba cerca de ella y ahora se replanteaba marcharse y dejarlos a ella y a su familia en paz.

Alzó la cabeza y se apartó el pelo de los ojos. Él estaba mirando a lo lejos, con una mirada de puro acero, y eso implicaba que fuera lo que fuera lo que estaba pensando, no habría forma de hacerle cambiar de opinión.

Hannah respiró hondo y esperó hasta que él finalmente se giró y le dijo:

—Voy a ir a la boda de tu hermana.

Ella se movió para volver a dejar caer la cabeza contra la barra, aunque en esa ocasión él lo vio venir y la agarró por los hombros para impedírselo.

Debió de resultar tan patética como se sentía porque él la agarró suavemente del cuello, coló las manos bajo su pelo y le acarició esa zona tan suave de debajo de sus orejas, como para tranquilizarla. Seguro que podía sentir su pulso retumbar en su cuello ante tan cálida aunque insistente caricia, pero no lo demostró. Simplemente la miró a los ojos; con esos ojos serios, cargados de determinación... y preciosos.

—Por lo que parece, este fin de semana te vas a meter en una jaula de leones sin salida, así que no estaría dándote las gracias después de tantos meses de trabajo si me marcho y te dejo sola enfrentándote con ellos. Y mucho menos después de haber exacerbado el problema. Seré tu protector.

Bajó las manos hasta sus hombros y desde ahí las apartó.

Hannah se preguntó si se podía tener jet lag después de solo una hora de vuelo porque así era como se sentía: grogui y descentrada, como si estuviera entrando y saliendo de un universo paralelo. Seguro que el hecho de que Bradley Knight acabara de ofrecerse a ser su protector era una alucinación.

—Hannah...

—Estoy pensando.

—¿En qué?

En el hecho de que solo podía interpretar su ofrecimiento de una forma: no era ninguna forma de castigo por haberlo comparado con las circonitas; al ofrecerse a meterse en ese drama estaba siendo agradable con ella, considerado, desinteresado. Y todo ello eran cualidades que jamás había pensado que tuviera.

Respiró hondo y dijo:

—Es una oferta muy amable, Bradley. De verdad. Pero estas vacaciones no eran solo unos días para estar con la familia, sino para tomarme un descanso del trabajo… y de las personas con las que trabajo.

Y él, taciturno y estoico como siempre, respondió:

—¿Te refieres a mí?

Hannah abrió el otro ojo y respondió:

—A ti, a Sonja y a que Spencer esté siguiéndome como un perrillo mientras intento trabajar. Y jornadas de trabajo interminables. Y a nada de dormir…

—Vale. Lo capto. No sabía que tu trabajo te resultara tan duro.

¡Grrr! ¡Qué listo podía ser ese hombre, pero qué tonto también!

—No seas idiota. Adoro mi trabajo, más que nada en mi vida. De verdad. Pero para poder hacerlo bien tengo que cargar pilas y este fin de semana era mi oportunidad.

—Me parece justo.

Y entonces, tras un interminable silencio, él añadió:

—Pero si te cuesta estar junto a tu familia, no tienes por qué estar sola. Si eso es lo que te preocupa, entonces mi oferta sigue en pie.

Ella dejó escapar un fuerte suspiro. Y, ya fuera porque estaba impactada por la actitud de su jefe, o porque se estaba volviendo un poco masoquista, alzó las manos al aire y dijo:

—Vale. De acuerdo.

—¿De acuerdo? —preguntó él como si le estuviera divirtiendo jugar a los héroes.

Era irresistible, un hombre irresistible, y sería su

acompañante a la boda de su hermana. Se metería en muchos problemas.

Le agarró la mano y la ayudó a levantarse del taburete.

—Vamos, pequeña, a ver lo impresionantes que son las suites en este hotel.

—Prepárate para que se te pongan los ojos literalmente como platos.

Mirándolo mientras cruzaban la zona de Recepción agarrados del brazo vio un atisbo de sonrisa en su cara.

Muchos, muchos, problemas.

Capítulo 5

LAS puertas del ascensor se abrieron al llegar al sótano y dejaron ver una fila de gente fuera de la discoteca del Gatehouse. El fuerte sonido de la música retumbaba en su pecho y no la ayudó a sentirse mejor notar al hombre que tenía a su lado, tan cerca que podía sentir el roce de sus vaqueros contra su trasero cada vez que la fila avanzaba.

—No estés tan nerviosa y deja de moverte —dijo Bradley rozando con su aliento el pendiente que caía contra el cuello desnudo de Hannah—. Estás muy bien.

—Gracias —respondió ella fríamente, aunque era él la razón de ese nerviosismo.

Las puertas se abrieron y las luces se encendieron sobre sus rostros. La fila avanzó y Hannah aprovechó para alejarse un poco de él. Las puertas se cerraron y de nuevo se oyó el golpeteo de la música contra ellas.

—Te decía en serio que tenías que haber contratado un guía para que te llevara a dar un paseo de noche por Cradle Mountain en lugar de venir a la fiesta preboda.

—No pasa nada.

—Mira —dijo ella bajando la voz por si los jovencitos que tenía delante eran de la boda de su hermana—, no será más que un puñado de lugareños que me pellizcarán la mejilla y que me recordarán que estaba presente cuando bajé desnuda por Main Street. Te vas a aburrir como una ostra.

Cuando él no respondió inmediatamente, lo miró y vio que los músculos de su mandíbula estaban muy tensos.

—¿Que bajaste desnuda por Main Street?

—Tenía dos años y no me apetecía que me bañaran esa noche.

—¿Eras una alborotadora?

—No. Era la niña perfecta. Estudiosa, educada y agradable. Fui a clase de baile y canto durante cuatro años porque mi madre quería, aunque tengo un oído pésimo y dos pies izquierdos. En compensación, me esforzaba al máximo cuando tenía que actuar y eso solía pasar delante del pueblo entero.

—¿Pasáis? —preguntó el gorila de la puerta.

Hannah se dio cuenta de que eran los primeros de la fila y de que ella seguía pegada a su jefe como si estuvieran en medio de una multitud.

—Claro.

—Acaba con ellos —dijo el gorila sonriendo.

Hannah esbozó una sonrisa y por primera vez esa noche se sintió como si ya no fuera la niña de dos años ni el chicazo del pueblo.

—¿Sabes qué? Es exactamente lo que voy a hacer.

El chico carraspeó y se sonrojó y, solo cuando ella asintió, le abrió la puerta.

Bradley posó una mano en la parte baja de su espalda y le dio un empujoncito para que avanzara.

—Alguien tiene un fan por aquí —murmuró contra su oído una vez estuvieron dentro y la música que antes retumbaba tras la puerta pasó a convertirse en un ruido tan fuerte que apenas pudo soportarlo.

—No es verdad.

—Ese gorila de ahí cree que esta noche estás mejor que bien. Cree que estás guapísima. Y lo sabes.

Hannah se sentía tan aturdida por esa profunda voz que le susurraba al oído que por un momento le sorprendió hasta ser capaz de hablar.

—¿Qué?

—Que tiene razón.

El club parecía que iba a reventar, muy al estilo de Tasmania. Tuvieron que gritar para oírse.

Había hombres con vaqueros manchados de polvo de cobre de la mina entremezclados con mujeres y hombres con trajes de ejecutivo, veinteañeros con sus mejores galas y turistas bien arreglados.

Y después estaba Hannah.

Tal vez Bradley no había ido a una boda en su vida, pero sí que había asistido a muchas despedidas de soltero y supo que jamás dejaría sola allí a la estudiosa, educada y agradable Hannah… ¡y mucho menos con lo guapa que estaba!

Llevaba los ojos maquillados con tonos suaves y los labios rosa brillante, una melena alborotada que parecía resplandecer cada vez que se movía, y un traje que se ceñía a todas las partes de su cuerpo.

Esa historia de correr desnuda por Main Street había hecho que Hannah se situara en primera plana en su mente y, además, en 3D y en Technicolor. Y en cuanto a su perfume… hacía que las aletas de su nariz se inflaran como las de un caballo cada vez que se movía.

Si había ido a Tasmania en busca de un revolcón, entonces lo conseguiría. Sin necesidad de girar la cabeza, podía ver a una docena de hombres mirándola y mirándolo a él.

Porque él iba con ella, protegiéndola, tal y como había prometido que haría.

Se acercó más y le puso las manos sobre los hombros mientras ella comenzaba a abrirse camino entre el gentío. Su melena caía sobre sus dedos, tan sedosa, y los pulgares de él descansaban sobre su cálido cuello. Quería dejarles claro a todos que estaba con ella porque si uno de esos hombres la conquistaba durante ese fin de semana, Hannah tendría razones suficientes para pensar que trabajar sesenta horas semanales era una forma de sadomasoquismo.

La agarró con más fuerza y Hannah debió de notarlo porque se giró hacia él con las cejas enarcadas. Él ladeó la cabeza hacia el bar y le indicó que necesitaba una copa.

Ella le respondió con una amplia sonrisa e, incluso en la semioscuridad del lugar, la luminosidad de sus ojos destacó con claridad.

¡Ya podían esperar todos esos hombres! Hannah no sería para ellos.

La multitud se agolpaba a su alrededor y entonces, como si salido de la nada, un tipo que llevaba una bandeja de cervezas y que parecía haberse tomado unas cuantas, pasó por su lado y Bradley rodeó a Hannah por la cintura para echar su cuerpo a un lado y evitar que una copa de cerveza se vertiera sobre ella. Encontró un lugar más despejado alrededor de una impresionante columna cubierta por hiedra falsa y la llevó hasta allí. Estaban demasiado juntos y tenían las respiraciones entrecortadas; las pupilas de Hannah estaban tan oscuras que él no pudo encontrar ni un atisbo de color verde en ellas. Un mechón de pelo le caía sobre la mejilla y él se lo colocó detrás de la oreja, ahí donde sabía que a ella le gustaba.

—Estás acostumbrándote a acudir a mi rescate y yo podría acostumbrarme fácilmente a ello.

—Pues no lo hagas —respondió él impactado ante el apremiante deseo de no apartar la mano de su cintura—. No lo he hecho por galantería, he pensado en mi propio beneficio todo el tiempo y en lo que tendría que haber tenido que soportar si te llegas a empapar de cerveza.

Ahora se lo imaginaba: su piel brillando, su camiseta blanca transparente, su lengua deslizándose entre sus labios para limpiar de ellos el líquido ámbar que los cubría.

¡Nunca antes se había excitado con tanta rapidez!

Pero se trataba de Hannah. La mujer cuyo trabajo estaba diseñado para quitarle complicaciones a su vida. Hannah, cuyo cabello olía a manzana, cuyos suaves labios rosados estaban separados de ese modo tan seductor. Hannah, que estaba mirándolo con esos grandes y brillantes ojos.

Finalmente, y muy despacio, apartó la mano de su cuerpo y la colocó en un lugar más seguro: el bol-

sillo de sus vaqueros. La otra la apoyó en la columna, por encima de la cabeza de Hannah.

—Ahora —dijo con una voz más profunda que el
océano—, ¿aún quieres una copa?

Ella asintió y su cabello cayó seductoramente sobre sus hombros. Bradley tuvo que hacer acopio de
toda su fuerza de voluntad para no acercarla los centímetros necesarios para tomar esos suaves labios rosados.

—¿Un Boston Sour?

Ella volvió a asentir y una ráfaga de ese impresionante perfume pasó por delante de su nariz. Se
agarró a la columna con tanta fuerza que sintió la
pintura deshacerse bajo sus dedos.

—Supongo que tú tomarás cerveza. De importa-
ción y con una rodaja de lima.

Sus palabras iban acompañadas de una sonrisa y
un flirteo que jamás había visto en Hannah.

—Quédate aquí. No te muevas. No te he salvado
de ese idiota borracho para que te moleste otro en
cuanto te deje sola.

Acababa de apartarse cuando Hannah alzó una
mano y le quitó una pelusa imaginaria de la camisa.

—Tanto si quieres admitirlo como si no, bajo la
fachada de tipo duro eres un hombre muy agradable
y honesto.

A través del algodón de su camisa, las uñas de
Hannah rozaron su pecho y él apretó la mandíbula
con tanta fuerza que sintió un calambre en la sien.

¿Agradable? Para nada. Lo cierto era que la dura
relación que Hannah tenía con su madre había derri-
bado inesperadamente sus defensas y, movido por un
nada común sentimiento de solidaridad, había sentido

que no tenía más opción que ayudarla. Pero no estaba siendo agradable. Estaba tomando posiciones en una batalla cuyas líneas estaban desdibujándose peligrosamente deprisa. Había llegado el momento de marcar los límites y dejarlos perfectamente claros, para que ella entendiera lo muy cerca que estaba del fuego.

—Cielo, cuidar de ti este fin de semana es como una póliza de seguro para mí. Quiero que estés en tierra firme este martes, lista para trabajar en lugar de estar con resaca, con nostalgia e invadida por el romanticismo de una boda. Eso es. Fin de la historia. ¿Crees que tu madre es egocéntrica? No es nada comparada conmigo.

Bajó la mano hasta que quedó sobre su hombro y sus rodillas se rozaron. Ese contacto hizo que saltaran chispas entre los dos y que le subieran por la pierna hasta despertarle un intenso dolor en la entrepierna. Ella se ruborizó mientras la música tronaba a su alrededor y la atmósfera se volvía excesivamente cargante. Él quería darle una lección a su protegida, pero por el contrario, el esfuerzo de controlarse hizo que le ardieran los músculos.

La mano de Hannah se posó sobre su pecho, aunque no para apartarlo, y si el martilleo de su corazón no fue suficiente advertencia para ella, se preguntaba hasta dónde tendría que llegar para demostrárselo.

Demasiado tarde pensó que tendría que haberse ido en cuanto habían bajado del avión, en cuanto había sido consciente de que estarían solos en la isla.

De pronto, ella pasó por debajo de su brazo y fue hacia la pista de baile. Bradley debería haberse sentido aliviado, pero no era muy habitual que una chica saliera corriendo de su lado.

Echó a caminar para seguirla cuando el sonido de una nueva canción lo hizo detenerse en seco. Esa particular combinación de notas removió algo en su interior y en su mente vio a una mujer de pie sobre un banco de cocina, con la mano extendida hacia una copa de vino, un paño en el hombro y balanceándose de un lado a otro mientras cantaba al ritmo de la pequeña radio. ¿Una de sus tías? No. Cocina equivocada.

La mujer de su mente se giró, pero no pudo verle la cara, aunque tampoco hizo falta. Era la cocina de su madre y la decepción de su madre pareció bombardearlo. Diciéndole sin palabras que para ella no era más que un constante recordatorio de que se había quedado embarazada joven y que su padre había salido huyendo en cuanto se había enterado; que era culpa suya que su vida no hubiera salido tal y como ella se había esperado.

«¡No, no, no!», gritó una voz familiar en el límite de su consciencia.

Se obligó a volver al presente para ver a Hannah con sus ceñidos pantalones tobilleros, sus sexys tacones de aguja, el cabello cayéndole sobre los hombros, las manos tapándole los oídos y la boca abierta. Al verla, el insoportable recuerdo se disolvió. Era justo lo que necesitaba en ese momento. Ella era justo lo que necesitaba.

—¿Estás bien? —le preguntó poniendo una mano sobre su brazo.

La calidez de Hannah bajo sus dedos disipó los fríos recuerdos y, egoístamente, deslizó la mano hasta la seductora curva de su cintura. Ante esa caricia tan íntima ella abrió los ojos de par en par y lo miró.

Estaba ruborizada. Sus ojos brillaban confusos, pero, sobre todo, curiosos.

Bradley tuvo que esforzarse al máximo por controlar su intensa respuesta sexual porque, de lo contrario, se la habría echado a los hombros cual cavernícola y la habría llevado a la habitación. A su habitación compartida.

La canción cambió y Hannah parpadeó como si hubiera salido de un trance. Después, sacudió un brazo hacia el escenario del karaoke y gritó para que la oyera.

—No puedo verlo bien, ¿pero es mi madre?

—¿Te refieres a la persona que está cantando?

Hannah asintió frenéticamente.

Bradley miró y vio a la madre de Hannah sobre el escenario interpretando un clásico de Cliff Richard mientras contoneaba las caderas y saludaba a la pequeña multitud que la animaba como si fuera una estrella del rock. Un hombre se unió a ella en el escenario; un hombre lo suficientemente joven como para ser el hermano de Hannah. Aunque a juzgar por cómo se juntaban el uno al otro, Bradley supuso que no compartían parentesco.

—Sí que es ella —le respondió guardándose el detalle del jovencito.

La triste, contenida y acusatoria mujer que se disipaba en su mente y la efervescente madre de Hannah no podían haber sido más opuestas, pero estaba claro que a ninguna de ellas podrían haberle dado el título de mejor madre del año.

Instintivamente, se acercó más a Hannah como para protegerla de la multitud y, cuando ella no se apartó, la rodeó con más fuerza por la cintura acercándola tanto que pudo respirar ese sexy perfume. Después, ella se apoyó en él haciendo que las curvas de su cuerpo encajaran en las suyas y una pulsátil sensación comenzó a vibrar en su entrepierna.

¿Quién estaba jugando con fuego ahora?

—Venga, pequeña. Vamos a tomarnos una copa.

Apenas habían dado dos pasos cuando los detuvo un grupo de gente y a Hannah la apartaron de Bradley dejando un intenso frío ahí donde antes había habido una sensual calidez.

Él se metió las manos en los bolsillos y vio cómo, uno tras otro, iban abrazándola. Tenía razón: su carrera desnuda por Main Street era muy recordada.

Al cabo de un minuto, Hannah le lanzó una mirada de disculpa, pero él sacudió la cabeza como indicándole que no pasaba nada. Y así era. Ver que otros eran acosados, y no él, era toda una novedad.

La atención siempre le hacía ponerse nervioso. No era algo que hubiera buscado nunca y, por supuesto, no era algo que se mereciera. Y aunque lo hubiera merecido, nunca había sabido cómo reaccionar ante esas muestras de afecto y lo único que había hecho siempre era quedarse petrificado. Hannah, por el contrario, recibía esas muestras de cariño como si se las esperara, como si fuera su derecho. No pudo evitar sentir envidia de ella porque verla ruborizada, riéndose, deleitándose con la compañía de todos esos que habían sido testigos de su vida indicaba que tenía un lugar al que poder decir que pertenecía, mientras que él no.

Hannah se había alejado de todo aquello, pero podría volver a tenerlo si elegía quedarse en casa para siempre.

De pronto, Elyse saltó al centro de esa multitud y agarró a su hermana mientras gritaba:

—¡Quiero presentaros a alguien!

Y con un gesto de la mano invitó a otro hombre a unirse al círculo. Pelo castaño claro, hoyuelos, brazos de luchador, veinticinco años como mucho. El prometido de Elyse, supuso Bradley. Pegaban. Eran un par de cachorrillos felices.

—Ella es Hannah —dijo Elyse rodeando a su hermana por los hombros y mirándola con emoción antes de mirar a… No, no era su prometido.

—Soy Roger —dijo el Hoyuelos—. El padrino. Elyse, te quedaste corta al describir lo guapa que era tu hermana —y con un susurro añadió—: Es un bombón.

Elyse se rio y pellizcó a Hannah en el brazo mientras que Hannah hacía lo que podía por fingir que no lo había oído. Bradley se sentía cada vez más furioso.

—Encantada de conocerte, Roger —dijo tendiéndole la mano.

El Hoyuelos le estrechó la mano… ¡y se la besó! Elyse aplaudió y Hannah sonrió educadamente. Bradley no se movió.

—Roger, él es Bradley Knight, el jefe de Hannah. Está ocupando el puesto de la tía abuela Maude.

Bradley se sintió desanimado, jamás le habían hecho una presentación tan poco entusiasta.

Los dos hombres se dieron la mano y Hoyuelos se la apretó con demasiada fuerza. «Chulo». Bradley le dio al chaval un último apretón antes de soltarlo y no pudo ocultar la sonrisa cuando el chico se estremeció.

—¿He oído que eres instructor de aerobic? —preguntó Bradley.

—Entrenador personal —respondió Roger ajeno, al parecer, al intencionado desaire.

Hannah, por el contrario, se dio cuenta… y ¡mucho! Es más, tosió al mismo tiempo que le daba un fuerte pisotón a Bradley con uno de sus tacones de aguja.

Mientras Elyse hablaba maravillas del hotel, Hannah echó la mano atrás y la posó sobre el muslo de Bradley, que se tensó.

—¡Y, madre mía, cómo canta tu madre! ¿Verdad? —dijo Roger dándole a Hannah un suave puñetazo en el brazo.

Hannah parpadeó sorprendida, casi como si hubiera olvidado que estaba allí.

—¿Cómo dices? Oh, sí. ¡Sí que sabe cantar!

—Estaba cantando en un club cuando nuestros padres se conocieron —apuntó Elyse—. Estaba practicando para su número de Miss Tasmania y él pidió *The Way you Look Tonight*, que es la canción favorita de mi madre. Fue amor a primera vista.

—Parece que vuestro padre era un hombre inteligente —dijo Roger acercándose a Hannah.

Bradley tuvo que contenerse para no apartarla de ese tipo. Una fría mirada tenía que bastar aunque parecía que Roger no era tan idiota. Le lanzó una sonrisa a Bradley, de esas que decían «ven si te atreves».

—¿Vosotras dos también tenéis la voz de un ruiseñor? —preguntó Roger mostrando sus hoyuelos.

—No, no. Por Dios, no. Soy alérgica a los micrófonos y tengo miedo escénico.

—Entonces, ¿eso es un «no»?

Hannah se rio.

—Más bien un «no» gigante.

Roger sonrió y Elyse soltó una risita alegre.

Antes de saber qué hacer, Bradley agarró a Hannah por el cinturón de sus pantalones y sus uñas rozaron la curva de sus nalgas. Ella dio un respingo antes de agarrarle la mano.

Él se esperaba que se la hubiera apartado de un golpe, o que le infligiera un daño más letal con sus zapatos, pero tampoco podría culparla. Se había pasado de la raya al querer ponerle límites a su propiedad, y sin embargo, al cabo de un instante, ella seguía con la mano sobre la suya o incluso podría decirse que se había acercado más, tanto como para que él pudiera ver que su cuello había adquirido un tono rosado y pudiera sentir su respiración. Tanto como para quedar atrapado por el aroma de su perfume.

En lo que concernía a la emoción de la aventura, ese momento que estaba viviendo ahora era indecente, tentador y, sin una estrategia de escape a la vista, algo que iba totalmente en contra de sus intereses.

Se preguntó hasta dónde podría llegar en esa semioscuridad y con Elyse y el Hoyuelos y medio pueblo mirándolos, y hasta dónde le permitiría llegar esa versión vampiresa de Hannah. Tenía el pulso tan acelerado que apenas podía ver con claridad.

—Hablando del rey de Roma… —dijo Elyse con una voz tan chillona que lo hizo volver bruscamente a la realidad.

Al mismo tiempo se giraron hacia el escenario del karaoke donde estaban sonando los primeros acordes de *The Way You Look tonight* con el inconfundiblemente tono de Virginia.

Aún con la mano metida entre sus pantalones,

Bradley sintió a Hannah tensarse y no le extrañó por qué. Virginia estaba cantando la canción de los años cuarenta que sus hijas asociaban con su difunto padre y estaba cantándola junto a otro hombre. No sabía de dónde provenía, pero una auténtica furia lo envolvió. Una furia que apenas podía controlar.

Se acercó más a Hannah sintiendo la necesidad de decirle… no sabía qué exactamente… ¿Que comprendía su decepción? ¿Que él también la había sentido? ¿Que el único modo de sobrevivir a ella era endurecerte tanto por dentro hasta convertirte en una roca?

No, no le diría nada de eso. No podía. Ni siquiera aunque prácticamente estuviera viéndola derrumbarse ante sus ojos.

—Por favor, que alguien le recuerde que es la boda de su hija… no el lugar donde cazar a su próximo marido.

Y él sintió como si un par de gélidas manos estuvieran estrujándole el pecho. La aventura del momento había quedado relegada por una realidad demasiado cruda para su gusto.

Apartó la mano y salió del círculo de gente para comenzar a dar palmadas y llamar la atención de todo el mundo.

—¿Quién quiere una copa? Invito yo.

—Hay barra libre, tonto —dijo Elyse.

—Mejor aún. ¿Qué va a tomar la novia?

—Un Black Russian.

—Genial. Yo, cerveza y un Boston Sour para Hannah.

—Ey, esa era la bebida favorita de papá —dijo Elyse.

Bradley miró a Hannah que, con un profundo suspiro, se giró dándole la espalda al escenario.

—Era un hombre con un buen gusto... exceptuando en una ocasión...

Lo miró y él no pudo apartar los ojos de ella cuando le dijo:

—¿Roger? ¿Cuál es tu bebida favorita?

—Mataría por un tequila.

Hannah esbozó una sonrisa que a punto estuvo de convertirse en una carcajada. Tenía una sonrisa fantástica, una sonrisa contagiosa y por ello Bradley sintió cómo sus mejillas respondían del mismo modo.

—Bueno, Roger, mientras esperas tu chupito de tequila, deberías preguntarle a Hannah por su carrera desnuda por Main Street. Es todo un clásico.

La sonrisa de Hannah desapareció y se le encendieron las mejillas mientras, con los labios apretados, lo miraba y sacudía la cabeza sin decirle nada, como dejándole claro que iba a caerle una buena...

Y con esa imagen en mente, con esa oscura promesa, él se giró en dirección a la barra.

¡Cuánto podían cambiar las cosas en un día!

Había pasado menos de un día desde que imaginarse a Hannah pasando un fin de semana con su familia, celebrando una boda en una isla que ella claramente adoraba, lo había asustado lo suficiente como para ir tras ella y renunciar al viaje a Nueva Zelanda que tenía planeado desde hacía tanto tiempo. Visitar Tasmania era un movimiento comercial inteligente para su empresa, pero no se podía negar que estaba allí básicamente para echarle un ojo. Ya que perderla de su equipo en ese momento era exactamente la clase de drama que menos necesitaba en su vida. No tenía tiempo de buscar a un nuevo empleado que pudiera sustituirla con todos los proyectos que tenían entre manos.

Encontró un hueco libre en la barra y una camarera que lo vio, se arregló el pelo, sonrió y fue a atenderlo ignorando a los que estaban delante.

Le dijo lo que quería y le dio el número de su habitación. Ella fingió anotarlo en su mano… o tal vez no estaba fingiendo. Era muy guapa y vivía a cientos de kilómetros, pero él no sintió nada. Qué raro…

Una vez pedidas las bebidas, sus pensamientos volvieron ahí donde los había dejado antes.

Encontrar a un nuevo empleado siempre era frustrante, aunque no lo había sido en el caso de Hannah. Ella había sido como un soplo de aire fresco desde el primer día con energía suficiente para seguirle el ritmo, con temperamento para manejarlo y no dejarse avasallar por él, y con un carácter agradable y alegre que la había hecho popular tanto entre el resto de empleados como entre los directivos. Podría haber dicho «sí, Bradley, tienes razón, Bradley» en lugar de contradecirlo tantas veces, pero a pesar de ello el equipo Bradley era mucho mejor gracias a ella. Y él era lo suficientemente listo como para saber que eso no duraría. Nada duraba para siempre y algún día Hannah se marcharía. Era algo natural. Los hombres acababan solos, sin excepción, y daba igual que hubiera promesas o incluso vínculos sanguíneos de por medio.

Pero parecía que ella se quedaría a su lado en un futuro inmediato porque el infierno se congelaría antes de que se diera cuenta de lo mucho que echaba de menos vivir cerca de su madre. Y en cuanto al padrino… No había nada que temer.

La voz de una mujer pronunció su número de habitación, él alargó la mano y recogió las bebidas. La camarera batió las pestañas y le dejó ver su escote. Él le sonrió, pero nada más. No tenía por qué despertar las esperanzas de la chica.

Era un hombre ocupado con la misión de no dejar que ni nada ni nadie desviara a su empleada del camino correcto.

La familiar risa de Hannah resonó por el aire y él se giró para captar ese agradable sonido. Estaba contándole alguna historia al grupo y ellos estaban riéndose a carcajadas. Esa era la Hannah que no estaba dispuesto a dejar marchar. La Hannah de trato fácil y agradable, sin complicaciones, formal.

Ella giró la cabeza y sonrió ampliamente a alguien situado a su izquierda. Se rio de un modo cercano y extraordinariamente sexy y, al verlo, varias partes de él se sacudieron por dentro porque estaba dándose cuenta de que él era uno de esos que estaban deseando desviarla del camino correcto.

Capítulo 6

HANNAH se mordisqueó la uña del dedo meñique hasta que no quedaba más que morder. Para tratarse de un fin de semana durante el que se suponía que iba a descansar y a cargar pilas, se sentía como si hubiera caminado por la cuerda floja con los ojos vendados.

Había encontrado a Elyse fabulosa, su madre la estaba volviendo más loca de lo que se había esperado y el pobre Roger no dejaba de flirtear con ella a cada oportunidad que tenía.

Pero, ¿qué le había pasado a Bradley?

Solo pensar en el nombre de su jefe hacía que quisiera tomarla con una uña nueva. Esas miradas, tanto susurrarle al oído, las caricias inesperadas...

Se mordió la uña con tanta fuerza que le escoció y, estremeciéndose, miró al otro lado de la mesa donde él estaba sentado con sus largos dedos rodeando un vaso de cerveza y sonriendo mientras veía a Elyse y Tim cantar juntos *Islands in the Stream* sobre el escenario.

—¿Perdona?

Ella parpadeó asombrada al ver que estaba inclinado hacia su madre con una media sonrisa. ¿Cómo podía ese hombre hacer que la palabra «perdona» resultara sexy?

—¿Has dicho algo? —preguntó casi gritando por encima de la música.

—Nada. No pasa nada. Por aquí está todo tranquilo.

Él se quedó mirándola un instante y sus oscuros ojos grises parecieron abrasarla. Un calor que ella jamás había sentido antes cruzó la mesa y le derritió las piernas como si fueran mantequilla. Cuando finalmente apartó la mirada, Hannah pudo respirar tranquila.

Estaba confundida y nerviosa y entonces se formuló la pregunta que había estado intentando evitar: ¿estaba presenciando las primeras fases de un flirteo? Se permitió disfrutar de un delicioso cosquilleo que la recorrió de arriba abajo.

Pero no. De ninguna manera. Todo menos eso. No, con el jefe. Había trabajado demasiado duro para probar su valía y lo irremplazable que era como para ahora convertirse en un cliché.

Apoyó la barbilla en la palma de su mano y meneó la cabeza al compás de la música sin dejar de mirarlo por el rabillo del ojo.

Tendría que ver algo más allá de una aventura en el horizonte para si quiera pararse a pensar en correr esa clase de riesgo. En cuanto a Bradley… Sabía de primera mano que las mujeres que salían con Bradley tenían suerte si su número permanecía en su teléfono móvil más de un mes.

Su enigmático, despiadadamente delicioso y emocionalmente atrofiado jefe de pronto agarró su silla y la colocó al lado de la suya.

Ella se apartó.

—Si no ves desde ahí, puedo cambiarte el sitio.

—No te muevas —dijo él agarrándole la mano—. No quiero estar gritando toda la noche para que puedas oírme.

—Elyse también canta muy bien. ¿Cómo es que tú te has perdido ese gen?

—¿Eso es lo que has venido a decirme? ¿Nada de «Lo estás pasando bien, ¿Hannah?» o «¿Te traigo otra copa, Hannah?» ¿Qué te ha pasado? Sueles ser una persona encantadora.

Él se rio, fue un suave y profundo sonido que llegó hasta los lugares más femeninos y recónditos de su ser. Con gesto serio, era de una belleza que te cortaba la respiración. Sonriendo, era arrebatador. Riéndose… era como un sueño.

¿Ese hombre había estado intentando coquetear? ¿Con ella? ¿A la sensata y parlanchina chica de pueblo Hannah Gillespie? Lo sentía, pero no podía llegar a creerlo.

Ante la necesidad de saberlo con seguridad, de ver si su radar estaba tan oxidado que ya no funcionaba, se giró en su silla y le lanzó una sonrisa de lo más coqueta.

—De acuerdo, para que podamos dejar este tema de una vez por todas…

Él enarcó una ceja y a ella se le aceleró el corazón y todos los lugares de su cuerpo donde él había posado la mirada esa noche comenzaron a vibrar.

Hannah lo vio enarcando una ceja e hizo lo mismo.

—Estoy hablando, por supuesto, de mi escaso talento como cantante y bailarina.

—*Síííí*.

—No quiero que te quedes aquí sentado sintiendo lástima por mí porque no puedo hacer gorgoritos ni dar vueltas mientras canto *I Dreamed a Dream*.

—Pues no me compadezco de ti. Una mujer no tiene por qué saber cantar y bailar para gustar.

Alzó su cerveza y se la terminó de un trago mientras todo lo que ella podía hacer era mirar.

Oh, sí, Bradley estaba flirteando y se preguntó qué haría si decidía dejar de jugar y ponerse serio. Solo de pensarlo se quedó petrificada.

Incluso a pesar de la escasa luz en el club podía ver el brillo de sus ojos, la emoción del cazador.

Alargó la mano hacia su copa, pero Bradley llegó primero y se la apartó. Una pura atracción sexual la envolvió e incluso en la oscuridad pudo ver que a Bradley se le habían dilatado tanto las pupilas que el color de sus ojos había desaparecido por completo.

¡Y todo por un accidental roce de dedos! Oh, Dios mío…

Bradley agitó el hielo de su copa y cada vez que los cubitos chocaban contra el vaso, ella se ponía más nerviosa. Se mordió el labio. «Es tu jefe. Te encanta tu trabajo. No está buscando una relación eterna y tú sí. Si permites que este coqueteo perdure harás que todo cambie».

Él se llevó la copa de Hannah a la boca y dio un trago. La presión de sus labios ahí donde hacía un momento habían estado los de ella hizo que la recorriera un cosquilleo. Después, él arrugó la cara como si estuviera comiendo limón.

—¡Por favor! ¡Esto es asqueroso! ¿Cómo puedes beberte esta bazofia?

—¡No es bazofia!

—¿Pero qué demonios es?

—Whisky, zumo de limón, azúcar y clara de huevo.

—¿Lo dices en serio?

Él levantó su vaso de cerveza vacío y prácticamente relamió el borde con la lengua en busca de algo de espuma. Al ver esa imagen tan seductora, Hannah tuvo que apartar la mirada.

—Era la bebida favorita de mi padre, así que está claro que está hecho para un paladar mucho más cultivado que el tuyo.

Para demostrarlo, se llevó el vaso a la boca y dio un gran sorbo, aunque en lugar de saborear la mezcla que siempre le había resultado tan cálida y agradable, estaba segura de que podía saborear un atisbo de la cerveza dejada ahí por los labios de Bradley.

Bajó el vaso a la mesa y apartó la silla.

—Tengo que… hacer una labor urgente de dama de honor.

Él se cruzó de brazos y la miró.

—¿Ahora mismo?

—Ya sabes que no me gusta dejar las cosas para el último momento, jefe.

Ahí estaba. «Las cosas claras. Tienes que recordarle quién eres y quién es él».

—¿Necesitas compañía? —una lenta sonrisa se marcó en sus labios demostrándole que él parecía muy dispuesto a olvidar todo eso.

Y mientras se levantaba de la silla, ella retrocedió tan rápido que se chocó contra una pobre mujer a la que le tiró la bebida. Hannah se sacó los diez dólares de emergencia que llevaba metidos en el escote y se los dio a la chica. Bradley volvió a sentarse sin dejar de mirarle el escote mientras se preguntaba qué otros secretos ocultaría ahí.

—Siéntate. Bebe. Haz lo que sea que te entretenga. Yo vendré a buscarte luego.

Y con eso se giró y salió corriendo entre la multitud a toda velocidad.

Hasta ese momento había disfrutado de su estado de enamoramiento porque nunca había existido la posibilidad de que llegara a ninguna parte. Bradley era un imposible. Era intocable. Estaba fuera de su alcance. Y en realidad había sido una excusa muy conveniente para no acercarse a nadie más mientras se concentraba en consolidar su carrera.

¿Pero ahora? Alguien, claramente más inteligente que ella, le había dicho: «Ten cuidado con lo que deseas o puede que lo consigas».

Bradley miró el reloj y vio que Hannah llevaba fuera cerca de una hora. Era lo máximo que había decidido darle porque se apostaba el pelo de la cabeza a que no estaba haciendo ninguna labor de dama de honor. Al cabo de cinco minutos de frustrante búsqueda, la encontró. Estaba apoyada contra una pared en una tranquila sala de cóctel en el otro extremo de la barra. Sentada entre Roger y su madre.

Incluso a media luz pudo ver que no estaba pasándolo muy bien. Tenía las dos manos rodeando un alto vaso de agua con hielo y algo debió de alertarla de su presencia porque mientras se acercaba a ella, se giró inmediatamente y lo miró. Y al instante pasó de estar abrumada a estar encantada. Se le iluminó la cara como si el sol hubiera salido dentro de ella. Y fue... agradable.

—Hola —dijo suspirando y él asintió.

Virginia y Roger se giraron sorprendidos. Le dio un beso en la mejilla a Virginia y una palmadita en el hombro al pobre Roger.

—Llevo un rato buscándote.

—Llevo aquí un rato —le respondió mirándolo como si estuviera suplicándole ayuda.

Y entonces Bradley se sintió culpable porque por un momento había olvidado la verdadera razón por la que estaba allí: proteger a Hannah, estar a su lado. Lo había prometido, pero no lo había cumplido. ¡Menudo caballero estaba hecho!

—La hemos monopolizado —dijo Virginia guiñándole un ojo con coquetería por encima de su copa de champán... Una copa que, claramente, no era la primera de la noche.

Con los dientes apretados, Hannah dijo:

—Virginia ha estado hablándole a Roger de mi falta de dotes para participar en todos los concursos para jóvenes talentos de Tasmania en los que ella participaba y ganaba de niña.

—¿Ah, sí? —preguntó Bradley mirando a Virginia con el ceño fruncido, aunque la mujer ni se inmutó.

Al parecer, iba a hacer más falta que solamente su presencia para ayudar a Hannah. Ahora lo único que se le ocurría que ella podía hacer era lo mismo que había hecho él para liberarse de la decepción que le había causado su madre: demostrarse a sí misma, demostrarle a él y a todo el mundo que no importaba.

—Por cierto, ¿se te ha olvidado que nos toca ahora?

—¿Que nos toca…?

—El karaoke.

—Pero creía que no sabías cantar —dijo Roger.

—Y no sé —respondió Hannah con la mano en el corazón y los ojos saliéndosele de las órbitas.

—No está de broma. De verdad que no sabe —apuntó Virginia.

Bradley ya había visto suficiente, de modo que la agarró de la mano y la apartó de allí abriéndose paso entre la multitud mientras Hannah lo seguía en silencio y era consciente de lo agradable que era sentir sus manos unidas.

—¿Ya has terminado con tus labores de dama de honor?

—Sí, y gracias. ¿Adónde me llevas?

—He dicho que íbamos a cantar y ahora tenemos que cantar.

De pronto él sintió un fuerte tirón en el brazo y, cuando se giró, la vio allí, quieta, como si estuviera clavada al suelo.

—Si no lo hacemos se van a pensar que era una excusa para librarte de ellos.

—¿Y no lo era?

—Solo si quieres que lo piensen.

Ella se mordisqueó el labio inferior mientras él la miraba… Imaginando. Planeando.

—¡Pero es que no sé cantar!

—¿Y ellos sí? Venga, elige una canción, alguna que te sepas de memoria.

—Oh, madre mía, esto está pasando de verdad, ¿no? Umm… Cuando sueño que estoy haciendo un casting para un programa de televisión siempre canto algo de *Grease*.

Él no pudo evitar una sonrisa al oírla hablar de unos sueños tan inocentes.

—No te sabes ninguna de *Grease*, ¿verdad? ¡Pues no pienso subir ahí yo sola!

—Estás a salvo. Cuando era pequeño estaba enamorado de Olivia Newton-John.

El rostro de Hannah se relajó de inmediato mientras lo miraba asombrada y él aprovechó ese momento de distracción para llevarla hasta el escenario.

—¡Me encanta! —dijo Hannah sonriendo de oreja a oreja—. Cantabas sus canciones con el cepillo de tu madre como micrófono, ¿a que sí? Puedes decírmelo, te prometo que no se lo diré a nadie. Bueno, a lo mejor a Sonja, claro… pero ya sabes lo discreta que es.

Sacudió la cabeza emocionada y su oscura melena se onduló sobre sus hombros y dejó ver la suave curva de su cuello de piel dorada que pedía a gritos que unos dientes se hundieran en ella.

Él se quedó mirando ese punto de su cuerpo y se imaginó hundiendo su boca en él; era mejor que pensar en que iba a subirse a un escenario a cantar delante de una multitud de extraños.

La acercó más a sí y, embriagado por su aroma, le susurró al oído:

—Lo que la dama quiera, la dama tendrá. Así que, que sea *Grease*.

—Entonces, ¿de verdad vamos a hacer esto?

—Una canción. Demuéstrales que aunque no tengas dotes para los concursos de talentos, sí que tienes valor y arrojo de sobra.

—¿Crees que tengo valor?

La miró y ella se derritió con el calor de sus ojos.

—De sobra.

Hannah lo miró; sus largas y oscuras pestañas acariciaban su mejilla mientras él las imaginaba acariciándolo a él.

—Vamos a hacerlo. Ahora. Rápido. Antes de que cambie de opinión.

Sin soltarla, Bradley se acercó disimuladamente al encargado del karaoke y le dio un billete de veinte para poder terminar con eso lo antes posible.

—De acuerdo —dijo ella mientras giraba el cuello y saltaba en el sitio como si estuviera calentando para una carrera—. Oye, ¿por qué haces esto? Llevo trabajando contigo casi un año y te conozco. Exponerte como un pedazo de carne ante la gente para ti supone una tortura.

Se acercaba mucho a la verdad, una verdad que él no tenía ninguna intención de compartir ni con ella ni con nadie, y por eso cerró la boca y evitó mirar esos grandes y sinceros ojos.

—Vale, no me lo cuentes. Ya lo descubriré.

Y después le sonrió; fue la sonrisa de una mujer que lo conocía, que se preocupaba por él lo suficiente como para intentar conocerlo.

Maldita sea. Estaba en medio de un bar sin una copa cuando más la necesitaba para reunir valor.

Pero él había reescrito su historia y ya no era un niño huérfano, sino un hombre que había conquistado montañas y les había mostrado a los demás cómo hacerlo.

Hannah aún tenía que comprender que al subirse al escenario no importaría si le daba la razón a su madre al demostrar que no sabía cantar. Lo que importaría era que ya no sentiría que era la gran decepción de su madre, sino que había habido una ocasión en la que había reunido las agallas suficientes para cantar una canción en la fiesta previa a la boda de su hermana. Y si él tenía que vivir su propio drama para ayudarla, lo haría.

Había llegado su turno. Bradley la agarró de la mano y la subió al escenario donde le dio un empujoncito para situarla bajo el foco. Y, tal como se había esperado, en cuanto la gente se dio cuenta de quién estaba en el escenario, comenzaron a vitorearlos.

Ella se rio suavemente y se sonrojó, y entonces hizo una reverencia y el público enloqueció.

Tenía la cara cubierta de sudor y los ojos brillantes, pero la barbilla bien alta, como si estuviera retando a cualquiera a decirle que no podía hacerlo. Incluso a él le sorprendió.

Los acordes de *You're the One that I Want* retumbaban por los altavoces y el club entero se puso en pie y los animó.

Hannah reaccionó como si saliera de un trance, bajó el micrófono y lo miró a los ojos.

—¿Sabes cantar?

Él le acercó el micrófono a los labios y le dijo:

—Estamos a punto de descubrirlo.

Los tacones de Hannah colgaban de su mano mientras cruzaba el suelo de mármol en dirección a los ascensores que conducían a las habitaciones del Gatehouse.

Le pitaban los oídos después de horas sometidos a una atronadora música y el resto de su cuerpo parecía zumbar por una mezcla de cócteles, cansancio y el triunfo del dueto con Bradley sobre el escenario. Se giró para sonreír a su compañero y decirle:

—De todos los momentos más locos de esta noche tan extraña, ¡lo más impresionante ha sido descubrir que sabes cantar!

—Ya lo has dicho una o dos veces —le respondió él mirándola mientras ella se contoneaba.

—Yo soy pésima. Pésima de verdad, pero tenías razón… no importa. Me he sentido como una estrella del rock y sé que tú sabrías que me sentiría así.

—Ha sido cuestión de suerte —dijo él acercándose más.

Ella se estremeció mientras en su interior la indecisión batallaba contra la atracción sexual más intensa que había sentido nunca. Y, a juzgar por las sensaciones que estaban bombardeándola mientras sus ojos se encontraban, quedaba claro quién estaba ganando.

Necesitando alejarse de ese masculino calor, fue hacia el ascensor y pulsó el botón que, en mitad del tranquilo y desierto vestíbulo, provocó un ruido tan fuerte que ella se rio.

—Shhh.

—Shhh, tú.

—No. Esta noche nada me hará callar. He cantado delante de extraños y amigos, he cantado mal y
he sobrevivido. Y eso pide nada de callar y mucho
bailar.

Y por eso bailó. Con los pies descalzos pegados
al suelo, comenzó a sacudir la cadera y a menear los
brazos antes de empezar a dar vueltas, vueltas y más
vueltas. Le había dado tanto miedo que la juzgaran
que hasta el momento solo había hecho cosas que sabía que hacía bien, pero ahora después de haber hecho algo que había querido hacer desde siempre, se
dio cuenta de que ya no le daba tanto miedo. Se sentía como si pudiera hacerlo todo. Volar. Tocar el uke-
lele. Bradley…

Cuando su fuerte brazo la rodeó por la cintura…
cuando la acercó a sí y comenzó a bailar con ella,
Hannah se preguntó si su deseo había sido tan inmenso que lo había arrastrado también a él en contra
de su propia voluntad.

Pero no había nada forzado en el modo en que se
acercaba a ella, en el modo en que su barbilla descansaba sobre su cabeza, en el modo en que su mano
cubría su cintura. Nada inconfundible en lo respecti-
vo a esa presión que sentía contra su vientre.

Él le dio una vuelta y volvió a llevarla hacia sí
mientras ella se reía e intentaba mantener el equilibrio. Cuando la rodeó con sus brazos, estaba tararean-
do una canción. Algo suave y dulce, melódico e irre-
conocible. Y tranquilizador.

Ella apoyó su cabeza sobre su hombro… o al menos todo lo cerca que pudo del hombro ya que estaba

muy lejos del suelo y ella estaba descalza y de puntillas. En realidad, estaba más cerca de su corazón. Podía sentir su constante latido contra su mejilla marcando el mismo ritmo que el suyo.

Bradley la alzó hasta que sus pies quedaron posados sobre los suyos. ¿Y qué pudo hacer ella más que
soltar los zapatos y rodearlo por el cuello? ¿Cuánto
tiempo llevaba deseando hacer exactamente eso?

Y ahora estaba bailando lentamente.

Con Bradley. Con su jefe.

En algún lugar de su interior una pequeña voz intentaba recordarle por qué era una mala idea, pero
ella sacudió la cabeza para deshacerse de ella. ¿Es
que no entendía que era la primera vez en su vida
que se sentía así? Como si estuviera hecha de malva-
viscos derretidos, suaves, dulces, deliciosos y calien-
tes.

Tomó aire e inmediatamente captó su limpio aroma masculino. Ningún hombre del mundo había oli-
do así nunca. Tan sexy.

Las puertas se abrieron, pero ninguno de los dos
les prestó atención.

Hannah lo miró a esos maravillosos ojos color
mercurio, los más bellos del planeta.

Enredó los dedos en el cabello de Bradley y con
el pulgar acarició su piel de debajo de la oreja haciendo que sus ojos oscurecieran, como el cielo justo
antes de una invernal tormenta.

El contoneo se detuvo y Bradley la acercó más a
sí; la luz de la luna caía sobre su anguloso rostro
como si ella también quisiera acariciarlo.

Tan alto, tan reservado, tan excepcional, tan, tan,
guapo.

Cuando Bradley la dejó en el suelo, el mármol bajo sus pies estaba frío como el hielo, pero el resto de ella estaba tan caliente que apenas se percató del frío.

Como tampoco se percató de que las puertas del ascensor estaban cerrándose lentamente.

Y entonces, como si fuera lo más natural del mundo, Bradley agachó la cabeza y la besó.

Hannah cerró los ojos al sentir fuegos artificiales estallando tras ellos y bajando hacia el resto de su cuerpo hasta que a ella le pareció que la sangre le estaba hirviendo.

Él se retiró unos milímetros dándole la oportunidad de frenar las cosas antes de que fueran demasiado lejos, pero ya era demasiado tarde. El beso estaba ahí, para la eternidad. No había vuelta atrás. Y así, hundió la mano en su pelo y volvió a besarla hasta que ella apenas podía respirar debido a la intensidad de sensaciones que la recorrían. Y cuando él deslizó la lengua sobre la suya, Hannah se perdió en un torbellino de calor y deseo. Se puso de puntillas y lo rodeó por el cuello, acercándose a su cuerpo tanto como pudo, necesitando su calidez, su piel, su realidad, encendida con el imposible deseo de adentrarse en él.

Pero estando descalza, él resultaba demasiado alto, demasiado grande, demasiado alejado y Hannah quería estar más cerca. Quería ser parte de él. Y así, motivada por la frustración y el deseo de una liberadora sensación, se lanzó a sus brazos y lo rodeó por la cintura con las piernas.

Él la sujetaba como si no pesara nada, pero su beso se intensificó, se acaloró, como si para él ella significara mucho, como si él también llevara mucho tiempo frustrado y la presa que contenía esas emociones se hubiera roto y ahora nada pudiera detenerlas.

La besó en los labios, en el cuello, en la clavícula, en su hombro desnudo. Hundió los dientes suavemente en el tendón bajo su cuello y ella gritó de placer mientras lo agarraba de la cabeza. El calor más delicioso que había conocido nunca se acumuló en su interior.

Suspiró y murmuró.

—Si hubiera sabido que esto sería así, no habría podido contenerme todos estos meses.

El sonido del ascensor abriéndose se adentró en el cerebro de Hannah al mismo tiempo que sentía los brazos de Bradley soltándola.

Lo miró a los ojos confundida, pero no tuvo tiempo de descifrar su expresión ya que un grupo de amigos de Elyse salió del ascensor riéndose, gritando y achispados.

Rápidamente, ella se atusó el pelo, se retocó el pintalabios y se estiró la ropa. ¡Y entonces vio sus zapatos tirados por el suelo! Se apartó de Bradley y fue a recogerlos antes de que sus tacones de aguja atravesaran a alguien.

—¡Hannah Banana! —gritó uno de los amigos de Elyse agarrándola con la intención de llevársela con ellos, pero ella logró soltarse y les deseó que se divirtieran. Y entonces, con la misma rapidez con que habían aparecido, desaparecieron y sus carcajadas resonaron por el pasillo.

El tranquilo vestíbulo ahora solo estaba ocupado por el sonido de su respiración entrecortada. La adrenalina la recorría como si fuera una inundación hasta hacer que su cuerpo se estremeciera. Su cuerpo… que seguía temblando de pies a cabeza por la intensidad del beso de Bradley.

Con los zapatos fuertemente agarrados, lo miró. Parecía una enorme sombra bajo la luz de la luna, con las manos en los bolsillos y quieto y sereno como una montaña.

El ascensor volvió a sonar y, en esa ocasión, su instinto la hizo entrar. Sujetó las puertas cuando comenzaron a cerrarse.

—¿Subes? —le preguntó a Bradley.

Él dio un paso atrás.

—Mejor ve tú. Yo me voy a tomar una copa antes de dormir.

Pareció haber ignorado que tenían un bien abastecido bar en su impresionante suite… o tal vez no. Deseaba que los amigos de Elyse volvieran por allí para poder estrangularlos uno a uno.

—De acuerdo —dijo canturreando como si no se diera cuenta de que la habían rechazado rotundamente y después, añadió—: Seguro que el bar del vestíbulo está abierto toda la noche.

Él asintió, pero no se movió y ella sintió algo de esperanza. Tal vez estaba siendo un caballero esperando una señal por su parte, aunque Hannah dudaba que hubiera mayor señal que lanzarse a los brazos de un hombre y rodearlo con sus muslos.

El ascensor sonó varias veces, preparado para ponerse en marcha. Ella apretó los dientes. Tal vez el problema era que con las montañas las sutilezas no funcionaban. Tal vez en lugar de una señal lo que ese hombre necesitaba era una maza.

—Bradley, ¿te gustaría…?

—Me gustaría dormir un poco —la interrumpió—. Ha sido un día largo.

A ella se le cayó el alma a los pies y se sintió como si le hubieran dado una patada en el estómago. Intentó desesperadamente sacar de su interior un atisbo de sofisticación que la ayudara a disimular, pero al final terminó prácticamente balbuceando.

—Sí, claro, dormir. Una idea genial. Es justo lo que necesito.

Estaba claro que para él lo que había sucedido no era más que un beso; tal vez era algo que le sucedía a diario con la diferencia de que en esa ocasión le había tocado a ella. Tal vez ella había ido demasiado deprisa y él se había arrepentido. Tal vez. Pero, claro, había sido él el que había dado el primer paso.

Mientras la cabeza le daba vueltas, lo único que Hannah sabía era que debería seguir su consejo y salir de allí antes de decir o cometer alguna estupidez.

Apartó la mirada para presionar rápidamente el número de su planta.

—Buenas noches, Bradley.

Él asintió.

—Nos vemos por la mañana.

Lentamente, las puertas se cerraron y cuando su propio reflejo la miró y el ascensor comenzó a ascender, ella podía seguir viendo la cara de Bradley. Oscura. Tormentosa. Estoica.

Por alguna razón, las fuerzas que se habían unido para crear ese momento habían desaparecido como una bocanada de humo. Ojalá supiera por qué…

Capítulo 7

BRADLEY sostenía entre las manos la, ahora templada, taza de café mientras estaba sentado en el gran y vacío bar del vestíbulo.

Por desgracia, no había logrado calmarlo. No era un hombre temerario; al besar los suaves y rosados labios de Hannah había sabido que habría consecuencias, las había sopesado, las había medido, y había decidido que después de negociar una noche tan desenfrenada con encomiable finura un beso para celebrarlo era una buena idea.

Lo que no se había esperado era que la sensualidad que Hannah llevaba escondida dentro hubiera explotado de ese modo en cuanto sus labios la habían rozado. Sin embargo, con eso había podido.

Lo que había hecho que ahora estuviera solo sentado en un bar a las tres de la mañana era: «Si hubiera sabido que esto sería así, no habría podido contenerme todos estos meses». Las palabras de Hannah no habían parado de dar vueltas en su cabeza desde que se había sentado.

Parecía que Hannah tuviera algún sentimiento hacia él y, aunque solo fueran recientes, era demasiado. Él jamás se había permitido implicarse emocionalmente con una mujer que no viera las relaciones como las veía él.

¡Maldita sea! Apartó la taza con frustración.

—¿Otro, señor Knight? —preguntó el camarero.

—No, gracias, amigo. Creo que ya ha sido suficiente por esta noche.

—Muy bien, señor.

Bradley se levantó del taburete y lentamente fue hacia el ascensor, hacia ese mismo lugar donde había ignorado a la vocecita que lo había advertido dentro de su cabeza y la había besado de todos modos.

La puerta se abrió y él entró, sin querer ver su reflejo en las puertas mientras volvía a pensar en todo lo sucedido.

Hannah sentía algo por él y él nunca lo había utilizado en su propio beneficio. Si lo hacía ahora, no sería mejor que aquellos que le habían hecho daño en su intento de hacer sus vidas un poco más cómodas.

Por otro lado, besaba como una sirena, como si bajo su pequeño cuerpo hubiera un manantial de calor, como si deseara que solo él fuera el que apagara ese calor.

Esperaba que, para cuando entrara en la suite que compartían, la habitación de Hannah tuviera la luz apagada y estuviera en silencio. Después, él podría retirarse a la suya, desnudarse, abrir la ventana y dejar que el gélido aire hiciera lo que la fuerza de voluntad y el café ardiendo no habían logrado.

Bradley cerró la puerta de la suite del modo más silencioso que humanamente pudo. Se quitó los zapatos y fue de puntillas hacia su habitación, pero entonces oyó un ruido ante el que todo su cuerpo se tensó y le subió la adrenalina.

Volvió a oírlo. Sonaba como el tintineo del cristal sobre la madera. Seguro que era una rama de árbol golpeando contra el cristal de la ventana, pero solo había un modo de asegurarse.

Bajó los amplios escalones hasta el salón y vio que todas las luces estaban apagadas menos una en el extremo del moderno sofá de piel de cuatro plazas. Debajo de la lámpara había una revista abierta y puesta boca abajo. En el otro extremo de la sala la chimenea estaba encendida. Parecía que Hannah tampoco había podido quedarse dormida de inmediato.

El tintineo de antes volvió a sonar y se giró hacia el ruido. Venía de la esquina de la sala donde estaba el jacuzzi, en una especie de alcoba con un ventanal con vistas al bosque y oculto discretamente tras un medio muro.

La sangre le retumbaba en los oídos mientras avanzaba hacia allí.

Allí estaba.

Hannah. Despierta. Sentada en el borde del jacuzzi y cubierta por un jersey suelto gris claro. Sus piernas desnudas se movían dentro del agua y tenía media copa de vino entre los dedos. Por alguna extraña razón, tenía un sombrero rosa de cowboy puesto en la cabeza.

El gemido que él contuvo resultó doloroso ya que, por mucho que lo hubiera intentado, Hannah no podría haber estado más sexy.

Podía marcharse ahora mismo y fingir que no la había visto, aunque, ¿a quién pretendía engañar?

Ella movía los dedos alrededor del borde de la copa y la manga de su jersey se deslizó dejando al descubierto un sedoso hombro desnudo. Esa piel que él mismo había saboreado una hora antes. Una piel que había sabido a miel, a calor y a una dulzura que no podía sacarse de la cabeza.

Dio un paso adelante.

Ella giró la cabeza y se detuvo, pero no lo había visto; estaba mirando su copa y su larga melena le cubría la mitad de la cara como una cortina de seda marrón. Hundió un dedo en la copa y se lo llevó a los labios para relamer lentamente la gota roja.

Finalmente, se percató de su presencia… probablemente porque él tenía la sangre acelerada y el martilleo que estaba provocando al recorrerle el cuerpo podía oírse tres plantas más abajo. Hannah se giró sobresaltada y con la mano en el pecho.

—¿De dónde has salido? —le preguntó con la respiración entrecortada.

—Del bar. Me he tomado un café. Hacen un café muy bueno, pero ya he vuelto.

Bradley Knight, el gran comunicador.

—¿Qué horas es? —ella miró su enorme reloj y se sorprendió al ver cuánto tiempo había pasado desde que se habían separado.

—Es tarde —pero le daba igual, por él como si

eran las diez de la mañana. Estaba demasiado despierto, demasiado alerta a cada sonido, a cada movimiento, a cada contoneo de su medio desnudo cuerpo—. ¿A qué viene el sombrero?

—¿El…? Oh… ¿Querías saber qué llevaba en mi maleta? Pues esto. Y también boas de plumas, un velo rosa chillón, docenas de paquetes de preservativos, una caja de pétalos de rosa secos… Cosas que una dama de honor lleva encima... por si acaso.

Se quitó el sombrero y unos mechones de su oscura melena cayeron sobre sus hombros.

Los pies de Bradley se movieron como impulsados por una intensa y oculta fuerza.

—¿No podías dormir? —le preguntó.

—No estaba segura de querer dormir.

Lo miró, aunque con demasiada brevedad como para que él pudiera interpretar su expresión, pero el hecho de que estuviera despierta, esperando… Sería grosero por su parte no acompañarla.

—Tal vez sea porque no llegamos a terminar ese baile —dijo él odiándose a sí mismo mientras lo decía.

—Mmm… Nos interrumpieron antes del gran final.

—Parecía que estábamos logrando… algo.

—Estaba preparada para un gran número estilo Hollywood, ¿y tú?

A pesar de la tensión que envolvía la habitación, Bradley se rio.

Ella también se rio y sus mejillas se encendieron. Se acercó las rodillas a la barbilla y el agua se deslizó por sus piernas doradas. Unas uñas pintadas con los colores del arco iris brillaron con la luz que se reflejaba en el agua. Había estado ocupada mientras él estaba fuera, y no la culpaba. Si se sentía como él, tendría que trepar una montaña para tener oportunidad de quemar toda la adrenalina que se disparaba por su sistema.

¡Era fantástica! Sexy, alegre, inteligente y completamente modesta. Y en su mundo, un mundo lleno de pretenciosos, esa era una cualidad absolutamente única. Y todas eran cualidades de una mujer que, en alguna parte de la habitación, tenía decenas de paquetes de preservativos… por si acaso, y que se echarían a perder.

Ella vio por el rabillo del ojo cómo lentamente se subía el bajo de los pantalones y se rascó la barbilla con el hombro mientras, disimuladamente, contemplaba el vello que cubría sus gemelos de escalador.

Él estuvo a su lado en dos pasos, se sentó en las frías baldosas y a punto estuvo de suspirar de placer al hundir los pies en el brillante agua caliente. La temperatura casi igualaba el calor de su cuerpo que irradiaba de él ahora que estaba sentado tan cerca de ese hombro, de ese cabello, de esas piernas. Esa boca.

Lo tenía todo allí para tomarlo; ojalá ella no tuviera unas expectativas tan altas… ni él tan bajas. Ojalá pudieran encontrarse en un punto intermedio…

—Tengo una proposición —dijo Bradley antes de sentir que estaba pronunciando esas palabras.

—¿Sí? ¿Ahora?

—Sí, allá va. Estarás aquí otros tres días y yo no tengo ningún sitio adonde ir. Y esta suite está construida para todo el libertinaje que puede ofrecer un fin de semana salvaje.

Ella comenzó a respirar con dificultad, pero en ningún momento desvió la mirada de él.

—Propongo que no esperemos ni un minuto más y aquí viene el punto clave: una vez llegue el martes… lo que haya pasado en Tasmania, se queda en Tasmania.

Ella cerró el puño alrededor del borde de baldosas hasta que los nudillos se le pusieron blancos y a él le pasó lo mismo. Bradley movió su dedo unos centímetros y tocó el suyo. Ella echó la cabeza atrás y la recorrió un escalofrío.

Y eso fue todo lo que hizo falta: un acuerdo con el que los dos podrían vivir y el roce de un dedo. Al instante, y con un gemido medio de disgusto medio de alivio, Hannah estaba sentada a horcajadas sobre él. Tenía las manos hundidas en su pelo, la boca sobre la suya y estaba besándolo como si su vida dependiera de ello. Esa boca… era divina. Bradley rodeó su delicioso cuerpo, cerró los ojos y dejó que esa hermosa boca lo llevara hasta el cielo.

Mucho tiempo después, los besos comenzaron a suavizarse, a endulzarse, a calmarse aunque las hormonas de Bradley bramaban por su cuerpo en busca de una salida.

Con las manos sobre sus hombros, ella lo besó en la sien, en la mejilla, en la comisura de la boca y de ahí pasó a mordisquearle la oreja.

—Diablilla —gimió.

La risa de Hannah salió con suavidad, con sensualidad. Igual que ella.

Bradley posó las manos sobre sus nalgas y la llevó más hacia sí colocando la curva que se formaba entre sus piernas sobre su erección. Ella gimió y se aferró a él mientras Bradley colaba la mano bajo su camiseta y sus pulgares acariciaban sus caderas y se hundían en la suavidad de su cintura. Continuó con su exploración aunque no encontró más que piel. Una piel ardiente y aterciopelada. Cuando sus pulgares rozaron sus pechos desnudos, ella gimió de placer y él tuvo que contenerse para no perder el control y acabar metido en el agua. Cubrió uno de sus pechos. Cada centímetro de su cuerpo era una maravilla, como también lo era el modo en que reaccionaba ante la más ligera caricia una y otra vez, totalmente abrumada. Él sabía que tenía habilidades, pero Hannah lo hacía sentir como si fuera el gran maestro. Y antes de poder hacerle una demostración, ella ya se había ido. Ese cálido cuerpo que se contoneaba tan deliciosamente ya no estaba allí.

Tardó un momento en darse cuenta de que Hannah se había metido en el jacuzzi. Reapareció con el agua chorreándole por la cara y con su negra melena resplandeciente. Estaba ardiente, húmeda y resbaladiza. Al instante, unas braguitas negras acabaron sobre los baldosines.

Bradley ya estaba de pie desnudándose antes de siquiera saber qué estaba pasando. Chaqueta. Camisa. Camiseta sin mangas. Vaqueros.

Se metió en el agua, iluminada por la suave luz de la luna de invierno. A continuación, sintió una presión en la cara interior del muslo, en la cadera, en el ombligo: eran los labios de Hannah besándolo.

Salió del agua como una especie de sirena con una belleza y una deliciosa boca que podían hacer estragos en sus sentidos. Él apoyó los codos en las baldosas, agradeciendo el frescor, y ella deslizó una mano sobre su pecho seguida por su lengua, creando un ardiente camino alrededor de sus costillas y de su pezón izquierdo. Su suave piel desnuda se deslizaba sensualmente contra la suya. Y entonces, cuando hundió los dientes en su hombro, su otra mano rodeó su erección.

El gemido que fue tomando forma en el interior de Bradley terminó encontrando un escape y resonó contra las negras ventanas y reverberó por la superficie del agua. Ella vaciló un instante y él aprovechó para sacarla del agua y sentarla sobre las baldosas. Hannah temblaba, sentada completamente desnuda ante él. Lo miró; se la veía vulnerable, completamente a su merced y eso hizo que él viera la responsabilidad que tenía entre manos y la clase de línea que estaba traspasando. Pero al instante, ella comenzó a acariciarlo con su pie; era una mujer adulta, una mujer que conocía los límites y que deseaba que sucediera tanto como él.

Bradley apoyó las manos sobre sus rodillas y ella se estremeció. Bien, porque quería que estuviera completamente segura de lo que estaba a punto de suceder. En ningún momento Hannah desvió la mirada cuando él comenzó a separarle las piernas lentamente. Tenía los ojos abiertos de par en par, expectantes y la piel encendida. ¿Cómo era posible que nunca se hubiera fijado en la sensualidad que emanaba por los poros de su piel? Lo cierto era que sí que lo había notado, pero había preferido que ambos acabaran agotados en el trabajo cada vez que su cuerpo había reaccionado ante ella porque de ese modo su vida no se volvía complicada. Idiota.

La acercó más a sí hasta que sus piernas colgaron

en el agua y después se las alzó y las colocó sobre sus hombros. Y mientras distintas emociones entraban en conflicto en el rostro de Hannah, se entregó a él sin dudarlo tendiéndose lentamente sobre las baldosas. Confiando en él por completo. Pero, ¿por qué? Él nunca había hecho nada para ganarse su confianza. Mientras pensaba en ello, no podía dejar de acariciarla; deslizó las manos sobre sus pechos y se tomó su tiempo sobre la sexy curvatura de su abdomen haciendo que ella elevara el torso en un intento de seguir el rastro de su caricia, como si el hecho de que no la acariciara fuera imposible de soportar.

A él le recorría un deseo como nunca había sentido; un deseo de complacerla y de demostrarle que, efectivamente, podía confiar en él. Deslizó la lengua sobre el tembloroso músculo de su muslo. ¡Era la tentación personificada! Tan exuberante, tan receptiva. Le separó las piernas más aún y ella hundió los talones en su espalda para llevarlo hacia sí. El deseo que sentía por él era absolutamente descarado y un pequeño gemido escapó de esa preciosa boca justo antes de que él acercara la suya hasta la calidez de ese punto donde se unían sus muslos.

La llevó hasta el límite de la locura y la acompañó también sin apartar las manos de ella mientras sentía los espasmos de placer que la recorrían. El modo en que respondió fue tan gratificante que podría haberlo repetido una y otra vez durante toda la noche si ella le hubiera dejado.

Cuando los temblores cesaron, ella le agarró las manos, se incorporó con cierta dificultad, como si su cuerpo se hubiera convertido en gelatina, y se metió en el agua. Posó las manos a ambos lados de su cara y lo miró a los ojos mientras todo lo que podía hacer él era respirar y mirarla también.

Sin miedo. Sin reticencia. Sin contenciones. Sin arrepentimientos.

En algún lugar de su interior se abrió una puerta que le permitió sentir la serenidad de Hannah, su seguridad, su satisfacción. Era como si estuviera experimentando lo que ella había sentido. Y entonces Hannah sonrió; fue una sonrisa cargada de puro veneno.

Esa gloriosa boca… ¡Los preservativos! ¿No había dicho que estaban en su maleta? Estaba tan excitado que apenas podía recordar por dónde se iba a su habitación, aunque… Hannah estaba tomando la píldora, se lo había oído decir, ¿sería suficiente? ¡Ojalá lo fuera!

Hannah alargó la mano; junto a su copa de vino había una cajita. ¡Había estado esperándolo! Su pequeña y divina sirena. Ella lo abrió con los dientes y se deslizó por el agua sin apartar la mirada de sus ojos. Se acercó, le colocó el preservativo y lo rodeó por las caderas lentamente. Él se adentró en ella a la perfección, como si hubiera estado esperándola toda la vida.

«Entre veinticuatro horas y doce meses», le recordó una vocecilla. Y ahora solo tenía tres días para quedar plenamente satisfecho.

Con esa divina boca provocándolo y esa deliciosa lengua acariciándolo, se contoneaba sentada encima de él. Lentamente y después más deprisa y con más intensidad. Él se perdió en su interior hasta que la presión se hizo insoportable, demasiado salvaje, demasiado intensa, demasiado poderosa y llegó al éxtasis como nunca antes lo había sentido.

Podía sentirla jugueteando con el cabello de su nuca y con la barbilla apoyada sobre su hombro. Tan pequeña. Tan vulnerable y delicada. Sentía un inmenso deseo de abrazarla con fuerza, de protegerla de todo daño.

Era una locura, era algo imposible, sobre todo teniendo en cuenta que él era la mayor amenaza para ella.

En cuanto Hannah levantó la cabeza y le sonrió, él posó la mirada en su boca, en sus húmedos y rosados labios y lo único en lo que podía pensar era «más».

Se preocupó: si eso no lo había saciado, ¿qué haría falta? Bueno, fuera lo que fuera, tendría que suceder antes de que terminaran las vacaciones.

Ya eran más de las cuatro de la madrugada del segundo día. Con el gruñido de un hombre de las cavernas, se la echó al hombro y la sacó del jacuzzi.

—¿Adónde crees que me llevas? —gritó ella riéndose.

—A la cama.

Ella se contoneaba para intentar verle la cara y sus nalgas rozaron contra la mejilla de él, haciendo que se excitara una vez más.

—¿A la cama? ¡Pero si estamos empapados!

—Por eso vamos a la tuya.

Ella se rio. Parecía preparada para más. Preparada para lo que fuera.

Bradley abrió la puerta de una patada. ¡Sería una gran noche!

Con los ojos cerrados, Hannah se estiró y sus miembros desnudos se deslizaron sobre la enorme cama. Abrió los ojos y vio que el sol se colaba por las ventanas. Había llegado la mañana y músculos que desconocía que tuviera le dolían y protestaban. Entonces, lo recordó todo.

Bradley, el baile, el beso, el jacuzzi… ¡Oh! El jacuzzi… y por último horas y horas del más intenso festín sexual que había tenido lugar en la cama en la que se encontraba ahora.

—¡Guau! —susurró sonriendo y acurrucada.

Si alguien le hubiera preguntado cómo esperaba que fuera el primer día de sus tan deseadas vacaciones, jamás se habría imaginado, ni en sus mejores sueños, que fuera a terminar en la cama con su jefe. Todo había sido genial desde el momento en que Bradley había dicho que lo que sucediera en Tasmania, se quedaría en Tasmania, porque al instante de haber pronunciado esas palabras, todas las fantasías que ella había albergado desde que lo conocía se habían liberado sin límites. Una vez que volvieran a la ciudad, a la vida real y al trabajo, los dos contarían con el hecho de que lo sucedido durante el fin de semana se había acabado y que ellos habían quedado erótica y maravillosamente saciados y satisfechos. Bradley podría seguir siendo un hombre frío, testarudo e intocable y ella podría seguir… ¿Qué? ¿Ignorando su lado más sensual para concentrarse en su lado más responsable? ¿Esperando a que por arte de magia un buen día apareciera un hombre que pudiera darle el amor, la lealtad y el romanticismo que anhelaba? Tendría que ser un hombre que pudiera darle lo mismo que acababa de vivir esa noche, que pudiera hacerla sentir tan bella y tan deseada como la había hecho sentir Bradley cuando sus dientes habían acariciado su cadera, cuando su lengua se había deslizado alrededor de su pecho... Hasta el momento, en sus veinticinco años de vida, jamás se había acercado siquiera a sentir con un hombre lo que había sentido con él.

Oyó el crepitar de una sartén al otro lado de la puerta. ¡El desayuno! Su deseo de quedarse en esa cama para siempre tendría que esperar porque estaba hambrienta. Se cubrió con una sábana gigante y fue corriendo al cuarto de baño para mirarse al espejo.

—¡Guau!

Sus ojos parecían pozos de agua verdosa y cristalina, tenía los labios inflamados y las mejillas sonrojadas, y además estaba despeinada.

Miró hacia la puerta. No pasaba nada, ¿de qué servía fingir que nada de eso había pasado? Sin arreglarse el pelo, salió en dirección de ese delicioso olor y se detuvo a medio camino de la moderna y elegante mini cocina de acero inoxidable. Bradley estaba cocinando lo que parecían huevos con beicon: su plato favorito. Estaba segura de que se lo había dicho cientos de veces y él lo había recordado. Al igual que había recordado cuál era su bebida favorita.

—Buenos días —le dijo él.

—¿Cuánto llevas levantado?

—Un rato.

—Deberías haberme despertado.

—Podría —respondió él con una media sonrisa—, pero he pensado que necesitabas descansar.

—Estoy bien —respondió con un bostezo—. Por cierto, este sitio tiene servicio de habitaciones.

—¿De dónde crees que he sacado los huevos y estas magdalenas?

—Claro. Bueno, así que resulta que sabes cocinar —«y cantar, y bailar, y hacer fantásticos programas de televisión que cambian la vida de las personas. Y hacerle el amor a una mujer como ningún otro hombre…». Una calidez comenzó a llenarla por dentro, una que nunca antes había sentido, pero sus más profundos instintos femeninos lo entendían demasiado bien y tuvo que recordarse que lo que sucediera en Tasmania, se quedaba en Tasmania.

—Una persona no puede sobrevivir a base de comida de cafetería y comida china. Soy un hombre soltero y era o aprendo a cocinar o morirme de hambre. ¿Tú no cocinas?

Ella sacudió la cabeza.

—¿Entonces cocina Sonja?

Hannah se rio.

—¿De qué os alimentáis?

—De aire fresco, de mucho trabajo, y de todos los huevos con beicon que puede tolerar mi estómago.

Él volvió a reírse, aunque con una expresión más seria esta vez, como pensativa. Hannah no pudo evitar recordar la sensación del agua caliente rozando su cuerpo desnudo mientras veía a Bradley desnudarse, su boca acariciando sus partes más íntimas, la sensación de sus músculos bajos sus dedos…

—Bueno, ¿qué planes tenemos para hoy?

La voz de Bradley interrumpió su ensoñación y ella se miró la muñeca para ver la hora, pero vio que su muñeca estaba desnuda. Debía de haberse quitado el reloj durante la noche.

—¿El gran plan de hoy? Después del almuerzo hay una clase de costura para las chicas y un concurso de eructos para chicos —pensó en decirle que además algunos invitados se reunirían para decorar la capilla, pero al fin y al cabo, ya había hecho el desayuno.

—¿Estás de broma?

—¿Lo estoy?

Lo miró a los ojos, tal vez algo más distantes que hacía unas horas, pero era perdonable.

—También hay un maratón de cine en el salón de baile para ver las películas románticas favoritas de Tim y Elyse y esta vez no estoy bromeando. Pero relájate. Ya que has sido tan amable de hacerme el desayuno, te dejo libre.

—¿Y qué vamos a hacer? —lamió unas gotas de salsa holandesa de su dedo, apagó el fuego y rodeó la encimera haciendo que el cuerpo de Hannah respondiera al calor que él parecía estar emitiendo. Entendió que necesitaba tiempo para asimilar lo que había pasado, lo que seguía pasando y lo que pasaría. Por lo menos hasta el martes. Y meterse en la cama con Bradley no la ayudaría en nada.

—Tengo una propuesta.

—Dime.

—Tenemos una montaña preciosa ahí enfrente; es una colina comparada con lo que tú estás acostumbrado, pero es muy especial. Hay veintitantas sendas, distintas variedades de flora y fauna que no se puede encontrar en ninguna otra parte del mundo, paseos a caballo, en bici y pesca. Deja que te lo enseñe porque si lo único que ves de la isla es el interior de este hotel, jamás me lo perdonaré.

Los ojos de Bradley parecieron cobrar vida y su boca se curvó en una sonrisa que le dijo que no le importaba nada conocer cada rincón de esa suite. El cuerpo de Hannah comenzó a temblar de emoción, pero sabía que necesitaba un descanso. Necesitaba tiempo para recuperarse, y ¿qué mejor forma que dando un paseo por la montaña en una gélida mañana?

Sería la mejor y más profesional guía turística que podía existir.

—¿Me concedes el capricho?

—Claro —respondió él—. Pero primero a desayunar. Tengo que recuperar fuerzas y después podrás ser mi guía y demostrarme por qué este lugar te vuelve loca.

Le puso un plato delante que olía de maravilla y que sabía tan rico como parecía. O mejor aún. Mucho mejor. Era el mejor plato de huevos con beicon que había comido y que comería nunca.

Capítulo 8

BRADLEY seguía las blancas bocanadas de su frío aliento mientras ascendía por la escarpada senda que los llevó a Hannah y a él alrededor del lago Dove y del hermoso cráter de Cradle Mountain.

El gélido aire le congelaba los pulmones, sobre ellos pendía un cielo azul claro, bajo sus pies desaparecía un terreno abrupto y desafiante, y a su alrededor lo envolvían las perfectas y singulares imágenes que encandilarían a montañeros y televidentes por igual.

Esa joya de lugar había estado en la periferia de su vida todo ese tiempo y él ni siquiera había sabido que existía.

Sintió un tirón en la parte trasera de la chaqueta y, al girarse, encontró a Hannah resoplando.

—Más despacio… por favor… —le suplicó con la respiración entrecortada.

Él hizo lo que le pidió; el rostro de Hannah, o lo que podía ver de él entre su gorro de nieve y el cuello de piel de la enorme parca que había pedido en el hotel, estaba sonrojado.

Tan decidido estaba en quemar toda la adrenalina que seguía invadiéndolo, incluso después del esfuerzo maratoniano de esa mañana, que había olvidado que ella no era una alpinista experimentada. No cocinaba, y a juzgar por cómo estaba, tampoco hacía ejercicio. Esas eran dos cosas que él no sabía. Eso, y el hecho de que tuviera una adorable marca de nacimiento con forma de fresa en el centro de su nalga derecha. Se preguntó qué otras joyas descubriría sobre su ayudante durante ese fin de semana de cuatro días.

—¿Cuánto queda? —preguntó ella con las manos en las rodillas.

—Creía que ibas a ser mi guía.

Ella lo miró con unos grandes ojos verdes y después agitó una mano.

—Esto es Cradle Mountain. Eso es el lago Dove. Bonito, ¿eh? Ahora, ¿puedo volver al hotel?

Él se rio y ella lo miró asombrada por el hecho de que fuera capaz de reírse. No ayudaba nada que intentara parecer furiosa cuando estaba cubierta con ropa suficiente para vestir a tres personas. Si no hiciera tanto frío que él no podía sentir la nariz, habría creído que ella se había propuesto no resultarle sexy. Y lo que Hannah no sabía era que él llevaba la mitad del paseo queriendo volver al hotel para quitarle una a una esas capas de ropa que llevaba encima.

Miró hacia delante.

—Vamos, veo un sitio donde podemos parar.

—Oh, gracias a Dios.

Bradley volvió a reírse y se situó detrás de ella para darle un empujoncito y seguir subiendo por el sendero.

—¿Por qué no se me habrá ocurrido ponerme patines? —dijo ella mirando hacia atrás—. Podrías haber estado todo el camino así.

—¿También cuesta abajo?

—Es verdad, tienes razón.

Pasaron por encima de la valla de seguridad y se sentaron el uno junto al otro sobre un gran y plano peñón. Bradley fue directo a por su botella de agua y estiró los pies para que no le dieran calambres en los músculos. Hannah se tumbó de espaldas y no se movió.

Desde donde se encontraban tenían una vista perfecta del lago y de los picos de la que una vez fuera una roca subvolcánica cubierta de vegetación. Espirales del humo de chimeneas delataban la ubicación del Gatehouse que, de lo contrario, habría quedado oculto por el bosque.

Y si eso era un simple aperitivo de lo que la isla tenía que ofrecer, entonces Bradley estaba seguro de que quería seguir descubriendo más… y pronto. Por suerte para él tenía un gran guía en su equipo; uno que había mostrado interés por entrar a trabajar en el departamento de producción.

—¿Estás divirtiéndote? —le preguntó Hannah, aún tumbada.

—Un montón. ¿Y tú?

—Mmm. ¿Sería una completa metedura de pata preguntarte por qué te apasionan tanto las montañas?

—¿Por qué no? ¿Qué pasa con las montañas? —le contestó él, dándole la misma respuesta que había dado miles de veces en entrevistas y conversaciones privadas por igual.

—¿Es lo único que vas a darme?

Bradley apoyó la espalda en el duro suelo y Hannah volteó los ojos.

—Vale, genial, hazte el reservado, pero recuerda que fuiste tú el que dijo que lo que pase aquí, se queda aquí. Interpreté que con eso te referías a mi intento en el karaoke anoche y a las extravagancias de mi madre, además de a cualquier otra revelación privada con que nos pudiéramos topar.

La miró. Tenía razón. Él había sido testigo de aspectos de su vida que ella habría preferido mantener separados de su vida en Melbourne y tenía que respetarlo.

—¿Por qué las montañas...? —comenzó a decir mientras contemplaba las impresionantes vistas—. Más o menos por esto: cuando escalas una montaña solo, el desafío es tan grande, parece tan imposible, que la recompensa es aún más dulce cuando llegas a la cima. Has conquistado lo inconquistable. Solo. La gloria es únicamente tuya.

Se quedaron sentados en silencio un rato mientras sus palabras desaparecían en el fino aire y después Hannah dijo:

—Pero entonces así no tienes a nadie que te anime y vitoree cuando lo logras. Nadie que te proteja si te caes.

Bradley la miró. Ella estaba mirándolo a él, con expresión de interés pero también de preocupación. Esos ojos verde claro estaban viendo demasiado, estaban queriendo demasiado de él. Comenzó a responder despacio y sintiéndose algo incómodo.

—Crecí acostumbrado a no tener a nadie que me animara ni que me protegiera si me caía. Y la verdad es que lo prefiero así.

—Lo sé, pero no entiendo por qué.

Él tragó con dificultad. No podía hacerlo. No debería hacerlo. No era asunto suyo.

Hannah se incorporó y esperó hasta que él la miró.

—Echo de menos que mi padre me diga «Esa es mi niña» cuando hago algo fantástico. Incluso echo de menos cuando mi madre protestaba mientras tenía que vendarme una rodilla arañada y nada femenina. Puedo vivir sin ellos, pero es agradable saber que si alguna vez necesito esa clase de apoyo, tengo amigos que se preocupan por mí, que vendrán a mi rescate. Tú también los tienes y lo sabes. Solo tienes que dejar que se acerquen.

Bradley sacudió la cabeza.

—Por propia experiencia sé que solo puedes confiar en ti mismo.

—¿Qué experiencia?

—Experiencia formativa.

—Pues inténtalo de nuevo.

—No puedo.

—¿Por qué no?

¡Esa mujer era demasiado insistente!

—¿De verdad quieres saberlo?

—De verdad quiero saberlo.

—Bien —respondió tan fuerte que su palabra resonó por el cavernoso espacio. Y entonces, como si estuviera disparando con un rifle, comenzó a hablarle de la marcha de su padre antes de que él naciera, de la continuada indiferencia de su madre, del día en que ella había decidido que cuidar de él era demasiado difícil. Le habló de las numerosas direcciones en que había habitado, del modo en que había visto a gente echar de su casa a un niño indefenso solo porque les resultaba más cómodo estar sin él. Y entonces, de pronto, los ejemplos que iba poniéndole se volvieron más específicos. Nombres, caras, lugares, fechas. Una desilusión tras otra.

Había pasado un rato antes de que se diera cuenta de que ella estaba rodeándolo por el codo con su mano enguantada y ofreciéndole la clase de apoyo que él habría tenido si lo hubiera pedido.

—¿La ves? ¿A tu madre?

—Una vez la busqué, cuando tenía unos veinte años. Había ganado algo de dinero, había comprado unas propiedades, me había demostrado a mí mismo que era una persona que valía la pena y la necesidad de hacerla partícipe de ello fue llenándome hasta que no pude contenerla y no tuve más elección que buscarla.

Hannah, con delicadeza, apoyó la cabeza contra su brazo. Ahí donde otros tal vez habrían cambiado de tema o se habrían sentido incómodos, ella sencillamente lo absorbió todo, todo lo que le decía. Como una esponja. Y, al verlo, él no sintió ninguna necesidad de apartarse.

—Le escribí una carta y ella me respondió. Acordamos vernos, yo me presenté donde habíamos quedado y la vi por la ventana en la calle. Habían pasado años, pero supe que era ella al instante. Ella no miró dentro del restaurante, jamás me vio sentarme. Jamás llegó a cruzar la puerta. Fue como si la multitud que ocupaba la calle se la hubiera tragado y esa fue la última vez que la vi.

Mientras revivía aquel momento en su cabeza daba por hecho que le dolería tanto que ya estaba preparado para hacer lo que hacía siempre: cerrarse a toda clase de emociones y no sentirse jamás dependiente de la opinión que alguien tuviera de él. Sin embargo, le sucedió lo contrario, porque el dolor que sintió fue leve, distante, apaciguado por la balsámica cercanía de Hannah.

Se quedaron allí sentados un buen rato y el único sonido que oyeron fue el del viento removiendo los arbustos que tenían a los pies y el de un solitario águila que surcaba el cielo azul brillante en una hermosa danza.

—Ahora sé que no fue por mí. Por muy bueno que yo hubiera sido, por mucho éxito que hubiera tenido, para ella jamás habría sido suficiente.

Entonces Hannah dijo:

—Entonces, ¿no jugabas a cantar con el cepillo de tu madre?

Y él se rio. A carcajadas. Con ganas. Y cualquier tensión que pudiera quedar en su interior se desplazó por el valle como un trueno.

—No, que yo recuerde.

Ella levantó la mano de su brazo, y por ridículo que pareciera porque iba muy bien abrigado, Bradley sintió frío.

—Dios, me siento una idiota por haberme quejado tanto de las deficiencias de Virginia como madre. Por lo menos lo intentó. No bien, pero sí que hizo un esfuerzo. ¿Por qué no me has dicho antes que cerrara la boca y dejara de compadecerme?

¿Por qué? Porque nunca se lo había contado a nadie. Porque nunca había querido revelar esas debilidad que llevaba en los genes. Porque creía que ella tenía todo el derecho del mundo a sentirse molesta por el comportamiento de su madre.

—Gracias.

—¿Por qué?

Ella se encogió de hombros, pero no dejó de sonreír.

Esa boca. No podía recordar qué le había convencido a seguir hablando cuando lo único que tenía que hacer era perderse en esa boca. El deseo de besarla era primario y brotaba desde su interior. El deseo de quitarle el gorro y deslizar los dedos entre su pelo. De acariciar esos suaves y rosados labios para después, continuar acariciándolos con la boca, con la lengua. El deseo de tenderla delicadamente sobre el suelo y hacerle el amor hasta que cayera la noche y murieran congelados.

Para ser un hombre que sabía utilizar muy bien una brújula, se sentía como si hubiera perdido el norte.

Y como si pensara que había rozado el límite, Hannah cambió de tema.

—No puedo creerme que mi hermana pequeña vaya a casarse mañana.

—¿Te resulta extraño que sea ella la primera?

—¿Extraño…? No, no, claro que no. Ya he visto cómo puede resultar cuando se hace sin pensarlo, sin planificarlo, sin tener una certeza. Un buen ejemplo de eso: mi madre. Yo soy más cauta, supongo. No tengo la fe ciega de Elyse. Además, soy una mujer de mi trabajo, ¿no lo sabías?

Él se rio.

—Me alegra saberlo.

—Bueno, ya que estamos hablando del tema, dime cómo es posible que una guapísima aspirante a estrella con ojitos brillantes no te haya cazado hace tiempo —dijo mirando al suelo.

—¿Quién dice que me gusten las chicas guapísimas con ojitos brillantes…? De acuerdo, voy a parar aquí antes de que parezca un idiota.

—Demasiado tarde —refunfuñó ella.

Pero Bradley captó que Hannah no había hecho la pregunta tan a la ligera, sabía que quería conocer la respuesta porque ella era una de esas personas que lo rodeaban y se preocupaban por él. Sin embargo, tenía que asegurarse de que no cometiera el error de preocuparse demasiado.

—Me gustan las mujeres, pero me gusta más estar soltero. Siempre he sido absolutamente transparente en ese terreno y todavía no puedo decir que ninguna mujer se me haya enganchado a las piernas sin querer soltarme después de haber roto. Me gusta pensar que he encontrado mi equilibrio perfecto.

—¿Nunca se te ha ocurrido que a lo mejor se marchan pensando que son afortunadas por haberte tenido, al menos, un poco? ¿Aunque haya sido solo por un momento? ¿Y que tu «transparencia» haya hecho imposible que hayan deseado más?

Él miró a Hannah, que seguía mirando al suelo, y le pareció ver que tenía las mejillas muy sonrojadas y que estaba mordisqueándose el labio.

—¿Entonces crees que soy un buen partido? —lo había dicho como una broma, como una forma de romper la tensión, pero su tono había sonado muy serio.

Quería conocer su respuesta, necesitaba saberlo,

porque si para ella eso era más que una aventura de fin de semana…

Hannah se quedó paralizada. ¡Qué pequeña se la veía debajo de tantas capas de ropa! Lentamente alzó la cabeza para mirar al horizonte.

—Para ser un buen partido, deberías dejarte atrapar.

—No te ocultes detrás de la semántica —gruñó él, cada vez de peor humor y maldiciéndola por no haber seguido sus reglas.

Ella se giró con los ojos brillantes.

—De acuerdo. Entonces, ya entiendo por qué algunos podrían pensar que eres un buen partido. Rico, famoso, guapo bajo la correcta luz.

—¿Pero tú no lo piensas?

Ella volteó los ojos y miró al cielo, como pidiendo ayuda a los dioses o tal vez pidiendo que lanzaran un rayo que lo dejara ahí tieso donde estaba.

—Olvidas que llevamos trabajando juntos demasiado tiempo. Te conozco demasiado bien, Bradley, tanto en tus días buenos como en los malos, como para permitirme semejante fantasía.

Él la miró buscando un atisbo de humor o una mentira, pero por primera vez no pudo descifrar nada en esos preciosos ojos verdes. Se sentía descolocado, extraño, por no ser él el que tenía el control de la situación. Era algo que no le gustaba.

—Por suerte para ti eres demasiado inteligente para mí.

—Por suerte para ti.

Parecía que todo estaba volviendo a su ser. Una desagradable sensación se posó sobre sus hombros y se levantó para estirar la espalda, sobrecargada con una tensión que nada tenía que ver con la subida a la montaña ni con el frío.

Extendió una mano y la ayudó a levantarse. Ella intentó sacudirse la espalda, pero llevaba tantas capas de ropa que apenas podía hacer el movimiento de alcanzarse la espalda.

Él la giró y, rápidamente, le sacudió la hierba de su bien almohadillado trasero mientras ella estaba ahí de pie, permitiéndoselo. Y a pesar de la situación, Bradley sintió cómo iba excitándose. ¡Por Dios! Tres capas de ropa y, aun así, podría haberse pasado tres días enteros acariciando ese trasero.

Resguardó la mano de nuevo en la protección de la manga de su cazadora y echó a andar por el sendero, de vuelta hacia el lago, hacia el Gatehouse, hacia su suite.

Lo único que sabía era que una vez cerraran la puerta, toda esa tensión se traduciría en pasión y no podrían esperar a ponerse las manos encima el uno al otro.

La deseaba lo suficiente como para permitirle mirar en su bien protegido pasado. La deseaba tanto que la tomaría a pesar de estar preocupado ligeramente por las motivaciones de ella.

Hannah se había convertido en una adicción. Una que estaba convencido que podría abandonar en cuestión de tres días, cuando estuvieran de nuevo trabajando el uno al lado del otro, diez horas al día, seis días a la semana. Cuando por la noche, después de que todos se hubieran marchado, él se quedaría contemplando la ciudad de Melbourne desde su mesa aún con el perfume de ella metido dentro y haciendo estragos en sus sentidos.

—Hablando de trabajo…

—No sabía que hubiéramos estado hablando de trabajo —respondió ella detrás de él, aunque más cerca de lo que había pretendido. Al parecer, tenía más prisa que él por volver a la suite.

Bradley aminoró el paso hasta que los dos estuvieron uno al lado del otro.

—Antes estaba pensando en llevar a Spencer al viaje de Argentina.

—Oh, de acuerdo. Genial. Estará emocionado…

—En lugar de llevarte a ti.

Un brillo de dolor iluminó sus ojos y a él se le encogió el pecho sin previo aviso, pero eso no hizo más que ayudarlo a mostrarse más decidido todavía. Se mantuvo en su sitio. Era importante. Era importante que hiciera eso ahora antes de que las cosas se complicaran más de lo que ya estaban.

—¿Por qué?

«Porque te preocupas demasiado por mí y está claro que yo me apoyo demasiado en ti y los dos vamos a acabar enfrentándonos a la decepción».

—Ayer hizo todo lo que le pedí y lo hizo bien. Se me ocurrió ver qué tal se maneja con más responsabilidad.

—Bien, me parece justo, pero yo organicé esa reunión. Ni siquiera estarías yendo allí si yo no hubiera conquistado a los argentinos en primer lugar. Tuve que estar al teléfono hasta medianoche todas las noches durante dos semanas para poder atender todas sus llamadas. Hice más de lo que se podía hacer… —hablaba con la voz entrecortada; se detuvo y sacudió la cabeza—. ¿Por qué me molesto? Haz lo que quieras. Siempre lo haces. Tú eres el jefe.

—Me alegra que lo recuerdes.

La mirada que le lanzó podría haber cortado el cristal.

—Porque, como tu jefe que soy, tengo un trabajo para ti.

—Díselo a alguien que no esté de vacaciones —le contestó y comenzó a bajar por el sendero delante de él con su cola de caballo sacudiéndose como si estuviera señalándolo en tono acusador.

—Cuando volvamos, quiero que te concentres en redactar una propuesta para el proyecto de Tasmania. Localizaciones, tratamiento, presupuesto, marketing, todo.

Hannah levantó una nube de polvo al frenar en seco. Cinco segundo más tarde se giró y lo miró.

—¿Lo dices en serio?

—¿Alguna vez me has visto bromear con el trabajo?

—¿Tú? Jamás —con expresión muy seria dio tres pasos y le clavó un dedo en el pecho—. Ahora, deja que te deje algo claro. Si voy a darle forma a todo el proyecto…

—Tú lo producirás.

Ella se metió las manos en los bolsillos de la parca y tomó aire, claramente pensando detenidamente en lo que había oído. Cuantos más segundos pasaban, más nervioso se ponía él, que se había esperado que saltara a sus brazos de alegría en lugar de pararse a pensarlo. O peor aún, en lugar de preguntarse por qué.

Hannah se giró y volvió a clavarle el dedo en el pecho. Después, dio un paso atrás. Abrió los ojos como platos al sentir que había perdido el equilibrio y Bradley la agarró del abrigo mientras ella se balanceaba en un peligroso ángulo.

Miró atrás y dejó escapar un grito:

—¡Bradley!

—Lo sé —podía ver el borde del acantilado y prefería no saber el ángulo que estaba viendo ella.

Le dolían los dedos y el sudor le cubría la frente. Hundió las suelas de sus botas en el suelo y, apretando los dientes, casi atravesó la tela de la cazadora de Hannah con tal de tirar y ponerla a salvo. Por fin, ella cayó en sus brazos respirando entrecortadamente y temblando de miedo.

—¡Me has dado un susto de muerte! —bramó él.

—¿Y cómo crees que me siento yo?

Bradley no pudo evitarlo y se rio. El sonido resonó por los acantilados. Era o eso o abrazarla tan fuerte como para que empezara a hacerse una idea.

—Me alegra que te tomes tan a la ligera que haya estado a punto de morir. Seguro que algunos me echarían de menos si jamás volviera a Melbourne.

Él respiró hondo y la miró a los ojos.

—Sonja te echaría de menos una vez que le cortaran la calefacción.

—Es verdad.

—Y Spencer… él sí que se quedaría devastado.

—Sí. ¿Pero eso es todo? Menudo epitafio. «Hannah Gillespie, veinticinco años y soltera, sufre una caída mortal desde una montaña. La echarán de menos su familia, de la que vivía muy alejada, una amiga friolera y un becario de trabajo algo obsesionado con ella».

Riéndose, Bradley le acarició la mejilla para apartarle un mechón de pelo de los ojos. Hannah no dejó de mirarlo, pero bajo ningún concepto le suplicaría que admitiera que la echaría de menos. Aunque si ella supiera cuánto la echaría de menos... ¡más de lo que era sensato y prudente! Y no solo por su ética laboral, sino también por la alegría que le aportaba a sus días.

—Recuérdame que más tarde te reprenda por tu absoluta estupidez, pero por ahora...

Acercó los labios a los suyos y la besó, la besó, la besó, hasta que la feroz fuerza de su química se hizo con el poder y solo importó lo rápido que podían volver al hotel.

Hannah fue la primera en llegar a la suite, ya que Bradley se había visto forzado a quedarse atrás y a leer media docena de mensajes en Recepción. Ella podría haber esperado, pero prefirió tomarse un momento a solas.

Se quitó los guantes, el gorro, la bufanda, la parca, las botas y estiró las piernas y brazos mientras entraba en su habitación en vaqueros y camiseta de manga larga.

Pero ni el estiramiento podía negar la confusión que estaba recorriéndola. Se sentía más como si hubiera pasado las últimas horas subida a una montaña rusa en lugar de haber paseado por una. Sin duda, su estómago revuelto podía dar fe de ello.

Bradley compartiendo aspectos de su pasado que ella jamás se habría esperado que entregara a la vez que no le permitía acercarse demasiado; Bradley ofreciéndole la oportunidad de producir el programa de Tasmania a la vez que le negaba su participación en el de Argentina; Bradley mirándola como si quisiera devorarla a la vez que le recordaba que cuando pasara el fin de semana ya no la devoraría más.

Bradley, guapísimo y en su salsa.

No le extrañaba que la productora de documentales que lo había descubierto a medio camino del K2, cámara en mano, tan fuerte y con ese rostro tan hermoso asomando bajo una barba de un mes, hubiera sido incapaz de que se le cayera la baba por él cuando le preguntaron en una rueda de prensa por aquel día. El día que introdujo al montañero a la televisión y a Bradley Knight a un mundo que no estaba preparado.

Arriba y abajo, arriba y abajo. Sus emociones no dejaban de sufrir altibajos y su corazón parecía aún incapaz de calmarse, como si acabara de correr un maratón.

Sintiéndose excitada, Hannah siguió quitándose capas de ropa. Pasó delante del jacuzzi, que pareció guiñarle un ojo, provocándola. Como lo hicieron su copa de vino a medio beber y la caja de preservativos que había abierto con los dientes.

¡Y el reloj de su padre flotando en el agua!

—¡No, no, no! —Corrió al borde de la bañera y se arrodilló para recogerlo.

Lo había llevado puesto mientras esperaba a que Bradley regresara; lo había llevado cuando se había metido en la bañera. Y ahora unas gotas de agua estaban pegadas bajo la superficie de la gran esfera cuyas manillas no se habían movido desde poco después de las tres de esa madrugada.

—¿Qué pasa? —resonó la voz de Bradley desde la puerta. El grito de Hannah debió de ser tan fuerte como para que él pudiera oírlo desde el pasillo.

—Nada —respondió sacudiendo la cabeza.

Pero él estaba detrás de ella antes de que pudiera levantarse y apartarse… para acurrucarse y llorar en privado.

—Hannah, lo siento, pero necesito saber que estás bien.

—Está destrozado —dijo alzando el reloj.

Él la miró, miró el reloj, miró al jacuzzi y volvió a mirarla. Al instante, su cuerpo pareció relajarse.

—Gracias a Dios. Creía que estabas herida.

Hannah retrocedió como si la hubiera abofeteado y alzó la voz al decir:

—¿Es que no me has oído cuando he dicho que mi reloj está destrozado?

—Deja que le eche un vistazo —se lo quitó de las manos y lo miró bajo la luz—. Mmm… no estoy del todo seguro de que estuviera fabricado para la aventura submarina. Si de verdad necesitas un reloj hay una tienda de regalos abajo.

Ella le quitó el reloj.

—No quiero otro reloj. Este era de mi padre. Es la única cosa que me llevé al marcharme.

Tenía el corazón en un puño; toda la tensión acumulada de la tarde estaba haciendo que le fuera difícil ver con claridad. Bradley se quedó allí sin decir nada. Sí, tal vez la había ayudado en la montaña, pero estaba claro que ese hombre no tenía ni idea de cómo funcionar en el campo de las emociones.

El terreno de las emociones era lo único en lo que no era brillante y a ella solía divertirle ver cómo se quedaba paralizado en esas circunstancias; sin embargo, ahora mismo, estaba enfureciéndola brutalmente a la vez que comprendía por qué era como era: su maldita madre lo había estropeado y había logrado que no pudiera abrirse a ninguna mujer que pasara por su vida.

Hannah sabía que era un testarudo y ahora sabía que el daño que le habían hecho claramente había afectado cada aspecto de su vida. Si no podía confiar en su propia madre, ¿en quién podía confiar? Él jamás se comprometería ni entregaría a nadie. Y a ella tampoco.

De pronto, muchas cosas se le vinieron a la cabeza: lo sucedido justo antes de su viaje, la actitud de su madre, tener una relación con su jefe, el hecho de que, pasara lo que pasara, su vida en Melbourne ya no sería la misma y… sí… incluso el hecho de que su hermana pequeña fuera a casarse mucho antes que ella.

Se sentía furiosa. Y dolida. Y expuesta.

—¿Vas a quedarte ahí sin decir nada? ¿No vas a intentar hacer que no me sienta como si me acabaran de arrancar el corazón del pecho? ¿Ni siquiera puedes fingir que no eres tú mismo lo único que te importa? ¿Ni siquiera por un segundo? ¡Estás matándome!

Estaba golpeándole el pecho a modo de válvula de escape de su frustración hasta que él la agarró por las muñecas. Temblando, lo miró a los ojos. Lentamente, él le levantó las manos y las colocó sobre sus hombros. Después, le rodeó la cara con sus manos y la miró calmándola, tranquilizándola.

Sus labios rozaron los de ella con menos presión que un susurro. Una vez, y otra y otra. Hannah sintió como si se le derritieran los huesos y solo le quedara energía para aferrarse a él mientras le daba el beso más encantador que le habían dado en toda su vida.

Su previa confusión y su dolor y frustración se disiparon a la vez que el placer, en su forma más pura, iba relegándolos a otro lugar.

Cuando él coló un brazo bajo sus rodillas y la llevó a su habitación ella apoyó la cabeza en su pecho reconfortándose con el constante e intenso latido de su corazón.

Él la tendió sobre la cama delicadamente. Con cuidado, desnudó su cálido cuerpo y la contempló mientras ella se sentía como si estuviera cayendo desde una gran altura. Solo con su mirada podía hacerla sentir como si estuviera cayendo por un precipicio, con la diferencia de que él nunca había estado ahí para agarrarla emocionalmente. Y no era culpa suya. Simplemente, no sabía cómo.

Se arrodilló sobre ella, tan grande, guapo y peligroso para su corazón. Le hizo el amor con delicadeza, lentamente, y con un calor desenfrenado en sus preciosos ojos plateados. A Hannah no le importó que no hubiera dicho una palabra, que no le hubiera hecho una promesa que no podría mantener.

¿Cómo podía poner pegas cuando su cuerpo vibraba con un lento ardor que fue aumentando hasta hacerla sentir como si estuviera hecha de puro fuego?

Se despertó horas después desnuda en la cama y en la habitación totalmente a oscuras. Solo la cálida vibración de su cuerpo le recordó quién era y dónde se encontraba.

Con cuidado, echó el pie hacia un lado hasta que rozó la velluda pierna de un hombre. Bradley no había vuelto a su habitación. Se había quedado a su lado.

El roce debió de despertarlo porque se giró y echó un brazo sobre su cintura y acercó las rodillas a sus piernas. Ella se subió la sábana hasta la barbilla y miró al oscuro techo con el corazón acelerado y preguntándose cómo iba a aguantar los próximos dos días de una pieza.

Capítulo 9

LA tarde de la boda, Hannah estaba mirándose en el reflejo del espejo del baño.

Después de horas en manos de un millar de profesionales, su cabello caía en largas ondas, unos mechones estaban recogidos hacia atrás con una delicada horquilla plateada con forma de mariposa y unos grandes ojos maquillados en tonos suaves la miraban. Lucía unos pómulos por los que la mayoría de las mujeres matarían y unos labios delicados, carnosos e hidratados.

Estaba… cambiada. Pero tenía poco que ver con el cambio de imagen.

Había una relajación en el constante gesto fruncido de su frente y una forma de caminar más lánguida. Ni todo el maquillaje del mundo podía hacer por la tez de una chica lo que había hecho pasar un fin de semana en los brazos de Bradley Knight.

Y todo ello se detendría al día siguiente. Después de estar deseando que ese fin de semana pasara volando, ahora se veía deseando que dejara de avanzar tan rápidamente.

Estaba aplicándose una última capa de brillo labial cuando alguien llamó a la puerta de su habitación.

Bradley. El corazón se le iluminó y por un momento tuvo un pensamiento de lo más extraño: «¡No puede verme antes de la boda!» Medio segundo después, cuando recordó que los dos no eran más que unos espectadores en el evento del día, se sintió como una idiota.

—¡Pasa! —gritó guardando el pincel del brillo.

Bradley no esperó a que se lo pidiera dos veces. Abrió la puerta y ella pudo captar una bocanada de su familiar aroma. Lo respiró como si fuera un elixir.

Fingiendo que estaba atusándose el pelo, le lanzó una fugaz mirada.

Un traje negro diseñado para destacar sus anchos hombros. El pelo peinado hacia atrás. Recién afeitado. Estaba tan impresionante que ella tuvo que recordarse que tenía que respirar.

«¡Ya lo has visto con traje de gala antes, idiota! ¡Muchas, muchas, veces! Y también lo has visto con esmoquin. Pero si hasta le has colocado la pajarita antes de meterlo en el coche para despedirlo cuando se dirigía a glamorosas entregas de premios».

Con la diferencia de que en esas ocasiones se había tratado solo de trabajo y esta ocasión parecía ser más bien una cita. Se había afeitado para su cita.

Abrió los ojos de par en par al verse en el espejo

y en silencio se dijo que se calmara. Seguramente se había afeitado porque el aire de la montaña le había irritado la piel y hacía que la barba le picara.

—Bueno, ya está, ya basta de acicalarme. No me voy a quedar mejor por mucho que siga.

Se giró para mirarlo, esperando encontrárselo apoyado indolentemente contra el marco de la puerta y quitándose un hilo de la chaqueta. Por el contrario, lo encontró allí con postura tensa, con la mandíbula apretada y las manos en los bolsillos de la chaqueta. Su decidida mirada estaba clavada en su vestido; la larga falda caía sobre sus pies, pero fue la parte superior lo que lo encandiló. Desde un cuello halter cruzado, la tela negra caía por sus costados acariciando el borde de sus pechos y cayendo por la parte baja de su espalda para terminar justo encima de sus nalgas, dejándole la espalda totalmente desnuda.

Hannah pudo interpretar su expresión y saber que Bradley estaba pensando que una prenda así no daba cabida a más ropa interior que el más diminuto tanga. Cerró los ojos e incluso ella oyó un gemido.

—Bueno, ¿qué te parece?

—No quieras saber lo que estoy pensando.

—Pruébame.

Cuando finalmente él la miró a los ojos ella, literalmente, se balanceó hacia él como atraída por el brutal e intenso imán de su ardiente expresión. Entonces los ojos de Bradley resplandecieron y su hermosa boca se curvó en una pícara sonrisa. Dio un paso hacia ella.

Hannah fue retrocediendo hasta toparse con el frío mármol y Bradley seguía avanzando.

—Estoy pensando en el pobre Roger.

—¿Qué? —Hannah sacudió la cabeza, pero lo había oído bien—. ¿Estás pensando en Roger?

—Ese pobre chico va a reventar alguna costura de su traje cuando te vea.

—Oh.

Él clavó los ojos en su cuello, como si estuviera imaginándose hundiendo su cara justo ahí.

El recuerdo de cómo la había hecho sentir cuando desplegó ardientes besos sobre su cuello la asaltó. Echó la cabeza atrás y dejó escapar un suspiro. Ante ese sonido, la mirada de él se clavó en su boca y sus ojos oscurecieron más todavía. Se volvieron más ardientes. Más duros.

Mientras tanto él seguía acercándose hasta que la dejó sin escapatoria. Se acercó todo lo que pudo aunque sin llegar a tocarla y Hannah quedó embrujada por las múltiples sombras de ardiente plata que ocupaban sus ojos.

Apoyó la mano sobre el frío banco de mármol y sus dedos quedaron a escasos milímetros. Hannah no estaba segura de si era el sabor de su pasta de dientes o el aroma de la de él lo que le produjo un cosquilleo en la lengua. De cualquier modo, se relamió los labios y en esa ocasión Bradley ni siquiera intentó ocultar su gemido.

—Está loco por ti —dijo con una voz profunda que retumbó por su cuerpo dejándole la piel de gallina a su paso.

—¿Quién?

—Roger.

¡Ya estaba otra vez con Roger! Había abierto la boca para decirle que se olvidara de Roger de una vez cuando finalmente lo entendió: Bradley estaba usando al chico como una especie de profiláctico con el fin de sacarla de esa pequeña habitación sin arrancarle antes su caro e impresionante vestido una hora antes de la boda de su hermana.

Era una embriagadora sensación saber que podía hacer a un hombre sentirse tan cerca de perder el control; de arrastrarlo hasta el precipicio del verdadero deseo sexual. Una caricia y no tenía duda de que podría hacerlo. Y el hecho de saber que estaba provocando todo eso en ese hombre... Sentía su cuerpo ardiendo, la tensión sexual revoloteaba por la habitación de un modo embriagador, era como si no tuviera oxígeno, como si el único modo de que volviera a respirar fuera satisfacer el deseo que la llenaba por dentro.

Sin pensarlo más, se puso de puntillas y lo besó en los labios.

Por un momento él se resistió y la miró a los ojos firmemente. Todo ese esfuerzo que había puesto para no ponerle las manos encima estaba asfixiándolo. Por suerte, ella ladeó la cabeza y volvió a besarlo. Lenta y suavemente. Provocándolo con un sutil roce de su lengua y mostrándole todo el control que había dejado en reserva.

Después de lo que parecieron siglos, él se apartó. Y ella, sin su beso sosteniéndola en pie, apoyó la cabeza contra su pecho.

—¿Sabor a manzana? —le preguntó relamiéndose los labios.

—Tasmania es la isla de las manzanas.

Bradley se rio y ella sintió un cosquilleo en el estómago.

Después, él dio un paso atrás y se mostró serio.

—Algo no está bien.

—¿Qué?

—No estoy seguro, pero creo que falta algo.

Sacó una bolsa de la tienda de regalos y a ella se le aceleró el corazón.

—¿Una baraja de cartas de Cradle Mountain? —le preguntó con un aplomo que no sentía—. ¿Jabón de recuerdo? ¿Un albornoz diminuto? Aunque, ¿para qué iba a necesitar esas cosas en una boda...?

—Cierra la boca y abre esta maldita cosa.

Hannah sacó una cajita y la abrió; a continuación, se olvidó de cómo respirar y se llevó una mano al pecho.

—¿Bradley? —dijo mirándolo.

Él le quitó la caja de las manos.

—Trae, déjame...

Y con delicadeza le metió el reloj de su padre por la muñeca y lo abrochó. Ahora funcionaba y le encajaba a la perfección en lugar de deslizársele por el brazo cada vez que lo movía.

—Les pedí a las empleadas del hotel que lo colgaran sobre su secador industrial con la esperanza de que se secara bien. Y funcionó. Después, pregunté si había un joyero cerca y me dijeron que había uno alojado en el hotel por la fiesta de reunión de antiguos alumnos. El joyero le quitó un par de eslabones.

El reloj descansaba sobre su brazo, pero ella solo tenía ojos para Bradley, que se rio y le tomó la mano.

—Vamos. Será mejor que nos vayamos. El tiempo corre.

El tiempo estaba pasando demasiado deprisa, se

acababa el fin de semana. Se acercaba el momento de volver a casa en su avión. Faltaba poco para que se separaran en el aeropuerto, para que ella se incorporara al trabajo el martes a primera hora y siguiera adelante con su vida como si nada hubiera pasado. Como si nunca hubieran hecho el amor. Como si nunca hubieran estado tan expuestos el uno al otro.

Una extraña forma de dolor se instaló en sus costillas y se tocó ese punto con la mano mientras sonreía a Bradley a la vez que él la sacaba de la suite.

Bradley estaba junto a Hannah esperando a que el ascensor los llevara abajo, y se sentía extraño, agitado, nervioso. Al verla ahí, impresionante con ese vestido, lo habían asaltado tantas emociones que no había podido identificar ninguna en concreto... hasta ahora. Ahora estaban todas muy claras e identificadas, y burlándose de él.

La miró; tenía la cabeza ladeada mientras veía los números descender. La única indicación de que estaba tan tensa como él era el modo en que se movía su pecho.

Observó su reflejo en la puerta del ascensor. «¿Por qué no le compras un ramillete a esta chica si vas a comportarte como un adolescente de dieciséis años yendo al baile de promoción?».

Necesitaba recuperar la perspectiva... y rápidamente. Era una aventura, nada más. Un poco de diversión vacacional. Para ella podría ser porque ella sí que estaba de vacaciones. Se suponía que él tenía que rastrear la zona y estudiarla para encontrar localizaciones impresionantes para un futuro programa.

Las puertas se abrieron y dentro encontraron a un buen puñado de gente. Él instó a Hannah a pasar con cuidado de no tocarla. ¡Maldita sea! Si tanto miedo tenía de que solo rozarla los llevara más lejos todavía, entonces estaba en más problemas de los que creía.

Ella lo miró y le sonrió. Sus preciosos ojos verdes se oscurecieron y su piel se volvió rosada.

Inmediatamente lo invadió un intenso deseo; debería haberse marchado en cuanto se había dado cuenta de que ella sentía algo por él o, por lo menos, en el momento en que había captado que sería muy difícil alejarse.

Fingiría durante la boda para no avergonzarla delante de su familia, pero después fingiría que había surgido un asunto de trabajo urgente y se marcharía. Cortaría el fin de semana. Organizaría que su jet privado la recogiera a la noche siguiente mientras que él buscaba una plaza, la que fuera, en el próximo avión comercial que saliera de la isla.

Y entonces el martes por la mañana ella estaría de vuelta a su lado, en su silla favorita de su despacho y comiendo una ensalada César con un tenedor de plástico. Y mientras tanto, él lo único que querría hacer sería tirar al suelo todo lo que hubiera sobre el escritorio y tenderla sobre la mesa para hacerle el amor hasta que el edificio temblara.

¡Qué desastre!

El ascensor se detuvo en la planta de Elyse y Hannah salió dispuesta a cumplir con sus labores de dama de honor. Se giró para decir algo, miró su reloj y se rio suavemente.

Al verla salir del ascensor, él sintió un extraño tirón en alguna zona de su pecho. Frotó esa parte de su cuerpo suponiendo que sus recientes proezas de atleta en el dormitorio estaban pasándole factura. Por otro lado, mientras las puertas se cerraban, en su cabeza recorrió una larga lista de montañas que aún tenía por escalar, comenzando por la más elevada, la más complicada, la más abrupta, y la más lejana de todas.

Hannah vio una grieta en el cemento de la balaustrada del balcón al que daba el cuarto de baño donde Elyse estaba «tomándose un momento», que en el idioma femenino de las Gillespie significaba «hacer pis».

Respiró una buena bocanada de aire fresco de la montaña y miró su reloj. El reloj que antes había pertenecido a su padre, con la diferencia de que ahora, cuando lo miraba, veía el reloj que Bradley había rescatado. Vio que solo faltaban cinco minutos para que diera comienzo la boda.

—Tu hombre es una belleza —dijo Elyse—. Es tan grandote, tan masculino, tan varonil, tan sexy. ¿Ya me entiendes, no?

Sí, claro que sí. Hannah la entendía muy bien. No había pasado ni un minuto en todo ese fin de semana que no lo hubiera pensado. Y más. Con todo detalle. Pero ahora no era el momento porque había llegado la hora de casar a su hermana.

Su pequeña y valiente hermana.

Hannah también quería casarse algún día. De verdad que sí. Pero no podía escapar de esas dudas. ¿Y si dejas de quererlo? ¿Y si él no te quiere lo suficiente? «¿Y si lo quieres más que a tu vida y muere?».

Elyse se dejó caer sobre un banquito de cemento

y Hannah se estremeció. Si su hermana no se hacía más manchas en la seda color marfil del vestido, sería un milagro.

—¿Crees que es posible amar a un hombre toda tu vida? —preguntó Elyse—. ¿Ser feliz durmiendo con el mismo hombre durante el resto de tus días? ¿O el resto de los suyos? O... ya sabes lo que quiero decir.

Hannah sabía exactamente lo que quería decir.

—Fíjate en mamá. ¿Crees que tenemos sus genes? —se sentó junto a su hermana y le tomó la mano.

—No estoy segura de ser la persona adecuada a la que preguntar. Nunca antes he estado enamorada.

Elyse abrió los ojos de par en par.

—¿Nunca?

—¡Madre mía! Eso será porque pones el listón muy alto.

¿Era eso verdad? ¿Era ese el problema? Sabía que no se había enamorado de ninguno porque en ninguno había encontrado esa chispa que ella veía tan importante, porque ninguno había tenido nada brillante que decirle, porque sus dedos tenían una forma extraña o porque sus brazos eran demasiado cortos. Siempre se había dicho que simplemente estaba esperando a encontrar todo lo que buscaba en un hombre y lo cierto era que ya lo había encontrado. En Bradley. Solo pensar en su nombre la encendió por dentro y sus mejillas se iluminaron a tanta velocidad que se sintió mareada.

Entonces a Elyse comenzaron a temblarle los labios y ella centró la atención de nuevo en la novia.

—¿Lyssy? ¿Estás bien?

—Ojalá papá estuviera aquí —dos grandes lágrimas le cayeron por las mejillas.

A Hannah se le encogió tanto el corazón que le dolió. Tragó el nudo que se le había formado en la garganta y contuvo las lágrimas. Le había costado dos horas maquillarse y no pensaba pasar por lo mismo otra vez.

Se giró para sacar unos pañuelos de papel de su bolso, pero los sollozos de Elyse se detuvieron al fin. Elyse no necesitaba pañuelos de papel. Necesitaba a su hermana mayor. Y así, le secó las lágrimas con su dedo y le dijo:

—Yo también le echo de menos, todos los días, pero ¿sabes una cosa? Hoy estaría muy orgulloso de nosotras, de vernos tan guapas y relucientes. Yo, como una chica de Melbourne y tú casándote con el hombre que amas. Sus chicas lo han logrado.

—Recuerdo que me decía que lo único que quería era que fuéramos felices y soy feliz. Verdaderamente feliz. Tú eres feliz, ¿verdad?

¿Era feliz? La mayor parte del tiempo, sí... ¿Podía ser más feliz? ¡Y tanto!

—Bradley te haría feliz —dijo Elyse representando sus pensamientos de un modo tan acertado que Hannah se preguntó si lo habría dicho en alto—. Por lo menos dime que es bueno en la cama.

¿Bueno? El inglés no era el idioma apropiado para llegar a describir lo que era Bradley. Tal vez en francés sonaría mejor, o en italiano. Sí, definitivamente en italiano.

—Esos dedos tan largos... —apuntó Elyse.

—¡Elyse! De acuerdo… Es mejor de lo que podría haberme imaginado.

—¡Pues entonces cásate con él!

Hannah sacudió la cabeza y se encogió de hombros. ¿Cómo podía explicarle a una mujer que estaba a punto de casarse con el amor de su vida el triste trato que había hecho de «lo que sucede en Tasmania, se queda en Tasmania» con el fin de poder conseguir lo que fuera de ese tipo?

—Ahora mismo no me importa. Tu vida es tuya. No mía ni de mamá. Así que, señorita novia, ¿está lista para convertirse en la señora de Tim Teakle?

—Lo estoy —respondió Elyse sin vacilar—. Lo amo tanto que me duele, aunque es un dolor maravilloso en el centro de mi corazón. Hace que me quiera reír y cantar y bailar. Me hace resplandecer.

—Entonces, ¿qué otra cosa vas a hacer más que salir ahí y casarte con él?

Elyse extendió los brazos y se abrazaron. Con fuera. Un largo rato.

Hannah cerró los ojos e intentó no pensar en lo que acababa de descubrir: Bradley era el único hombre que había conocido que le hiciera querer reír y cantar y bailar. Y estaba tan obnubilada ahora mismo que no podía pensar con claridad.

No, no. Lo amaba, ¿verdad?

Amaba cómo le hacía pensar. Cómo la hacía derretirse. Incluso cómo prácticamente la volvía loca. Cómo la desquiciaba hasta el infinito y más allá.

Cerró los ojos con fuerza mientras la recorría un agridulce dolor.

La noche anterior, justo antes de que hubieran hecho el amor, ella había deslizado la mano por su mejilla, lo había mirado a los ojos, y había pronunciado en alto las palabras que estaba intentando utilizar para convencerse a sí misma. «Eres el hombre equivocado para mí».

Los ojos de Bradley se habían oscurecido, pero entonces había parecido iluminarse al sonreír y responderle: «No lo olvides nunca».

Lo amaba, pero ¿qué importaba eso cuando él se sentía demasiado herido y era demasiado testarudo como para corresponderle? ¿Qué iba a hacer?

¿Qué podía hacer más que salir de ahí y ser la mejor dama de honor que hubiera existido nunca? ¿Hacer todo lo que estuviera en su poder por evitar a Bradley y que descubriera lo que sentía? Era un plan excelente.

Y entonces Hannah miró la hora.

—¡Llegamos tarde!

Elyse se recostó en el banco y dijo:

—Lo adoro, pero no creo que haga daño que le haga esperar un poco, ¿verdad?

Hannah contuvo una carcajada. Elyse echaba de menos a su padre tanto como ella, pero no había duda de que era hija de su madre.

Bradley estaba recostado en un sillón rosa contra una pared del salón de baile del Gatehouse.

Sobre él una lámpara de araña rosa se sacudía delicadamente al compás de la música. A su lado unas peonías rosas flotaban en un cuenco de cristal lleno de agua. Estaba bebiendo café en porcelana china de Royal Doulton. La boda de Elyse y Tim era el lugar para el color rosa.

Los discursos ya habían terminado, la tarta ya se había cortado, los invitados ya llevaban varias copas de champán y *Time Warp* sonaba por los altavoces. La fiesta había comenzado de verdad.

Pero a él no le importaba mucho lo que los demás invitados estuvieran haciendo, solo había una a la que estaba buscando. Una que parecía habérsele escapado de las manos una docena de veces ese mismo día con la excusa de tener que cumplir con algún deber de dama de honor.

Time Warp terminó y la sexy batería de *I Need you Tonight* resonó por todas partes. Los bailarines más mayores salieron corriendo a por agua y sillas, mientras que los jóvenes comenzaron a bailar. Los jóvenes entre los que estaban incluidos la novia y una elegante morena con un vestido negro con la espalda al aire.

Tal vez Elyse había heredado las habilidades de su madre en la pista de baile, pero Bradley jamás llegaría a saberlo porque sus ojos no se apartaron de Hannah ni un instante. O, más específicamente, no se apartaron del contoneo de sus caderas que nada tenía que ver ni con habilidad ni con clases y sí con una innata sensualidad. Con la imagen de una sedosa piel cuando la falda se abría y mostraba su pierna. Con el modo en que sacudía su larga melena con el mismo desenfreno que había mostrado en la cama.

Cada sensual movimiento le recordaba lo que era tenerla rodeándolo, cómo su cálida piel se rendía a sus caricias, cómo sonaba su nombre en sus labios mientras ella se derretía en sus brazos.

Alzó los brazos al aire. Tenía los ojos cerrados. Era absolutamente ajena a la manada de hombres que bailaban todo lo cerca que podían de ella sin que sus parejas se dieran cuenta.

Era como un cisne en un lago lleno de patos. No

encajaba ahí, estaba por encima de toda esa gente y de ese lugar. Jamás se quedaría allí.

La había seguido y había boicoteado sus vacaciones para asegurarse de que volvía a Melbourne y ahora estaba seguro de que lo haría. Se había quedado para asegurarse de que Hannah lo pasaría bien como modo de agradecerle su duro trabajo y ahora estaba más que seguro de que se divertiría. Si esas fueran las únicas razones por las que estaba allí, perfectamente podía dejarle un mensaje diciéndole que se marchaba e irse sin más.

Dejó el café en la mesa y se inclinó hacia delante, apoyando las manos en las rodillas.

—Es de mala educación marcharse antes que los novios.

Bradley se giró y se encontró a la madre de Hannah sentándose a su lado; parecía una visión color verde manzana. Si su intención había sido destacar en ese mar de rosa, lo había logrado.

—Os habéis superado, Virginia. Reconozco una producción con clase cuando la veo —extendió la mano para estrechársela y ella le dio una copa de cerveza. Alzó la suya a modo de brindis y se bebió la mitad de un trago.

Bradley dio un sorbo algo más conservador y a juzgar por la mirada de la mujer, tenía la sensación de que iba a tener que necesitar estar sobrio para lo que pudiera venir.

—Conozco a los hombres de tu clase.

—¿Y qué clase es esa?

—Eres un jugador, no eres de los que se quedan. Lo sé porque, a excepción de uno, me he visto atraída hacia hombres como tú durante toda mi vida.

—¿Y te preocupa?

Ella se quedó mirándolo; sus ojos eran de un color distinto al de su hija aunque tenían la misma intensidad.

—¿Preferirías que me marchara?

Virginia se rio.

—Por favor. ¿Te parezco una bravucona?

Bradley la miró. Parecía ser alguien que fuera a dar problemas, más que parecer la madre de la novia. Pero también era la madre de Hannah y, por eso, no le apetecía discutir con ella.

—En absoluto... —dijo al levantarse para marcharse.

Ella le puso una mano en la rodilla y lo obligó a sentarse.

—Me he fijado en cómo miras a mi hija.

Él no se molestó en responder a lo que claramente era una acusación, aunque sus ojos sí que se desviaron por un instante hacia la pista de baile. Hannah había vuelto a desaparecer y él maldijo para sí.

—Elyse se parece mucho más a mí. Ha nadado entre tiburones para encontrar a su pececillo. ¿Y Hannah? No tiene ni un pelo de astuta en su cuerpo. Juega limpio, se esfuerza al máximo y cree que eso la hará triunfar. En la vida, en el trabajo y en el amor. En eso es igual que su padre. Ve el bien en todo el mundo... incluso en esos que no se lo merecen.

—Si estás a punto de preguntarme por mis intenciones con respecto a Hannah, te quedarás decepcionada. Soy una persona muy discreta y mis asuntos personales no quedan abiertos a discusión.

—¿Bradley?

Bradley alzó la mirada y se encontró a Hannah junto a ellos. Tenía la melena alborotada, las mejillas encendidas y estaba preciosa. Le subió la temperatura de la sangre diez grados solo con mirarla. Era la mujer que llevaba todo el día evitándolo.

Entonces vio su expresión de preocupación, como si hubiera captado la tensión que había entre su madre y él.

—¿Va todo bien?

—Fabulosamente. Siéntate —dijo Virginia—. Bradley estaba diciéndome que es la mejor boda a la que ha ido nunca, ¿verdad, Bradley?

—¿Y te ha dicho también que es la primera boda a la que va?

Virginia se rio como si fuera lo más gracioso que hubiera oído en su vida.

—No. La verdad es que ha sido muy reservado con muchas cosas, como por ejemplo sobre la relación que tenéis los dos.

—Vale, ya está —dijo Hannah con impaciencia antes de agarrar a Bradley de la mano y levantarlo—. Vamos, jefe. Me apetece bailar.

—Querida —dijo Virginia—, solo quiero conocer a tus amigos.

—Déjalo ya, Virginia, lo digo en serio —lo agarró con más fuerza y se situó entre los dos, como diciéndole a su madre: «Si quieres algo con él, tendrás que pasar por encima de mí».

¡Qué mujer! Con lo pequeña que era y cómo lo protegía. No era de extrañar que se le diera tan bien absorber los millones de pequeños dramas que lo asaltaban cada día en el trabajo. Ella hacía su vida más fácil solo con su presencia y siempre lo había hecho. La agarró con fuerza; ya era hora de que alguien le absorbiera los dramas a ella, para variar.

—Ha sido un placer charlar contigo, Virginia —dijo Bradley.

—Bradley, espero que encuentres el momento adecuado para despedirte de mí como es debido.

—Haré lo que pueda.

Virginia asintió antes de girarse y llamar a otro invitado para que se tomara una copa con ella. Mientras, Hannah llevaba a Bradley hasta la pista de baile.

—¿A qué ha venido todo eso?

—¿El qué?

Hannah se limitó a sacudir la cabeza y a dejar que la música acabara con sus preocupaciones.

Y mientras la veía contonearse con el pelo alborotado y esos músculos tan sexys y hermosos de su espalda moviéndose al ritmo de la música y de sus caderas, se preguntó cómo demonios se le había pasado por la cabeza acortar ese fin de semana.

La tomó en sus brazos, deslizó una mano por su espalda y respiró hondo mientras ella temblaba ante sus caricias.

Un día más...

Capítulo 10

COMENZÓ una canción lenta.

Bradley vio a Roger cerca colocándose los pantalones y la pajarita y echándose atrás su ridículo pelo rubio sin dejar de mirar a Hannah.

—Es mía —le susurró al chico al oído mientras le daba una vuelta a Hannah.

Con un suspiro que no intentó ocultar, Hannah deslizó las manos por su pecho, por sus hombros y alrededor de su cuello. Él intentó contener el cosquilleo que le produjeron esas caricias, pero no había manera de detenerlo.

—No puedo creerme que ya sea de noche y que la boda haya terminado. Elyse ya ha cruzado el altar, Tim no se ha desmayado, mi madre aún tiene que intentar acaparar el escenario, y las cosas no podrían haber salido mejor. Pero claro, tengo que decir que esto es muy agradable —le dijo con una sensual voz mientras sus dedos jugueteaban con el pelo de su nuca.

Bradley la agarró con más fuerza contra su cuerpo, acercando su erección a su vientre. Aunque ella no lo mencionó, era imposible ignorar el calor y la dureza que atravesaban la fina tela de su vestido mientras bailaba, sonreía y saludaba a otras caras familiares que pasaban bailando ante ella.

Hannah sacudió su larga melena y le lanzó una mirada que le dejó claro que estaba percatándose de lo excitado que estaba... y que lo estaba disfrutando. La muy descaradilla comenzó a moverse más suave y más dulcemente contra él. Bradley deslizó una mano entre su pelo y bajó la otra sobre la suave curva de su espalda y algo más abajo...

Las pupilas de ella se dilataron hasta que sus ojos se volvieron negros como la noche, asaltados por una atracción sexual que a la vez los iluminó. Al instante, Hannah saludó a un chico al otro lado de la sala.

—¿Quién era ese?

—Simon. Un amor de instituto.

—¿Os dejo solos?

—Demasiado tarde. Está casado y tiene cuatro hijos —apoyó la cabeza contra su pecho y canturreó suavemente.

—Y pensar que podrías haber sido tú —dijo él llevándole la mano a su hombro.

—Lo dudo mucho. Regenta la ferretería de su padre y jamás se habría marchado de aquí. Yo, en cambio, cuando mi padre murió supe que jamás encajaría aquí. Me largué en cuanto tuve suficiente dinero ahorrado.

—¿Buscabas aventuras?

Ella hundió más los dedos en su pelo y con una suave voz dijo:

—Buscaba algo.

Y así, siguieron bamboleándose al ritmo de la música un largo rato más, perdidos en sus propios pensamientos y envueltos en un torbellino de tensión sexual que no hizo más que crecer según se acercaban más el uno al otro.

Bradley ya no pudo soportarlo más.

—¿Podemos salir de aquí?

Ella levantó la cabeza de su pecho y le respondió:

—Solo me queda una última labor de dama de honor por hacer, y después estoy libre. ¿Y sabes qué es? Algo en lo que podrías ayudarme.

—Después de haber visto tu maleta con cosas de «por si acaso», me da miedo decir que sí antes de saber en qué me estoy metiendo.

Ella sonrió.

—Implica montones de pétalos de rosa, un baño de burbujas, champán y preservativos.

—Entonces, ¡sí, claro!

La luz de la luna entraba por la ventana bañando la habitación con una plateada luz.

Bradley no sabía cuánto tiempo llevaba despierto y estaba observando cómo dormía Hannah. Su piel era suave como la de un bebé, sus mejillas rosadas por el calor del aún titilante fuego que había encendido en ella después de la primera vez que habían hecho el amor, y tenía el cabello extendido sobre su almohada.

Y él, en lo único que podía pensar, era que al día siguiente todo volvería a la normalidad... con una innegable diferencia.

Ella no era como el resto de mujeres con las que había estado. Era dulce, sincera, leal y no de las que se permitían una aventura de vacaciones.

Lo había sabido antes de haberle dado comienzo a todo eso, lo había sabido antes de poner pie en Tasmania, lo había sabido en cuanto Sonja había sugerido la idea en esa cafetería de Melbourne. Y, a pesar de todo, había permitido que sucediera.

Podía culpar a esa increíble suite, podía culpar a la belleza y al increíblemente aire fresco de Tasmania, o podía culpar a Venus y a Marte.

Podía culpar a la alegría de Hannah que tanto contrastaba con la oscuridad de su carácter, fruto de su experiencia de vida. Podía culpar al hecho de que ella le diera equilibrio. Un equilibrio que nunca antes había tenido. Un equilibrio que anhelaba en secreto.

Pero lo cierto era que su madre había tenido razón. Era un jugador, o mejor dicho, era un cretino que no se merecía que esa mujer hubiera saltado nunca en su defensa.

Él era el único culpable de todo.

Hannah murmuró algo en sueños y soltó una suave carcajada. Al oírla, Bradley se odió a sí mismo porque ese sonido lo había excitado más todavía.

Apartó un mechón de pelo negro de su frente y deslizó un dedo sobre su mejilla y detrás de su oreja hasta llegar a su hombro. Ella se movió, se estiró y la sábana se movió dejando al descubierto su torso desnudo. Sus delicadamente redondeados pechos. Sus suaves pezones.

Sin pensarlo, Bradley se inclinó sobre ella y tomó uno de esos picos rosados en su boca. Ella gimió, se despertó en un instante y hundió las manos en su pelo.

Hannah sabía a caramelo y a sol. Era cruel que una mujer supiera tan bien. Cerró los ojos mientras su lengua seguía dibujando círculos alrededor de su pezón y ella estaba al borde del gemido, a la vez que le sujetaba la cabeza como si no quisiera que se detuviera jamás. Bradley se tendió sobre ella mientras con la lengua acariciaba su otro pecho sin llegar a tocarle el pezón. Hannah se contoneaba bajo él acercando su cálido cuerpo al suyo y él sintió el incontrolable deseo de adentrarse en ella, una y otra vez, pero sabía que tenía que controlarse. Se merecía un castigo. Y así, se tumbó a su lado. Ella gruñó a modo de protesta y deslizó una mano por su pecho y por el vello que le cubría el abdomen hasta llegar a…

Bradley cerró los ojos. ¡Eso sí que era un castigo! Le agarró la mano y poniéndole la pierna encima, la sujetó a la cama. Ella dejó de moverse y él se inclinó para tomar en su boca uno de sus pezones y siguió besando su cuerpo hasta que no pudo aguantar más. «Mírame», le pidió dentro de su cabeza. Quería que supiera quién la estaba besando, necesitaba que lo supiera, que lo recordara.

Ella abrió los ojos y miró directamente a las profundidades de su alma. Después, como si supiera lo que Bradley necesitaba, lo llevó hacia ella y lo besó.

El sol estaba empezando a lanzar su rosado brillo a través de los ventanales cuando Hannah se puso los vaqueros, la camiseta, el poncho, las botas y se recogió el pelo en una cola de caballo para rápidamente lavarse la cara antes de salir de la suite de puntillas.

Necesitaba dar un paseo; dar un paseo y pensar. Y estaba claro que no pensaba bien cuando Bradley estaba tendido a su lado en la cama y desnudo.

Una vez abajo, cruzó la desierta zona de recepción y salió por las puertas principales donde la recibió una sacudida de aire frío que casi la hizo tambalearse. Sin embargo, esa mañana algo así era justo lo que necesitaba.

Fuera, el cielo era gris plateado y los pájaros estaban dormidos; el único sonido era el de la nieve cayendo suavemente desde los árboles. Parecía un sueño.

Estaba allí intentando asimilar lo sucedido ese fin de semana, creer que no era más que un maravilloso sueño y comprender que cuando se despertara a la mañana siguiente estaría bien y de vuelta al mundo real.

De pronto la vida real era algo que le resultaba extraño. Muy lejano. Algo que le daba miedo. Lo único que tenía que hacer para solucionarlo todo era convencer a Bradley de que se quedaran allí, para siempre. Pidiendo la comida al servicio de habitaciones, haciendo que otros les lavaran las sábanas y haciendo el amor continuamente. ¡Así de fácil!

No. No podía decírselo. ¿Cómo iba a hacerlo cuando él había dejado bien claro una y otra vez que no era un hombre de relaciones serias? Tal vez su pasado había sembrado ese comportamiento, pero él lo había cultivado a fondo desde entonces.

No podía decírselo y ver cómo la rechazaba porque no había nada peor que tener amor y no saber dónde ponerlo. Cuando su padre había muerto le había provocado un dolor terrible, la había destrozado por dentro, y ella había ido vagando de un lado a otro como un perrito perdido durante meses. Años, incluso. Hasta que había encontrado su lugar, y se había encontrado a sí misma, en Melbourne. Lo mirara como lo mirara, ninguno de los dos tenía el pasado necesario para poder permitirse una relación a largo plazo.

Suspiró, se acurrucó contra su poncho y se puso en marcha de vuelta a la calidez del vestíbulo.

La recepción ya no estaba vacía. Una mujer con falda ajustada, medias estampadas, botas altas y un gorro y un chal a juego estaba junto al mostrador. Se giró al oír las puertas giratorias.

—Hannah.

—Mamá —dijo instintivamente, en lugar de «Virginia». Sin embargo, la mujer ni se fijó, así que ella no se molestó en corregirse.

—¿Qué haces levantada tan temprano?

—Necesitaba dar un paseo y tomar un poco de aire fresco. ¿Y tú?

—Me voy a casa.

—Oh, ¿pero no te dijeron que tenías la habitación pagada un día más?

—Sí, pero no creo que a Elyse le apetezca bajar a la mañana siguiente de su boda y encontrarse a su madre en el desayuno, ¿no?

—No, no lo creo. Eres muy considerada.

Virginia se rio justo cuando un hombre volvió al mostrador con unos papeles que le entregó y ella le lanzó una sonrisa que lo hizo ruborizarse.

—Bueno, ¿y dónde está tu media naranja?

—Dormido.

Virginia se rio.

—Si yo fuera tú, haría que mi misión en la vida fuera estar a su lado cuando se despertara.

Hannah tragó con dificultad. Si pudiera elegir, no habría otra cosa que pudiera querer más y deseó poder confiar en su madre y compartir lo que sentía con ella, pero su pasado se lo impidió y esbozando una sonrisa le respondió:

—No temas, ya voy para allá.

—Siempre has sido una chica lista y ahora resulta que también eres una organizadora de bodas fantástica. Ha sido un fin de semana divino.

—¿Sí, verdad?

—Sofisticado, divertido, y en resumen una fiesta que pasará a formar parte de la historia de este lugar. Y todo gracias a ti.

Hannah intentó asimilar ese extraño momento porque no estaba nada acostumbrada a recibir alabanzas de su madre.

—Gracias.

—Ya tengo un montón de nombres y números de futuras novias y sus madres que reclaman tus servicios si decides cambiar de profesión y volver a casa.

Parecía que Virginia estaba hablando en serio y que parecía estar esperanzada, expectante... ¿De verdad le gustaría que se quedara?

Volver a casa. Cerca de Elyse. Cerca de donde creció. Estar en un lugar donde la gente se preocuparía por ella, donde podría trabajar para alguien que no la volvía loca en el trabajo y que no la hacía sentir loca de amor.

La tentación era tan fuerte que en ese momento llegó a abrumarla, pero pasó al instante. Si se quedaba, acabaría marchándose otra vez. Y además, desde la primera vez que se había marchado, había podido construirse una vida; no una vida perfecta, pero sí su propia vida.

—Gracias, mamá, pero estoy feliz donde estoy.

La esperanzada sonrisa de Virginia desapareció.

—Me alegro por ti. Cuando eras pequeña me preocupaba mucho verte siempre en las nubes, leyendo y siguiendo a papá como un cachorrillo. Cuando yo era joven quería ver el mundo, vivir en la ciudad y dedicarme al arte, ser alguien. No me malinterpretes; amaba a tu padre y jamás lamenté ninguna de las decisiones que tomé al elegirlo a él, pero no quería que vosotras os quedarais atrapadas aquí, en un pueblo pequeño sin encontrar la razón que yo encontré para quedarme. Lo único que quería era que encontrarais algo especial que os hiciera destacar para poder tener las oportunidades que yo nunca tuve.

Alargó la mano con la intención de colocarle a Hannah un mechón de pelo detrás de la oreja, pero se detuvo y se giró hacia el mostrador para firmar la factura.

—Estoy muy orgullosa de que lo hayas logrado. De que seas feliz.

Y mientras allí estaba ella, en el vestíbulo y escuchando aturdida las agradables palabras de su madre. Inmediatamente supo que había algo que tenía que aclarar.

—¿Mamá?

—¿Sí, querida?

—¿Puedo hacerte una pregunta... algo complicada?

—¿Alguna vez te has topado con una mujer más complicada que yo?

Bueno... no...

—Vale, allá va. Cuando te casaste con esos... tipos... ¿fue porque creías que los querías como quisiste a papá?

—No, para nada —respondió la mujer sin vacilar.

—Entonces, ¿por qué?

Virginia respiró hondo y la miró. Unas patas de gallo asomaban bajo sus preciosos ojos y demasiado maquillaje cubría su aún maravillosa piel.

—La verdad es que echo de menos lo que es sentirse amada y estoy dispuesta a aceptar y conformarme con lo que sea por sentir algo parecido.

¿Eso era a lo que recurría su preciosa madre? ¿A los restos de otros amantes? Hannah la agarró del brazo.

—Tú vales mucho más que eso.

—Lo digo en serio, no puedes seguir conformándote con lo primero que encuentres. Encuentra a alguien que ames, alguien que te ame a ti. Y haz lo que sea para no dejarlo marchar, ¿de acuerdo?

Virginia sonrió, pero no hizo ninguna promesa. Le dio un beso a Hannah en la mejilla y la abrazó con sentimiento y sinceridad.

—Nos vemos en la próxima boda, hija. Y espero que sea la tuya.

Y entonces, guiñándole un ojo, Virginia se marchó envuelta por un vendaval de energía y color... y por el eterno dolor de haber perdido a su primer y verdadero amor.

Inmediatamente, la mente de Hannah sobrevoló el vestíbulo para ir directa a una suite donde yacía un hombre al que amaba con desesperación.

Ahora más que nunca sabía que nunca se conformaría con lo primero que encontrara; no se conformaría con un hombre que le gustara. Quería un amante, un compañero, alguien que la hiciera reír y le hiciera pensar, un amigo genial y fiel al que pudiera confiarle incluso su vida.

Quería a Bradley.

Tenía todo lo que había soñado ahí, delante de sus narices. Ahora mismo. No podía preocuparse por las consecuencias porque si no lo intentaba jamás se lo perdonaría.

Bradley estaba en la ducha cuando Hannah volvió a la suite y lo esperó caminando de un lado a otro de su dormitorio mientras intentaba pensar cómo decirle lo que sentía.

De forma casual: «¿Te apetece una cena el sábado en mi casa? Prometo no cocinar».

Con indiferencia: «Vamos a dejarlos a todos alucinados mañana en la oficina y vamos a presentarnos allí comprometidos».

De forma sexy: «Quiero que cueles tus manos dentro de mis pantalones y que no las saques hasta dentro de un año. Y no hablo en broma, chaval».

Ataque frontal: «¡Tú eres al que quiero!».

De forma sincera... Si tenía que ser sincera tendría que decirle que lo amaba. Era así de simple. Y así de complicado. Pero eso era lo que necesitaba que supiera.

La puerta del baño se abrió y Bradley salió con una gran toalla blanca alrededor de las caderas. El agua goteaba de su cabello negro y sus bronceados músculos resplandecían bajo el agua y la luz de la mañana. Se le hizo la boca agua y cuando él esbozó una sexy sonrisa, a ella le bombeó el corazón más que nunca y le entró miedo.

—Me he despertado y no estabas.

—Tenía que despedirme de alguien porque hoy nos vamos a casa, ya sabes...

—Sí, nos vamos. El avión nos recoge a las cuatro. He pensado que podríamos marcharnos al mediodía y comer algo por Launceston. Estoy deseando volver a echarle las manos a ese Porsche —respondió sonriendo de oreja a oreja.

El instinto de protección de Hannah le decía que cortara las cosas por lo sano, que le sonriera y le diera las gracias por un genial fin de semana. Que volviera a su vida fingiendo que no estaba trabajando codo con codo con un hombre que la hacía derretirse solo con mirarla.

Pero entonces él se puso una impoluta camisa blanca y ella se sintió invadida por el sutil aroma a jabón. Su piel seguía húmeda y por ello la camisa se ciñó a sus músculos provocando que se le hiciera la boca agua y que temiera abrirla por miedo a lo que pudiera salir de ella.

Pero había cantado en un karaoke y había sobrevivido.

Había perdido a su adorado padre y había sobrevivido.

Ya había sobrevivido a bastantes cosas y ahora estaba preparada para vivir. Y para hacerlo necesitaba al hombre que hacía que viera sus días en Technicolor.

No, no iría a ninguna parte.

—Tenemos que hablar.

Bradley se giró hacia ella lentamente mientras se abrochaba el último botón.

—¿Sobre qué?

Se acercó a él y posó las manos sobre su pecho, dejándose invadir por su calor.

—Eres un buen hombre, Bradley Knight. Trabajas mucho y nunca esperas que te den nada en bandeja de plata.

—Sí, así soy yo —sonrió, aunque en sus ojos había cautela.

—Pero también sé que cuando se trata de mujeres tienes la capacidad de atención de un pez.

Él se rio a carcajadas y dejó caer la toalla.

Sin embargo, además de eso, Hannah sabía que era un hombre amable, considerado, y heroico cuando alguien que le importaba se encontraba en apuros.

Le pasó los vaqueros y esperó hasta que se los puso antes de continuar y al verlo ante sí, más guapo de lo que cualquier hombre merecía estar con vaqueros y camisa blanca, respiró hondo y dijo:

—Hace mucho tiempo que siento algo por ti y creo que me permití seguir sintiéndolo porque eras inalcanzable. Me daba la excusa perfecta para no tomármelo demasiado en serio, pero después tuviste que hacerme caso.

Se detuvo para respirar hondo mientras esperaba su respuesta. Cualquier respuesta. Pero la habitación seguía sumida en un absoluto silencio.

Al cabo de lo que le pareció una eternidad, él se puso un jersey. De acuerdo, Hannah no se había esperado que se pusiera a saltar de emoción, pero tampoco se había esperado una respuesta tan fría. No, después de lo que habían hecho juntos. No después del modo en que le había hecho el amor, del modo en que se había aferrado a ella mientras dormían.

Respiró hondo, reunió todo el amor que sentía por él y se adentró en el campo de batalla sin una armadura que la protegiera.

—Bradley, tendrías que estar ciego para no darte cuenta de que estoy enamorada de ti, y de que llevo estándolo desde… siempre…

Extendió los brazos con gesto suplicante y los dejó caer; vibraban deseando envolverlo, acercarlo a sí, pero él seguía ahí mirándola con esos impenetrables ojos grises.

—Acabo de decirte que te quiero, no quiero volver al trabajo mañana y fingir que esto nunca ha pasado. Quiero estar contigo y darte la mano y salir a cenar contigo y hacerte el amor y despertarme en tus brazos y...

Asombrada, lo vio retroceder. Pero, peor aún, lo vio encerrarse en sí mismo, exactamente igual que cuando algún admirador efusivo lo paraba por la calle y le pedía un autógrafo.

—Bradley, mírame. Mírame de verdad. Estoy abriéndome a ti, por completo. Estoy ofreciéndote todo lo que tengo que dar. Porque… porque somos como un par de guantes: actuamos de manera independiente, pero no estamos completos el uno sin el otro. Soy tuya, Bradley. Soy tuya para siempre, si me tomas.

—Nadie puede prometer un para siempre.

Hannah casi lloró de alivio al oírlo decirle algo por fin.

—Yo sí que puedo porque sé con todo mi ser que soy tuya. Eternamente. No voy a ir a ninguna parte.

Sintiéndose como si fuera a explotar si no lo tocaba, si no se apoyaba en él, si no sentía una respuesta de él, fuera la que fuera, extendió una temblorosa mano y le acarició la mejilla.

Él se estremeció, como si le estuviera quemando el contacto y ella retrocedió como si la hubiera abofeteado. Más asustada que nunca antes en su vida, se llevó la mano al pecho. Lo había estropeado todo; había construido castillos en el aire sin más cimientos que su romántica cabeza. Bradley no la quería. Jamás la querría.

—¿Esta es la única respuesta que voy a obtener de ti?

Silencio.

Una gran bola de furia, dirigida en especial hacia ella misma, se formó en su interior y sacudió una mano ante sus ojos como si intentara despertarlo del estado comatoso en el que parecía estar sumido. De hecho, estaba emocionalmente catatónico mientras que ella lo amaba en exceso.

Con determinación y un atisbo de esperanza, demasiada tal vez, se acercó, se puso de puntillas, hundió las manos en su cabello negro y lo besó.

Con los ojos cerrados. Con el corazón acelerado.

Esos labios que anteriormente habían hecho arder los suyos la llevaron hasta el filo del éxtasis y más allá. De él brotaba calor, un intenso calor que le decía que se equivocaba y que ella tenía razón. Pero a pesar de todo, permanecía impasible.

Al instante, unas lágrimas comenzaron a deslizarse por las mejillas de Hannah y el sabor de la sal en su boca la despertó de su trance. Por fin.

Hizo intención de apartarse y fue entonces cuando lo sintió: un sutil roce, una respuesta que le robó el aliento.

Y entonces la besó. Con tanta delicadeza que estaba casi segura de que se lo estaba imaginando. Si era así, ¡qué imaginación tenía!

Unos suaves y cálidos labios la acariciaban, la saboreaban, estaban limpiándole las lágrimas. Fue un beso tan hermoso que apenas podía recordar por qué había empezado a llorar.

Y entonces lo entendió. Lo amaba, pero él no era un hombre capaz de dar ningún tipo de respuesta.

Se apartó pasándose las manos por la cara, por la boca, intentando borrar la sensación que tanto se parecía a un amor correspondido cuando en realidad no era nada más que una respuesta aprendida. Se tambaleó hasta la cama y apoyó las manos sobre la colcha. Necesitaba espacio para respirar y para pensar.

Él no la siguió. No fue tras ella. Seguía sin decir nada. Y solo había una cosa que ella podía hacer.

—No puedo volver al trabajo mañana y fingir que no ha pasado nada.

—¿Estás dejando el trabajo?

¡A eso sí que respondía, eh!

—No me has dado elección.

Dio un paso hacia ella y extendió una mano.

—Nunca te he pedido que lo dejes, es lo último que quiero. Es más, si te soy sincero, admitiré que es la razón por la que vine aquí en un principio. Ahora mismo tenemos tanto trabajo que tenía que asegurarme de que nada te tentaba a quedarte aquí.

—¿Me boicoteaste las vacaciones para asegurarte de que volvería contigo?

¡Por supuesto! ¡Cómo no iba a hacerlo! Ella le hacía la vida muy fácil, y a él le gustaba que su vida fuera así de fácil. ¡Aaargh!

—Aunque ahora no sé por qué me molesté, vas a marcharte de todos modos.

—¿Cómo dices? Oh, eres increíble. Cualquier persona en mi lugar se habría marchado hace meses, pero me gustaba tanto el trabajo y te respetaba tanto, que me deleitaba trabajando tantas horas y esforzándome tanto. Mientras que tú…

—Hannah…

Ella retrocedió dos pasos, lo suficiente para no poder sentir la calidez de su cuerpo.

—Si crees que solo te hice el amor para obligarte a marcharte, entonces debes de pensar que soy un bastardo.

—No estoy segura de qué pensar ahora mismo. Me pregunto cómo encaja en todo esto eso de que pueda ocuparme de producir el programa de Tasmania. ¿Qué es? ¿Una especie de recompensa por los servicios prestados?

Finalmente vio algo de emoción en sus ojos. Nunca lo había visto más furioso.

—Si te ofrecí lo de Tasmania fue únicamente porque te lo merecías y porque pensé que te haría feliz. Lo siento si lo has visto de otro modo.

Lo sentía, pero no sentía que no la amara, solo sentía que ella lo hubiera malinterpretado. En esa ocasión esa palabra significaba un adiós, ya no sonaba sexy.

—Sé que crees que has encontrado un modo de

no dejar que lo que te hizo tu madre marcara tu vida, pero pareces muy decidido a repetir sus mayores errores. No dejas que la gente se te acerque y una vez que decides hacerlo, no dejas espacio para el compromiso. No dejas espacio para nadie.

No esperó a ver si él había oído algo.

—Me voy a dar un paseo. Volveré dentro de dos horas. Espero que te hayas ido o pediré a los de Seguridad que te saquen de mi habitación. Puedo hacerlo, ya lo sabes.

Y sin detenerse a agarrar su abrigo ni su bolso, salió de la suite y fue hacia los ascensores.

Capítulo 11

UNOS días después, Bradley estaba sentado en una cafetería de Brunswick Street mirando a un músico callejero que estaba tocando una canción que no lograba identificar del todo.

Como un mosquito cerca del oído, Spencer no dejaba de hablar sobre el viaje a Argentina, sobre lo emocionado que estaba, sobre lo que iba a llevarse de equipaje y las vacunas que su madre había insistido en que se pusiera antes de volar, y sobre el hecho de que Hannah lo había organizado todo de un modo tan brillante que no sabía qué más tendría que hacer él.

—Perdona, ¿qué has dicho? —le preguntó Bradley volviendo al presente bruscamente.

—Hannah —dijo Spencer y Bradley sintió como si el nombre se clavara en su pecho como una bala.

Nadie se había atrevido a mencionar su nombre

cuando había entrado en la oficina el martes por la mañana con la noticia de que había dejado de trabajar para Producciones Bradley.

—Que ha hecho un trabajo fantástico organizando el viaje —dijo Spencer y cerró la boca de golpe como si acabara de darse cuenta de que había dicho algo que no debía. En ese momento sonó su móvil y lo agarró como si fuera una tabla de salvación—. Es del aeropuerto. Voy a hablar a un sitio más tranquilo.

Y Bradley volvió a mirar al músico, que ya estaba recogiendo. ¡Qué decepción!

—Aún no ha encontrado otro trabajo.

Era Sonja. Había olvidado que estaba sentada a la mesa con ellos.

—Hannah —dijo refrescándole la memoria por si acaso no era ella en quien su jefe estaba pensando mientra había estado escuchando al músico.

Pero esa canción le había hecho recordarla, recordar la increíble luz de sus ojos mientras habían bailado su melodía; le había hecho revivir aquel momento estelar en que lo había mirado a los ojos y le había dicho que estaba enamorada de él.

—Ha tenido ofertas, claro, las tiene todos los días, pero se pasa el día en su habitación haciendo quién sabe qué con el ordenador. ¿Qué pasó en Tasmania?

Él apretó los dientes. Lo que había sucedido en Tasmania tenía que quedarse en Tasmania, aunque se sentía como si fuera un gran peso que no pudiera quitarse de encima.

—No me ha dicho nada. Llegó como si la hubiera atropellado un autobús. Es más, parece tan ilusionada con la vida como tú ahora mismo.

Bradley no dijo nada mientras en su interior una bola de furia iba haciéndose cada vez más grande.

—Bien, los dos podéis ser unos cabezotas y negaros a hablar conmigo, pero ya que estoy viviendo con ella y trabajando para ti, tenéis que hablar para no volverme loca con vuestro abatimiento. Así que sea lo que sea que le hiciste para que se haya marchado, más vale que vayas a verla y te disculpes y nos ahorres a todos este drama.

—¿Qué te hace pensar que la razón por la que se ha marchado tiene algo que ver conmigo?

Sonja lo miró como si fuera lo más estúpido que hubiera oído en su vida y lo peor de todo era que tenía razón porque él era el culpable de todo. Si no la hubiera seguido y seducido, ella habría vuelto de sus vacaciones renovada y dispuesta a incorporarse al trabajo, y ahora estaría sentada ahí mismo, riéndose con él, iluminando un día que ahora estaba turbio.

Y él seguiría extinguiendo la atracción que sentía por ella muy en su interior, donde no podía hacerle daño a nadie, y nunca habría llegado a saber que había alguien que pudiera amarlo. ¡Esos sí que habían sido días felices!

Apartó la silla.

—Voy a la oficina —dejó su tarjeta de crédito sobre la mesa—. Paga esto.

Sonja asintió.

—Dile a Spencer que volveré… luego.

Se metió las manos en los bolsillos de la chaqueta y echó a andar y en ningún momento nadie lo paró para pedirle un autógrafo. Estaba pasando totalmente desapercibido.

Hannah. No podía dejar de pensar en ella.

Haberla perdido había puesto patas arriba la oficina porque era ella la que había logrado que un ambiente cargado de tanta presión resultara divertido, la que le había permitido crear, la que lo había inspirado para tener las mejores ideas de su vida.

Por otro lado, había dirigido su empresa durante mucho años antes de que ella llegara y estaba seguro de que su negocio sobreviviría a su pérdida. Pero saberlo no impedía que no la echara de menos. Que no echara de menos esa actitud con la que encandilaba a sus colegas de profesión por teléfono, el modo en que siempre le tenía un café preparado cuando más lo necesitaba, el modo en que siempre sabía cómo terminar sus pensamientos.

Echaba de menos ver sus pies sobre la mesa de su despacho, el boli constantemente detrás de su oreja o la forma en que apretaba los dientes. Su sentido del humor tan mordaz, su risa, su sonrisa, su boca…

Echaba de menos su sabor, su piel, sus dedos jugueteando con su pelo, la suave piel de su cintura, el modo en que podía hundir los dientes en la suavidad de su hombros; echaba de menos despertarse con su cálido cuerpo junto al suyo.

¡La echaba de menos a ella!

Y mientras caminaba por la abarrotada calle los sentimientos que tanto tiempo había tenido enterrados se negaron a seguir estándolo y se rebelaron contra él. Lo que sentía por ella era tan dulce, tan arrollador, tan intenso, que sabía que solo había cabida para una respuesta.

Se había enamorado por primera vez en su vida.

La amaba. Amaba a Hannah.

¡Claro que la amaba! ¿Cómo no? Tendría que ser

una pura roca para no amar su sentido de la diversión, su amabilidad, su rectitud y, sobre todo, el modo en que lo amaba a él, por sorprendente que pareciera.

Esa era la verdad, pero bueno, ¡qué más daba! De todos modos, no habría durado, así que mejor así, que todo se hubiera acabado antes de haber empezado.

«¿Eso quién lo dice?», le preguntó una insistente voz dentro de su cabeza.

«Es un hecho», siguió diciéndose a sí mismo. «Las relaciones nunca duran y ella tenía razón, tus relaciones nunca han durado porque siempre las has saboteado antes de que pudieran comenzar».

Bradley sintió cómo iba aminorando el paso a medida que el resto de verdades comenzaban a abrirse paso dentro de él; le hacían daño, pero no se resistió.

«Se ha marchado», le dijo a la voz que estaba metida en su cabeza.

«Tú la apartaste, pero ella insistió porque pensó que merecías la pena. Tu amistad merecía la pena, tu amor merecía la pena. Pero tú nunca has luchado por ella. Ella no te ha dejado. Tú la has dejado a ella».

Se detuvo en seco mientras la multitud seguía avanzando a su alrededor. Él la había dejado, justo cuando más lo había necesitado. Justo cuando ella había reunido valor y le había abierto su corazón, su alma, su confianza; cuando le había tendido el amor en sus manos. La había dejado porque todo ello le había resultado duro.

Pero ahora estar sin ella era más duro todavía. Mucho más.

No era el drama lo que había evitado toda su vida,

era el rechazo. El infernal vacío que surgía cuando amabas a alguien que no te correspondía. Para tratarse de un hombre que se esforzaba físicamente al máximo, que se enfrentaba a cada desafío que la vida le lanzaba, cuando se trataba de relaciones sentimentales había sido un absoluto cobarde.

Pero ya no más. No esa vez.

Sentía que el mayor desafío de su vida se encontraba a la vuelta de la esquina y solo había un modo de saberlo con seguridad. Alzó la mirada, se dio media vuelta y echó a andar con un destino muy claro en mente.

Alguien llamó a la puerta de Hannah y apenas había abierto la boca para pedirle a Sonja que abriera cuando se dio cuenta de que era media tarde y que su amiga estaría en el trabajo.

Se puso los pantalones del pijama, la gigante sudadera y fue hacia la puerta calzada con sus botas UGG. La abrió y allí se encontró a…

—¿Bradley?

Chaqueta de cuero. Vaqueros. Aroma a jabón y a aire de invierno. El corazón le dio un vuelco.

—Tenemos que hablar.

—¿Sí? ¿Ahora? Envíame un e-mail —le dijo cerrándole la puerta en la cara.

Él la detuvo con una mano firme.

—No sé el nuevo.

—De acuerdo —claro, su viejo e-mail había sido eliminado del sistema—. Pues entonces será mejor que pases.

Dejó la puerta abierta y fue hacia el sofá. Sacó

una porción de pizza fría de una caja y le dio un mordisco como si eso fuera mucho más interesante que lo que él tuviera que decir.

—¿Cuánto tiempo tiene esa cosa? —preguntó olfateando en dirección a la caja de la pizza.

—No estaba en la nevera antes de marcharme a Tasmania, así que no será tan vieja. ¿Qué estás haciendo aquí, Bradley? Si has venido a pedirme que vuelva al trabajo…

—No.

—Oh —se le cayó el alma a los pies; tal vez había ido a hacerla sentirse peor todavía.

—A menos que quieras volver.

—No —se dio cuenta de que había sido demasiado brusca en su respuesta y decidió suavizarla con un «gracias».

—Te gustará saber que las cosas están hechas un desastre sin ti.

—Sobreviviréis.

—Lo sé. Sonja dice que has estado ocupada con el ordenador.

—Sí. Voy a abrir mi propia productora. Empezaré con algo pequeño, documentales sobre la zona. Creo que tengo dotes para hacerlo bien.

Se quedó asombrada al ver en sus ojos un atisbo de algo que parecía respeto hacia ella, y eso le dio valor. Soltó la pizza y se echó hacia delante.

—Bueno, si no estás aquí para convencerme de que vuelva, ¿para qué has venido?

—Estaba esperando que me dieras la oportunidad de decirte unas cosas. Unas cosas que probablemente debería haberte dicho hace unos días.

Ella comenzó a sentir un calor por los dedos de

los pies que fue ascendiendo por la pierna. No quería volver a empezar, no podía. Podía echarlo directamente, podía…

Pero tenía que aclarar las cosas bien y dejarlas cerradas si quería empezar de cero.

—De acuerdo. Habla.

Él se quedó mirándola mientras ella intentaba calmar el acelerado latido de su corazón. Le había hecho daño, pero lo amaba y probablemente seguiría amándolo durante mucho, mucho, tiempo y no podría amar a nadie más así.

Bradley sacudió las manos, estaba nervioso. Resultaba asombroso ver al gran Bradley Knight reducido a un puñado de nervios. Se cruzó de brazos y esperó a que le dijera lo que había ido a decirle.

—De acuerdo, allá voy. Llevo mucho tiempo siendo un hombre independiente y me gusta poder elegir lo que hacer un domingo por la mañana. Me gusta ser el dueño del mando a distancia. Me gustan que las cosas se hagan a mi modo.

«¿En serio?», pensó Hannah mientras se sentaba sobre el brazo del sillón y lo dejaba hablar. Cuanto antes se lo dijera, antes se iría y antes ella podría tomarse una botella de vino.

—Mientras que tú… Tú eres una sabelotodo y tu familia es un culebrón andante. Eres una influencia alterante para mí.

Hannah no lo seguía.

—Muy bien, pero me gustaría que fueras tan amable de no poner eso en una carta de recomendación si te la pido en el futuro.

Él la miró con el primer atisbo de humor que había mostrado desde que había llegado.

—Intento decir que has sido una inesperada fuerza en mi vida.

—¿Ah, sí?

—Desde el día en que te plantaste en mi despacho hasta el día en que aterrizamos en Tasmania no te he visto venir. Y es en ese sentido en el que tengo que pedirte un favor.

—¿Qué es? —preguntó ella con la voz quebrada.

—Que lo que pasó en Tasmania nos lo hemos dejado en Tasmania.

—Creía que eso era lo que pretendías hacer.

—No me refiero a lo que pasó entre los dos allí. Fui un tonto al pensar que con alejarme todo sería muy sencillo.

Soltó aire por la boca intentado controlarse para no decir más de la cuenta.

—De acuerdo.

—Me refiero a ese último día, al modo en que actué, a las cosas que te dije y a las cosas que no te dije cuando me dijiste que me querías…

Hannah deseó que hubiera empleado un eufemismo porque oírlo en voz alta resultaba demasiado doloroso. Se levantó y comenzó a caminar de un lado para otro.

—Hannah, me pillaste por sorpresa precisamente porque todo eso me lo estabas diciendo tú.

—De acuerdo… —dijo aun sin saber qué estaba queriendo decir con eso.

—Te conozco, Hannah. Sé que sabes lo que es perder a alguien. Sé que también te has enfrentado al rechazo por parte de alguien que te importa. Sé que eres una persona seria, cauta y considerada. La idea de que una mujer así fuera tan fuerte como para renunciar a todo y amarme… amar a un hombre que nunca deja que en su vida entre algo que no puede permitirse perder. Nunca, jamás en vida, he visto a alguien con tanta valentía.

—Bradley, yo…

Él alzó una mano, necesitaba terminar.

—Por eso me quedé paralizado cuando me dijiste que me querías. No estaba nada preparado y me lo tomé mal. Me siento avergonzado por solo haber pensado en ello. La mirada en esos ojos… tanto dolor. Me apoderaría de todo ese dolor para sufrirlo yo si pudiera.

—Bradley…

—Por todo eso, lo siento.

El corazón de Hannah pareció echarse a bailar y ahora esa palabras ya no parecían una despedida; era un nuevo comienzo.

—Bradley…

Prácticamente, él la hizo callar poniéndole una mano en la boca.

—Sé que me ha llevado un tiempo ser capaz de decirlo, pero la verdad es que ahora sé que estar solo es una miseria comparado a lo que sentí cuando me dijiste que era tu hombre y solo espero no haber llegado demasiado tarde.

Dio dos vacilantes pasos hacia ella y finalmente el cuerpo de Hannah se inclinó hacia el como una flor hacia el sol.

—Hannah —dijo con un tono de voz absolutamente adorable.

—¿Sí, Bradley?

Y entonces, por primera vez desde que había llegado, sonrió. Fue una lenta y sexy sonrisa.

—He venido a decirte que tú eres la mujer que quiero.

El recordatorio de la canción de *Grease* la hizo querer estallar en carcajadas. Y entonces comprendió que aquel momento del karaoke tal vez había sido una demostración de amor por su parte, y que él era un hombre de acción más que de palabras. ¿Cómo podía un hombre que nunca se había sentido querido saber cómo expresar el amor? Pero ella se lo enseñaría y se lo mostraría cada día durante el resto de sus vidas. Empezando desde ya.

—Bradley Knight, mi guapísimo y terco hombre, tú eres a quien yo quiero. Debería haber sabido que necesitabas más tiempo. Siempre he sido más rápida que tú a la hora de ver el potencial que tienen las cosas.

Y él se rio con el comentario.

—Eres la mujer más descarada que he conocido nunca.

Ella se encogió de hombros.

—Es uno de mis mejores rasgos.

Lo acercó a sí y lo besó para demostrarle todo el amor que sentía por él. Él la tomó en brazos y la llevó al sillón.

—Esa cosa está tan blanda que me da miedo tumbarme y no poder volver a levantarme nunca.

—¿Y te parece un problema?

Él coló la mano bajo su sudadera y la acarició.

—En absoluto.

Separaron sus cuerpos empapados en sudor y cubiertos de calor y de pura felicidad. Bradley la besó en la nariz.

—Jamás pensé que diría esto y mucho menos que lo sintiera, en toda mi vida, pero gracias a ti puedo decir: «Te quiero». Te quiero, Hannah Gillespie.

¡Qué agradable era oírlo!

Lo rodeó con sus brazos y le susurró al oído:

—Yo también te quiero, Bradley Knight.

—Me alegra oírlo.

—¿Quieres volver a oírlo?

—Luego —respondió volviendo a besarla.

Mucho más tarde, cuando el sol se ponía sobre Melbourne, se encontraban junto a la ventana contemplando las luces de la ciudad. Bradley rodeaba a Hannah por la cintura y tenía la barbilla apoyada suavemente en su cabeza. Estaban felices. Estaban enamorados.

—Lo que he dicho antes iba en serio —dijo Bradley.

—Eso espero… porque, si no, no te habría dejado hacer nada de lo que acaba de pasar en el sofá.

Sintió la risa de Bradley retumbando por su cuerpo.

—Eres la primera mujer que he amado y serás la única. El destino no será amable conmigo una vez más.

Ella le dio una suave palmada en la cara.

—Más te vale.

La abrazó con más fuerza y acarició sus caderas por debajo de su sudadera.

—Tengo una propuesta que hacerte.

Ella se giró al oír el serio tono de su voz.

—¿Es algo a lo que voy a acceder?

—Espero que sí, porque seguro que las leyes australianas prohíben el matrimonio entre dos personas si una se niega.

—Perdona, ¿qué has dicho…?

—Que ahora que te he encontrado no veo motivos para esperar y que me gustaría que te casaras conmigo.

Hannah apenas podía hablar, la emoción se lo impedía.

—Vamos, ¿de verdad crees que vamos a encontrar a otra alma gemela que fuera a aguantarnos?

—Mi hombre, el último de los grandes románticos.

Bradley le dio una vuelta de baile al más puro estilo hollywoodiense.

—¿Esto no te parece romántico?

—Me sirve.

—Hannah Gillespie, ¿puedes decirme de una vez que vas a casarte conmigo?

—¿Lo dices ahora que puedes dejarme caer al suelo?

—Sabes que yo jamás te dejaría caer —la tomó en brazos—. Te quiero. Para siempre. Si tú me quieres a mí…

—Sí.

—Y ahora el mundo ya puede seguir girando.

La besó lenta y delicadamente y cuando ella se apartó tenía los ojos empañados de felicidad. Fue a la cocina a buscar propaganda de comida a domicilio y desde ahí contempló a su guapísimo Bradley Knight. Ya no era su jefe. Ahora era simplemente su hombre.

—¿Te das cuenta de que algún día uno de mis documentales ganará a uno de los tuyos?

Bradley le quitó los menús y los tiró a la basura. Sacó unos huevos de la nevera y una sartén.

—¿Es eso un desafío?

Hannah enarcó una ceja.

—Es una promesa.

Y, por alguna razón, esa noche nunca llegaron a cenar...

JULIA™

STACY CONNELLY
LAS REGLAS
DE LA PASIÓN

Capítulo 1

ALLISON Warner jugaba con sus anillos mientras esperaba que su hermana contestase al teléfono, pero después de unos segundos saltó el buzón de voz… otra vez.

Allison suspiró, la desilusión que sentía desde que se mudó a Arizona cinco meses antes hizo que sus ojos se empañasen. Le había dejado varios mensajes, pero resultaba imposible hablar con Bethany. Aun así, respiró profundamente, intentando que su voz sonase alegre.

—Hola, Bethany, soy Allison, tu hermana—bromeó, aunque no estaba de humor—. Es jueves por la tarde y estoy a punto de salir del trabajo. Llamaba para saber si quieres que cenemos juntas esta noche. O podríamos buscar muebles para la habitación del niño. Tengo libre el fin de semana, si te apetece… bueno, llámame.

Allison hizo una mueca mientras colgaba el teléfono. ¿No sabía ya que cuanto más lo intentaba, más se resistía Bethany?

«Tienes que ser paciente».

La ruptura de su relación no había ocurrido del día a la noche y sería una tonta si esperase solucionarlo enseguida. Tardaría algún tiempo.

Afortunadamente, eso era algo que le sobraba.

Después de apagar el ordenador, empezó a colocar las cosas sobre el escritorio: la taza de café que había hecho en clase de cerámica, la violeta africana, a punto de marchitarse, el marco hecho a mano, con piedrecitas que se caían cada vez que lo movía. Su hermana y ella sonreían en esa foto, las cabezas inclinadas en perfecta simetría. Un momento perfecto capturado para la eternidad...

Si en la vida hubiese un botón de pausa para congelar un momento... o mejor, si hubiera un botón para rebobinar y deshacer las cosas que uno había hecho mal...

La fotografía había sido tomada durante la boda de Bethany, cuando su relación era estupenda. Allison tenía agridulces recuerdos de la ceremonia y de la última vez que se reunió toda la familia...

Bethany había sonreído entonces, con los ojos empañados, mientras su padre la llevaba del brazo hasta Gage Armstrong, que esperaba frente al altar.

Pero solo unas semanas después, Allison se había ido a Nueva York con su novio, Kevin Hodges. Eso había sido tres años antes y tres años era mucho tiempo. Tiempo suficiente para que su padre se pusiera enfermo, para que el matrimonio de Bethany se destruyera y para que ella estuviese tan dedicada a su carrera que se había olvidado de todo lo demás.

Había vuelto a casa, pero era mucho más fácil hacer los cinco mil kilómetros entre Nueva York y Phoenix que cerrar la distancia emocional entre Allison y su hermana. Especialmente cuando Bethany había dejado bien clara su opinión:

«Demasiado poco, demasiado tarde».

La verdad que había en las palabras de su hermana era como un peso sobre sus hombros. Daría cualquier cosa por dar la vuelta al reloj y estar con su familia cuando la habían necesitado. Pero eso era imposible y lo único que la hacía seguir adelante era su determinación de aprovechar el tiempo.

—Tienes que hablar con Bethany y hacer que te cuente qué pasó entre Gage y ella—le había dicho su madre antes de embarcarse en un crucero por el golfo de México, un viaje que sus padres habían planeado hacer para celebrar su treinta y cinco aniversario. Desgraciadamente, su padre murió seis meses antes, pero la madre de Allison había decidido hacer el viaje de todas formas como un tributo a su recuerdo.

Allison echaba de menos a su padre; su risa, su cariño, su apoyo. Cuánto le dolería saber que su muerte había separado a sus dos hijas, «sus niñas» como solía llamarlas. Le hubiera roto el corazón. Y aunque Bethany se negase a creerlo, también a ella le rompía el corazón no llevarse bien con su única hermana.

Allison suspiró de nuevo, dejando el marco sobre el escritorio. No podía cambiar el pasado, pero estaba decidida a hacer lo imposible para retomar la relación con su hermana. Bethany necesitaba a su familia más que nunca, quisiera admitirlo o no.

Eran las cinco y media y, mientras recogía sus cosas, comprobó que las oficinas de Seguridad Knox estaban casi vacías. Podría haberse ido media hora antes, pero era su última semana en la empresa de sistemas de seguridad y quería archivar unos documentos.

El lunes, Martha Scanlon volvería a su puesto después de dos meses de ausencia debido a un problema de salud. Allison se quedaría un día o dos para informarle de todo lo que había pendiente y después buscaría otro trabajo temporal.

El trabajo de recepcionista en Seguridad Knox había sido el más largo hasta la fecha. Normalmente, solo estaba un par de semanas en cada sitio, sustituyendo a empleados que estaban de vacaciones o de baja por enfermedad. Trabajar de lunes a viernes, de ocho a cinco, no se parecía nada a las sesenta horas semanales en Marton-Mills, la agencia publicitaria de Nueva York en la que había estado empleada hasta unos meses antes. Pero le gustaba el trabajo temporal y había decidido no volver a concentrarse tanto en su carrera como para descuidar sus relaciones personales.

El sol empezaba a ponerse, dándole a todo un brillo dorado. El final de otro precioso día de primavera, pensó. Y una razón más para volver a Phoenix. El tiempo en el mes de abril era tan soleado y cálido que podías ir todo el día en camiseta y pantalón corto. Aunque, por supuesto, no iba a la oficina vestida de esa guisa. Había dejado sus serios trajes de chaqueta en Nueva York, pero hacía lo posible por vestir de manera elegante e informal a la vez.

«Si quieres triunfar, tienes que vestir como una persona de éxito».

Allison recordaba las palabras de su exnovio, pero también recordaba cómo se había olvidado de sí misma, de quién era en realidad, para hacerse un sitio en el mundo empresarial de Nueva York. Había intentando ser la perfecta profesional y la novia perfecta. La novia de Kevin, un joven recién graduado en la universidad, cuyo padre era amigo del presidente de Marton-Mills. Empezando desde abajo, había esperado pagar un precio profesional por las largas horas de trabajo, pero jamás imaginó el coste en su vida personal.

Nunca volvería a concentrarse por completo en un trabajo y su elección de vestuario iba acorde con esa convicción.

Aquel día llevaba una falda lápiz de raya diplomática y un jersey de cuello cisne negro; un atuendo serio, pero que evitaba ser aburrido gracias a una minúscula tira de encaje rosa en el bajo de la falda.

No había ninguna razón en particular para que hubiese elegido ese atuendo, que llamaba la atención sobre su corto pelo rubio y sus ojos verdes. Ninguna razón en absoluto…

Su pulso se aceleró cuando pasaba frente al despacho de Zach Wilder. Después de dos meses, debería estar acostumbrada a su pelo oscuro, sus vibrantes ojos azules y sus facciones esculpidas. Incluso sus anchos hombros, su delgada cintura y largos miembros deberían ser ya algo aburrido para ella. Pero había algo en aquel comercial que la dejaba sin aliento cada vez que se cruzaban. Que Zach no fuese el hombre adecuado para ella no parecía evitar esa atracción.

Según decían, no había una segunda oportunidad para dar una primera impresión y la primera impresión de Zach había sido… sorprendente.

Se habían encontrado en el ascensor y cuando sus manos se rozaron había sentido como una descarga

eléctrica que la recorría de los pies a la cabeza. Semanas después seguía experimentando esa sensación
cada vez que se encontraban por los pasillos. Como si
ese encuentro hubiera puesto su mundo patas arriba.

Era absurdo darle tanta importancia, pero Allison
sabía que no lo había imaginado. Y tampoco había
imaginado el brillo de respuesta en los ojos azules de
Zach Wilder. Solo escuchar su voz, profunda y ronca,
hacía que sintiera un escalofrío. Pero lo que debía recordar era su fama de adicto al trabajo.

Una pena que resultase imposible.

Cada vez que pasaba frente a su despacho no podía evitar mirar de soslayo y siempre lo encontraba
con la mirada clavada en la pantalla de su ordenador,
apretando los labios cuando algo iba mal o esbozando
una sonrisa cuando algo iba bien.

En los raros momentos en los que parecía agotado
se frotaba los ojos o movía la cabeza de lado a lado,
sin duda intentando relajarse.

En esos momentos, Allison sentía que estaba viendo al auténtico Zach Wilder. Y parecía humano. Vulnerable.

Afortunadamente, eso no ocurría a menudo.

El sillón de Zach estaba apartado del escritorio,
como esperando su regreso, pero el despacho estaba
vacío y eso la sorprendió. Desde que empezó a trabajar en Knox había oído muchas cosas sobre la innume-
rable cantidad de horas que trabajaba y el número de
clientes que lograba y todo eso le advertía que Zach
era un hombre obsesionado con el trabajo y decidido a
triunfar a toda costa. Sin embargo, Allison sabía también que todos sus compañeros lo respetaban porque
se había esforzado mucho para llegar donde estaba.

Nada que ver con los contactos familiares que Kevin había usado para medrar en el mundo profesional.

Pero, a pesar de las diferencias, Zach seguía pareciéndose al exnovio del que ella había salido huyendo... aunque fuese increíblemente guapo.

Afortunadamente, se marcharía de Knox en unos días y dejaría de pensar en él.

Estaba deseando que llegara el martes, pensó mientras entraba en el ascensor y pulsaba el botón del garaje.

Las puertas casi se habían cerrado cuando una mano masculina las detuvo. Una mirada a esos largos dedos, el blanquísimo puño de la camisa y el reloj en la muñeca y sintió un escalofrío. Ella misma había elegido ese reloj, siguiendo instrucciones de su jefe, como regalo para el mejor comercial del año.

Allison se preparó para lo que estaba a punto de pasar, pero tuvo que contener el aliento cuando las puertas se abrieron y Zach, la fantasía de cualquier mujer, entró en el ascensor.

Tenía sombra de barba y ojeras, un mechón de pelo caía sobre su frente y su corbata, con un estampado rojo, estaba torcida.

—¿Estás bien?—le preguntó. Nunca lo había visto tan desaliñado. Tenía un aspecto... casi como en sus sueños, después de besarla.

¿Qué mujer podría resistirse a la tentación de pasar la mano por su pelo? ¿O usar la siempre perfecta corbata para tirar de él?

Allison se puso colorada. Ella sabía que Zach no besaría a una compañera de trabajo y sabía también que era ridículo albergar ese tipo de fantasías.

Sus ojos azules se clavaron en ella mientras las puertas del ascensor se cerraban.

—Es que pensé que no llegaría a tiempo y te necesito.

—¿Perdona?—preguntó ella, convencida de haber oído mal.

—Que te necesito.

A Allison se le encogió el estómago y estaba segura de que no tenía nada que ver con el descenso del ascensor.

—¿Me necesitas?—repitió.

—Necesito tu ayuda con un cliente.

—Ah, claro. Un cliente.

Por supuesto, pensó, avergonzada. ¿Qué había pensado que quería decir? ¿Que la necesitaba a ella? Por favor, aquel hombre vivía para el trabajo y nada más.

—¿No puedes esperar a mañana? Tengo un poco de prisa.

—No, es una emergencia—respondió él mientras se abrían las puertas del ascensor—. Necesito que vengas conmigo.

Era tarde, pero las luces del garaje aún no estaban encendidas, de modo que todo estaba en sombras. Mientras seguía a Zach, Allison se sentía como en una película de espías. En cualquier momento aparecería el malo y empezaría a disparar...

Afortunadamente, a pesar de su calenturienta imaginación, cuando se detuvo frente a un BMW negro estaba sana y salva.

Casi sana y salva, pensó, cuando Zach puso una mano en su espalda.

—Sube, por favor.

—Hay emergencias médicas, emergencias mecánicas… pero no creo que haya emergencias para una recepcionista.

—Te pagaré el doble, el triple. Lo que tú digas.

—Son las cinco y media, Zach. Quiero irme a casa.

Irse a casa significaba estar sola porque, a pesar del mensaje que le había dejado a su hermana, estaba segura de que Bethany no iba a llamar. Pero ella ya no era una adicta al trabajo y se negaba a sacrificarlo todo por el dinero, el éxito o los demonios que persiguieran a Zach.

—Por favor—dijo él, mirándola a los ojos.

Que se lo pidiera por favor, algo que seguramente no hacía a menudo, la convenció. Allí estaba el hombre que había intuido, el que había llamado su atención. Un hombre tan profundamente enterrado que seguramente nadie lo conocía. Y aquella podría ser su oportunidad de conocerlo un poco mejor.

Ignorando una vocecita de advertencia en su cerebro, Allison asintió.

—Muy bien, de acuerdo. ¿Qué necesitas?

—Te lo explicaré por el camino.

—¿Dónde vamos?

—Donde vayamos—respondió él crípticamente mientras abría la puerta del coche.

Debería molestarle su arrogancia. Después de todo, estaba haciéndole un favor. Pero mientras se dejaba caer sobre el asiento tuvo que reconocer que no estaba molesta. Al contrario, sentía curiosidad.

Zach no dijo nada mientras iban hacia Scottsdale. Ahora que había aceptado ayudarlo, parecía decidido a no contarle nada.

—Si voy a ayudarte, tendrás que decirme qué esperas de mí.

Zach, que había parado en un semáforo en rojo, giró la cabeza para mirarla. Le pareció ver un brillo de deseo en los ojos azules, pero debía ser un truco de la luz.

La bocina de un coche hizo que Zach volviese a concentrarse en el volante y Allison dejó escapar un suspiro de alivio. No sabía qué la esperaba, pero iba a pasarlo muy mal si dejaba volar su imaginación de ese modo.

—Tengo una cena de trabajo en media hora—dijo él por fin.

—Muy bien, pero ese reloj que llevas me dice que una reunión con un cliente suele emocionarte más.

Todo lo que sabía sobre Zach Wilder le decía que era un hombre que vivía para la conquista, pero parecía extrañamente angustiado.

—Has tenido clientes difíciles muchas veces. ¿Qué tiene esta cena que te pone tan nervioso?

Zach hizo una mueca.

—Se supone que soy impenetrable.

—No te preocupes, eres un misterio—bromeó Allison. Por un lado, Zach era un libro abierto… o más bien una revista económica abierta, concentrado solo en una cosa. En cuanto a la razón, no tenía ni idea—. ¿Por qué no estás más contento?

—Estoy contento—protestó él, irguiendo los hombros—. Esta es mi segunda reunión con James y Riana Collins, de Joyerías Collins. James se ha mudado recientemente a Scottsdale y pensaba dejar las riendas de su empresa, pero su jubilación duró apenas dos meses. Ahora, en lugar de dejarlo ha decidido ampliar sus tiendas en el sur, empezando por Scottsdale y Las Vegas, y hay muchas posibilidades de conseguir que firme un contrato con Seguridad Knox.

—¿Y cuál es el problema entonces?

Zach apretó el volante, como si temiera perder el control del coche.

—Riana me ha dejado un mensaje diciendo que James no podía acudir a la cena.

—Pero puedes cenar solo con ella, ¿no?

—Exactamente.

Allison lo entendió de inmediato.

—Ah, ya veo.

Entendía que Riana Collins lo encontrase atractivo, pero no tenía mucho respeto por alguien que engañaba a su pareja. El matrimonio de sus padres le había enseñado lo maravillosa que era una unión hecha de amor y respeto y se agarraba a ese ideal, aunque su relación con Kevin hubiese acabado en desastre.

—Seguro que la señora Collins…

—Señorita Collins. Riana es la hija de James.

—Ah.

De modo que James Collins no era un marido indignado sino un padre protector.

—De todas formas, imagino que la señorita Collins no es tu primera admiradora, de modo que no será tan difícil decirle que no estás interesado.

¿Sería Zach el tipo de hombre que enviaba flores con una nota diciendo: «no eres tú, soy yo»? ¿O más bien de los que sencillamente dejaban de llamar?

En fin, no importaba, ella no iba a tener una relación con él. Al menos, una relación seria.

—Esto es diferente. Riana Collins no es una chica

a la que haya conocido en un bar, es una cliente. Si la rechazase podría no firmar el contrato con Knox y yo no pienso dejar que eso ocurra.

—Bueno… —Allison fingió pensarlo un momento—. Imagino que siempre podrías acostarte con ella.

—Eso no va a pasar.

¿Porque acostarse con la hija de un cliente podría hacerle daño profesionalmente o porque utilizar a una mujer le parecía inmoral? Le gustaría creer que estaba decidido a triunfar, pero no a toda costa. Aunque no podía estar segura.

Nunca volvería a cometer el error de enamorarse de un hombre como Kevin Hodges, pero si estaba equivocada sobre Zach, si demostraba no ser un avaricioso obsesionado por el trabajo y el dinero, ¿podría dejarse llevar por la atracción que sentía por él?

Si era diferente… en fin, tal vez esa noche tendría oportunidad de descubrirlo.

—Muy bien, entonces no te gusta mezclar los negocios con el placer—dijo Allison.

Algo que ella misma debía recordar. Porque estando en su coche, respirando el aroma de su colonia masculina, casi podría pensar que aquello era una cita. Que Zach estaba llevándola a cenar a un romántico restaurante. Allison sintió un escalofrío al imaginar que la miraba con intensidad mientras apretaba su mano…

—No.

La abrupta negativa de Zach interrumpió su ensoñación.

—¿Qué?

—Estaba diciendo que no mezclo los negocios con el placer.

—Ah, claro. Estrictamente profesional—asintió ella—. ¿Entonces yo estoy aquí para hacer de carabina?

—Algo así.

En fin, si solo era por una noche…

—¿Conoces el dicho: «dos es compañía, tres es multitud»?

—Sí, claro —respondió él.

Allison esbozó una sonrisa.

—Entonces, yo soy tu multitud.

Capítulo 2

ZACH había sabido que Allison Warner sería un problema desde el día que la conoció. Pero ese día no sabía que era una recepcionista temporal en Seguridad Knox.

¿Cómo iba a saberlo? No se parecía nada a Martha Scanlon, la recepcionista habitual. Allison, que llevaba un jersey azul pálido y una falda con estampado geométrico, había llamado su atención cuando lo adelantó en el garaje de la empresa para quitarle el sitio, haciéndole un travieso guiño.

Bajo los fluorescentes del garaje, su pelo corto tenía todas las tonalidades de rubio, desde el trigo al caramelo, los mechones mezclándose a la perfección, destacando su preciosa piel dorada y sus elegantes facciones.

Sería fácil decir que era «guapa» o «encantadora», pero ese guiño le decía que era un ángel con un demonio sobre el hombro.

Zach había aparcado a su lado. Se decía a sí mismo que era porque tenía prisa por volver a la oficina, pero sabía que no era cierto. Y cuando miró por encima de su hombro, la expresión burlona de la rubita parecía decir que había esperado que la siguiera.

—¿Subes?—le preguntó.

Cuando sonreía le salía un hoyito en la mejilla. Uno solo, no dos. Eso parecía decir que aquella era una mujer diferente, única, y Zach intuyó que era una persona capaz de encontrar humor en cualquier situación, aunque eso significara reírse de sí misma.

Abrió la boca, dispuesto a hacer un comentario ingenioso, pero cuando ella sonrió de nuevo se le trabó la lengua.

—Esto... sí.

«Pues claro que va a subir. Este es un garaje subterráneo, idiota».

Y, por supuesto, había visto un brillo burlón en los ojos verdes, como si estuviera riéndose de él.

Cuando las puertas del ascensor se abrieron, Zach le hizo un gesto para que entrase, decidido a aprovechar el trayecto para recuperar su orgullo masculino. Aunque su madre, Caroline, siempre le decía que debía casarse y tener hijos, eso no iba a pasar. Pero si había olvidado cómo hablar con una chica guapa, claramente trabajaba demasiado.

Los dos alargaron la mano al mismo tiempo para pulsar el botón y cuando se rozaron Zach podría jurar que había recibido una descarga eléctrica.

Y no le había pasado solo a él; el brillo en los ojos verdes dejaba claro que también ella lo había sentido.

Y eso había sido suficiente para que le prestase una atención especial a aquella chica tan guapa, a pesar de la cantidad de trabajo que había sobre su escritorio, por no hablar del ascenso que estaba a punto de conseguir.

—¿Vas a la cuarta planta? ¿A Seguridad Knox?

—Sí, hoy es mi primer día—respondió ella—. ¿Trabajas allí?

Ese debería haber sido el final de la atracción. Zach nunca mantenía relaciones con compañeras de trabajo porque era demasiado complicado.

Desgraciadamente, no había podido olvidar esa sonrisa, ese primer roce...

«Ella no va a dejar que lo olvide», pensó, lanzando una mirada acusadora hacia el asiento del pasajero.

Aunque Allison no había hecho nada para recordarle ese primer encuentro, en realidad no tenía que hacerlo. El sonido de su risa desde la recepción hacía que se le encogiera el estómago y cada vez que le sonreía, ese hoyito en su mejilla le recordaba que aquella mujer podía hacer lo que ninguna otra: conseguir que olvidase su trabajo.

Y él no podía dejar que eso ocurriera. Su infancia era un doloroso recordatorio de lo que pasaba cuando un hombre perdía la cabeza por una mujer. Y Zach no pensaba repetir los errores de su padre.

¿Entonces por qué le había pedido ayuda?

«Porque es la única que puede ayudarte».

Y mientras estuviera exclusivamente concentrado en el trabajo, tal vez no pasaría nada.

—¿Cuándo vuelve Martha?—le preguntó.

Cuanto antes se fuera de la empresa, mejor. Se olvidaría de ella en cuanto no la viese en la oficina.

—El lunes—respondió Allison—. Pero yo vendré

un par de días más para contarle todo lo que hay pendiente.

—Ah, me alegro. De que Martha se encuentre mejor, quiero decir.

—Sí, claro.

Algo en el tono de Allison le dijo que ella no estaba demasiado contenta.

—¿Has pensado quedarte definitivamente en algún sitio?—le preguntó. «No en Knox, por favor, no en Knox»—. Un puesto permanente te daría la oportunidad de ascender y…

—No—lo interrumpió ella—. Eso no es para mí. Me gusta el trabajo temporal, ir de empresa en empresa, conocer gente nueva… así es imposible aburrirse.

Zach no la creyó. ¿Quién rechazaría la posibilidad de tener éxito en la vida, de ganar dinero? Eso era lo que lo empujaba a él cada día. Tal vez porque él siempre vivía con el miedo de no estar a la altura, de fracasar…

Pero cerraría el trato con Collins. Si no aquella noche, en un par de días. Conseguir ese contrato haría que le dieran el codiciado puesto de director del departamento comercial, por delante de Bob Henderson. Zach estaba seguro y no pensaba dejar que los flirteos de Riana Collins se pusieran en su camino.

Pero cuando Allison cruzó las piernas y, sin poder evitarlo, miró sus bien torneadas pantorrillas, Zach temió que aquella solución acabase siendo más peligrosa que el problema.

—¿Has quedado aquí con Riana Collins?—le preguntó Allison cuando aparcó frente a un club de jazz.

Y Zach entendía su sorpresa.

—Ella ha elegido el sitio.

Más tarde, el club estaría lleno de gente tomando martinis y escuchando música, pero a las seis de la tarde no había casi nadie. Sin duda, Riana había pensado que era un sitio perfecto para una cena íntima.

Por eso le había pedido a Allison que lo acompañase, para recordarle a Riana que su relación era estrictamente profesional. ¿Pero quién iba a recordárselo a él en lo que se refería a Allison Warner?

«Apartar la mirada de la pelota es un error».

Así era como su padre lo habría explicado. Y Nathan Wilder sabía lo que podía costar un error. Nathan había sido la estrella del equipo de fútbol del instituto, con una prometedora carrera por delante cuando apartó los ojos de la pelota. Cuando cometió el error de dejar embarazada a su novia.

«Podría haberlo tenido todo».

No había sido un gran padre, pero le había enseñado una lección que Zach no olvidaría nunca. Y él no cometería ese error, no dejaría que nadie lo distrajera, ni Riana Collins ni Allison Warner.

Intentando calmarse, Zach empezó a hablarle de la historia de Joyería Collins, con tiendas en Chicago y Nueva York, las celebridades que llevaban sus diseños en la alfombra roja y la atención que ese contrato llamaría sobre Seguridad Knox.

En sus prisas por hablar para olvidar lo guapa que era, no se dio cuenta de que caminaba por delante de Allison hasta que ella murmuró algo que no entendió.

—¿Perdona?

—Todo el mundo en Knox habla sobre este contrato—repitió ella, encogiéndose de hombros—. Así que he entrado en Internet para investigar un poco.

—¿Ah, sí?

Eso mostraba una iniciativa que Zach no había esperado. Allison era una empleada temporal y su trabajo consistía en sonreír a los clientes, ofrecerles café mientras esperaban, contestar al teléfono, pasar llamadas… y ella misma había dicho que no tenía grandes ambiciones profesionales.

¿Entonces por qué se molestaba en averiguar algo sobre Joyerías Collins?

—Busqué el nombre de James Collins en Google, pero no creo que lo que sé vaya a ayudarte esta noche—dijo ella, un poco a la defensiva.

—No, claro, porque ir preparado a una reunión no sirve de nada—bromeó él.

Allison enarcó una ceja.

—No es por eso por lo que me has pedido que viniera contigo.

Tenía razón. No le había pedido que lo acompañase para que aportase algo a la reunión sino esperando que su presencia disuadiera a Riana. También tenía un plan B, pero estaba seguro de que no lo necesitaría, de modo que se olvidó de los riesgos. Un poco como ir en un barco y ver los chalecos salvavidas. ¿Quién esperaba tener que usarlos?

Nadie, hasta que el barco empezaba a hundirse.

Y, por el brillo en los ojos de Allison, Zach sentía que empezaba a hundirse. Eso antes de poner en marcha su plan.

—¿Entonces dime, qué esperas de mí exactamente?

Si una carabina no era suficiente para disuadir a

Riana, había pensado insinuar que su relación con Allison era algo más que profesional. Pero lo que le había parecido un buen plan dos horas antes, ahora le parecía como navegar en aguas turbulentas.

—Como tú misma has dicho, necesito una acompañante.

—¿Pero qué se supone que soy?

—Nada, Allie—respondió él. No sabía por qué la había llamado así, pero cuando Allison esbozó una sonrisa Zach se habría dado de bofetadas. Allison, se llama Allison. De hecho, incluso debería llamarla señorita Warner—. Eres una compañera de trabajo.

Ella levantó las dos cejas, un gesto más elocuente y expresivo que cualquier argumento. Casi diría que había leído sus pensamientos y…

—Lo estás pasando bien, ¿no?—Zach se acercó un poco más para dejar pasar a una pareja que entraba en el club de la mano.

Allison los miró con esa expresión que ponían las mujeres cuando veían una película romántica, como si en la vida real hubiera finales felices. Pero luego volvió a mirarlo a él y Zach se preguntó si lo habría imaginado porque no parecía nada contenta…

—¿Si disfruto viéndote sudar? Un poco—reconoció ella—. Pero si Riana Collins cree que solo somos compañeros de trabajo no creo que mi presencia sirva de nada.

Zach tenía razón. Estaba disfrutando demasiado viéndolo sudar, pero Allison no podía evitarlo. Sabía que aquello no podía ser bueno para ella, pero no debía preocuparse. Después de todo, le quedaban dos o tres días más en Knox y luego se iría a otra empresa, de modo que no volverían a verse.

¿Qué había de malo en crear la fantasía de que había algo entre Zach Wilder y ella? Solo serían unas horas.

La repuesta a esa pregunta llegó cuando los ojos de Zach se oscurecieron.

—Tienes razón—le dijo—. Riana no es el tipo de mujer que acepta una sutil negativa y sabe que yo no soy la clase de hombre que mezcla los negocios con el placer. Pero he descubierto que contengo el aliento para escuchar tu voz, que busco excusas para pasar frente a tu mesa solo para verte sonreír y sabía que solo era una cuestión de tiempo antes de que me dejase llevar por la tentación…

Allison sabía que estaba fabricando una mentira, pero tuvo que tragar saliva de todas formas.

—Ya veo.

—¿Tú crees que Riana creerá eso?—le preguntó Zach.

—Sí, claro… —Allison tuvo que aclararse la garganta—. Eso suena muy convincente.

No sabía si Riana Collins iba a creerlo, pero durante unos segundos a ella la había convencido. Estando tan cerca, con el olor de su colonia tentándola a buscar el calor de su cuerpo…

—Bueno, entonces la cuestión es cómo de obvios debemos ser.

Zach miró sus labios y, de manera inconsciente, Allison se pasó la lengua por ellos. Besarla no sería nada sutil; besarla sería obvio, incuestionable… y también sería innecesario ya que Riana Collins no estaba allí. Pero el pensamiento ya se había formado en su cerebro.

¿Besaría bien?, se preguntó. Si sus besos se parecían a su personalidad, el beso sería rápido, urgente. Y, sin embargo, Allison lo dudaba. Algo le decía que aquel hombre sabía besar.

—Allie…

Que la llamase así la hizo temblar y, con el corazón acelerado, Allison esperó que bajase la cabeza…

—¿Zach?—escucharon entonces una voz femenina.

Él tardó un segundo en mirar por encima de su hombro y, como estaban tan cerca, Allison lo oyó suspirar.

—Obvios—murmuró—. Muy obvios.

Allison volvió la cabeza para mirar a Riana Collins. Cuando Zach le dijo que Riana no estaba acostumbrada al rechazo había pensado que era por su condición de heredera de un imperio de joyería. No había esperado que la mujer fuese completamente irresistible.

Con una vibrante falda roja y una chaqueta que abrazaba sus curvas, Riana Collins parecía una modelo. El pelo negro y liso caía por debajo de sus hombros, destacando sus altos pómulos, los ojos sombreados y los generosos labios rojos. Llevaba diamantes en las orejas y las muñecas, sin duda promocionando, de forma poco sutil, el negocio familiar. De hecho, había visto a Riana envuelta en joyas y nada más en un anuncio de Joyería Collins.

Aquella era la mujer a la que Zach quería rechazar… para conseguir un contrato.

Si no lo conociera, pensaría que tenía las emociones de una CPU y, sin embargo, había visto un brillo de atracción en sus ojos, el deseo de un hombre de carne y hueso.

Pero no había nada de eso mientras saludaba a la morena.

—Hola, Riana—su voz sonaba casi como el mensaje en un contestador y su expresión era amable, pero distante—. Me alegro de verte.

—Yo también—la joven se volvió hacia Allison con cara de pocos amigos—. No sabía que vendrías acompañado.

—Ya sabes que estamos muy interesados en firmar este contrato—Zach puso una mano en la cintura de Allison—. Y, naturalmente, he traído a la mejor.

Esperando que Riana Collins no preguntase en qué era la mejor, Allison le ofreció su mano.

—Allison Warner. Encantada de conocerla, señorita Collins.

La joven no parecía demasiado «encantada» y su expresión agria no cambió mientras entraban en el restaurante. El maître colocó otra silla a toda prisa en la mesa preparada para dos, pero Zach se sentó al lado de Allison, poniendo una mano sobre el respaldo para rozar ligeramente su hombro con los dedos.

Al principio, Allison pensó que había decidido ser sutil, pero no podía estar más equivocada. La mano sobre su hombro era un roce casual, pero no lo era que pasara la yema del pulgar por su clavícula. Y aunque el gesto podría ser sutil, el escalofrío que la hizo sentir no fue sutil en absoluto.

Y, a juzgar por su expresión, Riana se había dado cuenta.

Después de unos minutos de charla insustancial, Zach empezó a hablar de negocios. Riana asentía con la cabeza mientras le explicaba las diferentes opciones de seguridad que ofrecía la empresa Knox, pero estaba claro que la joven tenía en mente algo más que eso porque miraba a Zach como si quisiera comérselo. Y luego, de repente, la miró a ella.

—Estás muy callada, pero me interesaría conocer tu opinión.

Allison se quedó en blanco durante un segundo y sintió que Zach se ponía tenso a su lado. No abrió la boca, pero en sus ojos vio un claro mensaje: «no metas la pata».

Afortunadamente, en ese momento recordó lo que había leído en Internet. Siempre había tenido buena memoria para los detalles, un talento muy útil cuando trataba con los clientes en Marton-Mills y uno que la había ayudado para ir de trabajo temporal en trabajo temporal.

—Knox lleva la seguridad de las empresas más importantes del valle—Allison mencionó los nombres de una famosa boutique, una cadena de tiendas de muebles y un complejo de oficinas cerca de donde estarían las nuevas joyerías Collins.

—Ah, muy interesante.

—He visto la última campaña y sé que os promocionáis como la cuarta C, tan importante como el color, el corte y la claridad. Tenéis fama de aceptar solo lo mejor y cuando se trata de seguridad, Knox es lo mejor. Nuestra cifra de ventas está por encima de todas las demás empresas de seguridad.

Por primera vez en toda la tarde, Zach se relajó y Allison esbozó una sonrisa al ver que asentía con la cabeza en un gesto de aprobación.

Había caído la noche cuando salieron del restaurante, pero la sonrisa de Allison podría haber iluminado el cielo. Zach esperó a que Riana se alejase en su Jaguar antes de decir:

—Te debo una.

Ella sonrió de nuevo, mostrando ese hoyito en la mejilla.

—En realidad, lo he pasado bien.

A juzgar por su sonrisa y por su alegre paso mientras iban hacia el coche, estaba diciendo la verdad: lo había pasado bien.

¿Cuándo fue la última vez, si lo había hecho algún día, que él pensó en el trabajo como algo divertido? Era un reto, una montaña que debía escalar, pero en absoluto divertido. Y, sin embargo, cuando Allison subió al asiento del pasajero y se volvió para mirarlo Zach tuvo que esbozar una sonrisa. No podía negar que ciertos aspectos de la noche habían sido muy agradables.

Resultaba muy fácil mirarla, rozar su pelo en un gesto fingidamente accidental, reconocer para sí mismo la atracción que sentía por ella. El problema era que no sabía cómo contener esa atracción. Pero tal vez no tendría que hacerlo.

Allison solo estaría en Knox unos días más y después dejarían de ser compañeros. Se iría a otra empresa y él… él tenía demasiado trabajo como para pensar en una relación seria.

«¿Quién dice que tiene que ser seria?», protestó su libido.

La sonrisa de Allison le recordaba el tiempo que había pasado desde la última vez que tuvo una relación. Y, después de todo, Allison Warner era divertida, la clase de chica que tal vez no querría una relación seria.

—De todas formas, te debo una—dijo Zach mientras arrancaba el coche—. ¿Cómo conocías la lista de clientes de Knox?

—Hace un par de días hice copias de esa lista para una promoción y recordaba algunos nombres. Lo de las cifras de venta de Knox ha sido una estimación, pero ha funcionado, ¿no?

Una estimación. Él no podía arriesgarse con alguien que lo pasaba bien haciendo estimaciones. ¿Y si Riana Collins había intuido que Allison estaba inventándose la información? Podría haber estropeado el trato…

Y también podría haberse negado a acompañarlo, le recordó su conciencia. Lo había ayudado, de modo que era tarde para preocuparse por sus métodos.

—¿Sigues pensando que me debes un favor o me lo he cargado con mis creativas cifras?

Zach giró la cabeza para mirarla. A la luz de las farolas, su rostro era como una película en blanco y negro. Pero no había nada anticuado en Allison Warner, al contrario. Era inteligente, segura de sí misma, una mujer de alta definición.

—La reunión ha sido un éxito gracias a ti.

—¿Qué clase de novia sería si no te hubiese ayudado?

¿Qué clase de novia sería?, se preguntó Zach. ¿La clase de novia que entendía que trabajase a todas horas, que cancelase planes para el fin de semana y que olvidase fechas importantes? ¿O esperaría que le dedicase más tiempo del que él podía dar? Automáticamente, Zach apretó el volante.

—Allie…

—Relájate, hombre, era una broma. Sé que no te interesan las relaciones.

—Eso…

—Solo te interesa el trabajo.

—Pues…

—No tienes tiempo para pasarlo bien.

—Bueno...

—Y serías un novio espantoso.

Allison hizo tal afirmación mientras entraban en el garaje de Knox y luego se quedó mirándolo, como esperando que asintiera. Y, sin embargo, mientras salía del coche, Zach se oyó decir a sí mismo:

—¿Es otra estimación de las tuyas?

—¿Qué?

—Has dicho muchas cosas sobre mí, pero la verdad es que no me conoces.

—Bueno…

—Después de todo, ni siquiera hemos tenido una cita.

—No, claro que no.

—Y no nos hemos besado.

—No, pero…

—No nos hemos acostado juntos.

Allison se puso colorada.

—Evidentemente, no—respondió, dando un paso atrás.

—Y aunque yo sería un mal novio, hay cosas que se me dan muy bien.

Zach dio un paso adelante, atrapándola contra el capó del coche, pero Allison no intentó escapar. Se movía despacio, dándole tiempo para protestar o apartarse, pero no tan despacio como para preguntarse qué demonios estaba haciendo.

No podía dejar de mirar ese hoyito en la mejilla que parecía burlarse de él cada vez que sonreía. No estaba sonriendo en ese momento, pero Zach no pudo resistirse a la tentación de rozar su mejilla con los labios para besar después su oreja y su garganta…

Sin darse cuenta, Allison susurró su nombre y Zach se apoderó de sus labios. Sabía a la salsa barbacoa del pollo que habían tomado en la cena y no se cansaba de saborearlo…

Ella levantó los brazos, pero en lugar de apartarlo pasó una mano por su pelo mientras tiraba de su corbata con la otra…

La mano que Zach había puesto en su cadera empezó a moverse hacia territorio peligroso… y no sabía lo lejos que podría haber llegado de no ser por la alarma de un coche a unos metros de ellos.

El sonido fue una llamada de advertencia para Zach. Estaba en un aparcamiento subterráneo con Allison Warner. Y no en un aparcamiento normal sino en el de su oficina, donde podría verlos cualquiera.

Dando un paso atrás, se pasó una mano por la cara.

—Allison…

—Tenemos que parar, ya lo sé—dijo ella.

Tenía los labios hinchados por el beso y Zach tuvo que hacer un esfuerzo sobrehumano para no volver a tomarla entre sus brazos.

—Esto es una locura, estamos en el aparcamiento de la oficina y yo solo voy a estar aquí unos días más…

—¿Hasta cuándo?

—El martes es mi último día—respondió ella.

Los dos se quedaron en silencio durante unos segundos, pero el brillo de sus ojos revelaba todo lo que no estaban diciendo.

En unos días, Allison no sería una empleada de Knox. La luz roja que lo había obligado a echar el freno unos segundos antes se había vuelto verde…

—Allison, no me malinterpretes, pero estoy deseando que te marches.

Capítulo 3

HAS llegado temprano.

Zach levantó la mirada del ordenador al escuchar la voz de su jefe, Daryl Evans.

—Son casi las siete.

No era temprano en opinión de Zach. Tal vez por haber nacido en Phoenix, siempre había pensado que el amanecer era la mejor parte del día. Salvo durante los más calurosos meses de verano, las horas del amanecer eran frescas y el rocío sobre la hierba lo llenaba de energía. Breves momentos de respiro antes de que empezase a hacer calor.

Por eso llegaba temprano a la oficina. Le gustaba disfrutar de la tranquilidad y el silencio antes de que apareciese todo el mundo. A partir de las ocho, la oficina era un caos de gente, teléfonos, ordenadores, conversaciones... también le gustaban la energía y el ruido, pero necesitaba un momento de tranquilidad antes de ponerse en marcha. Un poco como disfrutar de un té de hierbas antes de tomar un expresso.

Pero, últimamente, Daryl tenía por costumbre pasar por su despacho. No solo por las mañanas sino en varias ocasiones durante el día y ese tipo de interrupción no le gustaba nada.

Daryl era un buen hombre, pero Zach prefería trabajar solo. No necesitaba que nadie lo vigilase y tampoco reuniones o palmaditas en la espalda. No necesitaba que nadie le dijese lo importante que era un cliente o que debía esforzarse para conseguir un contrato, él sabía lo que había que hacer. Tenía su propia ambición y era un jefe más duro que cualquiera.

—Evidentemente, no soy el único que ha decidido venir temprano.

—Al menos yo fui a casa anoche.

—Yo también.

—¿Y te quedaste allí mucho rato antes de volver a la oficina? No te molestes en mentir, Zach. Comprobaré las cintas de seguridad si tengo que hacerlo… ese es uno de los beneficios de trabajar para una empresa que se encarga de vender sistemas de seguridad.

Zach sintió la tentación de comprobar si su jefe de verdad miraría las cintas de seguridad, pero entonces recordó lo que vería: a él en el aparcamiento con Allison. Aunque en Knox no había normas que impidieran las relaciones entre empleados, Zach nunca había sentido la tentación de salir con una compañera porque no quería que Daryl pensara que había cosas que le importaban más que el trabajo.

De modo que contar la verdad parecía ser la mejor opción, o al menos una versión de la verdad.

—Fui a una reunión a las cinco y media y volví alrededor de las ocho—le dijo. Para besar a Allison Warner durante unos minutos que podrían haberse alargado para siempre—. Estuve revisando unos contratos para el nuevo complejo de oficinas en Peoria y cuando miré el reloj era casi medianoche. Me fui a casa, pero estaba demasiado tenso como para dormir, así que volví a las seis.

—¿Qué tal la reunión con James Collins?

—James no pudo acudir. Me reuní con Riana.

—Ah, ya veo.

Zach entendió lo que quería decir: Riana podía pedir una reunión, pero era su padre quien tomaba las decisiones y hasta que Zach no hablase con James Collins, el deseado contrato no estaría en sus manos.

Qué mala pata que el mayor contrato de su carrera apareciese dos semanas antes de que el consejo de administración tomase la decisión de conceder un ascenso en el departamento comercial.

Si no conseguía el contrato con Collins…

Zach decidió dejar de pensar en ello. Cuando consiguiese el contracto con Collins conseguiría el ascenso.

—Esta noche es la cena a beneficio de la Asociación contra el cáncer. Riana está en el comité y me ha asegurado que su padre también acudirá.

Él odiaba los eventos de etiqueta y un elegante hotel no sería el sitio adecuado para presionar a James Collins, pero al menos tendría la oportunidad de verlo cara a cara.

—Eso espero—murmuró Daryl, mirando alrededor.

—¿Qué estás pensando?—le preguntó Zach.

Esa mirada no podía ser más que una táctica para

ganar tiempo porque nada había cambiado en los cinco años que llevaba allí. El escritorio ocupaba casi
todo el despacho, con estanterías en una esquina, una
mini-nevera y un helecho sobre una mesita en la otra.
La pobre planta seguía viva porque alguien del personal de limpieza se molestaba en regarla.

No había fotografías, trofeos o recuerdos en las
paredes. Su vida personal, la poca que tenía, siempre
estaba separada del trabajo, como a él le gustaba.

Salvo la noche anterior, cuando los dos se habían
mezclado en aquel explosivo beso. Tenía que estar
loco para pensar en salir con Allison y, sin embargo,
no pensaba en otra cosa. Y su comentario final pare-
cía dejar claro que estaba dispuesto a empezar... algo, no sabía qué.

Él nunca había tenido una relación seria. Su carrera era lo primero y prefería a las mujeres como él. Y
aunque Allison era guapa e inteligente, como muchas
otras chicas con las que había salido en el pasado, no
parecía ser de las que ponían el trabajo por delante de
todo lo demás. Era aventurera más que ambiciosa y
más interesada en vivir el momento que en forjarse un
futuro. Una mujer que siempre mantendría a un hombre pendiente de ella, siempre interesado...

—En la propuesta que le has hecho a Collins.

La respuesta de Daryl interrumpió sus pensamientos. ¿Qué le pasaba? ¿Por qué no podía dejar de pensar en Allison? Él nunca había tenido problemas para
olvidarse de una mujer cuanto estaba trabajando.
Nunca. Y no pensaba empezar a hacerlo por Allison.

—Riana dice que le han hecho otras propuestas,
pero al final firmará con nosotros, estoy seguro—
anunció Zach.

Y después de eso, el consejo de administración tendría que darle el ascenso.

Daryl no dijo nada. Zach no necesitaba que le dieran ánimos, pero ese silencio lo molestó. ¿De verdad creía que iba a desaprovechar esa oportunidad?

—Tú sabes lo importante que es ese contrato para mí.

—Es importante para toda la empresa—lo corrigió Daryl, recordándole otras críticas de ese tipo: que no era un jugador de equipo, que no trabajaba bien con los demás.

Desde luego que no. Él trabajaba mucho y no pensaba dejar que otros lo arrastrasen.

—Lo sé, pero no debes preocuparte. Este lo tenemos seguro.

Zach sabía que no quedaba bien hacerse el listo, pero si mostraba alguna debilidad, Daryl podría quitarle esa cuenta para dársela a otro.

—Creo que esta vez necesitas ayuda.

—¿Qué?—Zach se levantó tan bruscamente que el sillón fue rodando hasta chocar contra la pared—. No puedes… ¡Daryl, esta cuenta ha sido mía desde el principio! Me he pasado meses trabajando en ello y que ahora venga otro comercial para…

—No he dicho que necesites la ayuda de otro comercial. Puedes trabajar con alguno de los asistentes.

Zach tuvo que disimular su enfado. Los asistentes de ventas eran peores que los comerciales y harían cualquier cosa por medrar para llegar donde él estaba.

—O un administrativo, alguien que te ayude con los detalles de la presentación—sugirió Daryl.

Un administrativo. No, no le gustaba. Él trabajaba

solo, siempre. Pero estaba claro que su jefe no lo apoyaba y si se veía obligado a tener a alguien mirando por encima de su hombro, al menos no tendría que preocuparse porque le quitase el puesto.

—Muy bien, si crees que necesito ayuda…

—Genial—Daryl sonrió de oreja a oreja—. Tengo en mente a la persona perfecta: Allison Warner.

—¿Allie… Allison?—exclamó Zach—. Pero ella es… una empleada temporal. Solo estará aquí dos días más y se supone que…

«Está disponible».

—Está a punto de irse de la empresa.

—Por eso es perfecta. Martha volverá el martes, de modo que Allison no tendrá que seguir trabajando en recepción. Por lo que me ha dicho, no tiene otro empleo de momento, de modo que querrá quedarse. Es una oportunidad para conseguir un contrato fijo.

Uno contrato fijo.

Zach empezó a sudar al pensar que vería a Allison todos los días. Los últimos dos meses lo habían vuelto loco… y eso fue antes de besarla.

¿Cómo iba a trabajar con ella ahora que sabía lo suave que era su piel? ¿Ahora que conocía el sabor de sus labios?

Tendría que hacerlo, pensó. Él siempre había sido capaz de concentrarse en el trabajo, fueran cuales fueran las circunstancias, y eso no iba a cambiar, aunque tuviese que trabajar con Allison Warner.

«Estoy deseando que te marches».

No era precisamente la frase más romántica de la historia, pero cada vez que la recordaba Allison sentía un escalofrío. Y no podía recordarlas sin ver el rostro de Zach, la intensidad de sus ojos mientras la besaba.

Había tenido razón sobre una cosa: Zach Warner sabía besar.

Pero el beso había sido como una de esas chocolatinas diminutas que en lugar de saciar tu apetito te dejaban deseando más y más.

La cuestión era si había estado equivocada sobre todo lo demás. Estaba segura de que a Zach solo le interesaba el trabajo, pero había sido él quien sugirió… no sabía bien qué. ¿Una relación? ¿O tal vez la oportunidad de terminar lo que habían empezado en el garaje?

No lo sabía. Como la letra de una canción olvidada, no recordaba el resto; solo esa frase que aparecía una y otra vez en su cerebro:

«Estoy deseando que te marches».

Pero después del desastre con su novio, lo último que Allison quería era un romance con un compañero.

De modo que entró en la oficina el viernes por la mañana esperando que los siguientes días pasaran a toda velocidad. Pero cuando estaba guardando el bolso en el cajón escuchó una voz a su espalda:

—Allison, Daryl quiere verte en su despacho.

—¿Para qué?—preguntó ella, sorprendida.

Brett Mitchell, uno de los comerciales de Knox, esbozó una sonrisa.

—¿Quién no querría verte? A mí me alegras el día.

—¿Es así como tonteas con Martha?—bromeó Allison.

—Lo dirás de broma. Esa mujer me da pánico.

—Solo lo dices porque te conoce bien. No se puede enamorar a todo el mundo.

—Qué mala eres—bromeó Brett, poniendo cara de inocente—. Y yo que pensaba salir adelante a base de encanto—añadió, antes de alejarse por el pasillo.

Allison sonrió, pero la sonrisa desapareció al recordar que Daryl quería verla. ¿Qué podría querer? El presidente de Seguridad Knox, con sus gafas de montura metálica y sus canas en las sienes le recordaba a un profesor de universidad. Le sonreía por las mañanas y le pedía café o copias de algo, siempre con buen tono, nunca de manera exigente o antipática.

Pero aparte de pasarle llamadas y hacer algo de trabajo administrativo, Allison había tenido muy poco contacto con él. Tal vez solo quería despedirse de ella y desearle suerte en su próximo empleo, pensó entonces.

A pesar de ese pensamiento tan positivo, Allison iba preocupada hacia su despacho. Aunque no era empleada de Seguridad Knox, sabía que enviarían un informe a la agencia de trabajo temporal. Esos informes siempre habían sido favorables en el pasado y había esperado que aquel lo fuese también.

Había hecho un buen trabajo, pensó. No había cometido ningún error grave… hasta que besó a Zach la noche anterior. ¿Sería eso por lo que Daryl la llamaba a su despacho? Allison se puso colorada al pensar que alguien los hubiera visto.

Pero eran más de las ocho cuando llegaron y no había nadie en el garaje. No, la reunión tenía que ser sobre otra cosa.

Allison llamó a la puerta con los nudillos y asomó la cabeza en el interior.

—Buenos días, Daryl. Brett me ha dicho… —no terminó la frase al ver a Zach en el despacho, mirándola con el ceño fruncido—. Hola, Zach.

—Buenos días, Allison.

No parecía el mismo hombre del día anterior. De hecho, la miraba como si fuera un desconocido.

Debería haberlo esperado, pero le dolió en el alma, como si algo increíble se le hubiera escapado de las manos. Lo cual era una locura. Apenas conocía a Zach Wilder y sus sentimientos por él no eran más que un tonto encandilamiento que desaparecería en cuanto se fuera de la empresa Knox.

—Brett ha dicho que querías verme, Daryl.

—Sí, por favor, siéntate.

Allison se dejó caer sobre una silla mientras Zach cruzaba los brazos sobre el pecho en un gesto que lo hacía aún más distante.

Entonces recordó otra reunión, a la que había entrado ingenuamente…

Allison tuvo que tomar aire, apartando de sí el recuerdo de Kevin hasta que pudo respirar por fin.

«Déjalo, olvídate de ello».

Si sus años en Nueva York le habían enseñado algo era a mantener la cabeza bien alta incluso en las peores situaciones. De modo que lo hizo, mirando a Daryl a los ojos. Pero aun así, de soslayo podía ver los bronceados antebrazos de Zach, el delgado cinturón de cuero negro sobre su estómago plano, los pantalones grises.

Incluso podía ver la tensión de su mandíbula, no tan diferente a la masculina energía que apenas había podido contener cuando se apartó de ella el día anterior...

—El martes es tu último día en Seguridad Knox— dijo Daryl entonces.

—Sí, es cierto—asintió ella.

Daryl se echó hacia delante.

—Imagino que te alegrará saber que estamos dispuestos a alargar tu contrato, pero no como recepcionista. Esto será un paso adelante.

Un paso adelante…

¿Pero cómo podía saber Daryl que había aceptado esos trabajos temporales para evitar precisamente eso? Ella no quería obsesionarse con su carrera y había aprendido de la peor manera posible que cuanto más arriba estabas, más dura era la caída.

—Muchas gracias, pero…

—Lo harás bien—la interrumpió él con una sonrisa paternal.

No podía aceptar, pensó ella. Había sacrificado demasiado de su vida personal para conseguir el éxito.

—No puedo, de verdad.

—Claro que puedes—Daryl le ofreció una carpeta—. Ya he hablado con la agencia de trabajo temporal y sé que puedes hacerlo.

Su tono confiado hizo que Allison se sintiera culpable. Ella hacía el trabajo por el que la pagaban y le gustaba pensar que lo hacía bien. Entonces, ¿por qué sentía como si hubiera cometido un error?

Tal vez ese era el problema, tal vez su sentimiento de culpa no era porque hubiese hecho algo mal sino por lo que *no* había hecho. Tomando prestada una frase de las fuerzas armadas: no estaba siendo todo lo que podía ser.

—Este puesto de asistente en el departamento de ventas es perfecto para ti—sugirió Daryl.

Asistente en el departamento de ventas.

Allison miró a Zach, atónita. Iba a trabajar con él. ¿Pero cómo iba a trabajar con él día tras día cuando se le encogía el estómago cada vez que estaba cerca?

—¿No te parece, Zach?—lo urgió Daryl, enarcando una ceja.

Evidentemente, él ya había dejado claro que no estaba de acuerdo.

—Por supuesto que sí—respondió, sin embargo—. Allison será una asistente estupenda. Estoy deseando que empiece nuestra relación profesional.

Relación profesional.

No había que ser un genio para saber lo que significaba esa frase, pensó Allison mientras salían del despacho de Daryl. Y lo peor era que debería haberlo anticipado. No podría haber imaginado que Daryl iba a ofrecerle un puesto en la empresa, pero llevaba tiempo suficiente trabajando en Knox como para conocer la reputación de Zach: el trabajo era lo único importante.

Ir a cenar con él haciéndose pasar por su novia le había parecido una pequeña aventura, una noche para disfrutar antes de que dieran las doce, pero como ocurría en un cuento diferente, fue el beso lo que rompió el hechizo. Un beso por el que lo que parecía una aventura se había convertido en… otra cosa.

Un beso que había tirado las barreras que había levantado desde su ruptura con Kevin, que la había hecho olvidarse del sentido común y anhelar rendirse en cuerpo y alma.

Y un beso que Zach lamentaba.

«Recuerda el plan A».

En unas semanas se habría ido de Seguridad Knox y no volvería a ver a Zach. La tonta esperanza de que fuese diferente a Kevin se había marchitado al ver su helada reacción al saber que iba a quedarse en la empresa. No, no pensaría más en él.

—Allison, espera.

Ella se volvió, pero estaba más cerca de lo que había pensado y tuvo que dar un apresurado paso atrás para no chocar con él. Zach alargó una mano para sujetarla, tomándola por la cintura como había hecho el día anterior, cuando la besó.

—Allie… Allison.

—Tal vez sería mejor que me llamases señorita Warner.

Él parpadeó, sorprendido.

—¿Qué?

—Nada, nada.

Los dos se quedaron callados un momento y, por fin, Zach suspiró.

—Llevo cinco años trabajando aquí y ni una sola vez he necesitado ayuda con un cliente. Que Daryl insista en que ahora la necesito… —empezó a decir, sacudiendo la cabeza—. Me siento como si estuviera bajo un microscopio y no puedo dar una mala impresión.

Evidentemente, ella era la única que estaba perdiendo la cabeza. Una cosa era dejarse llevar durante un apasionado beso, pero que Zach admitiera que ese beso nunca podría llegar a nada más…

—Lo de anoche fue un error—siguió él—. Lo mejor para los dos será que lo olvidemos.

Allison sintió que le ardía la cara. Zach esperaba que

siguieran como si no hubiera pasado nada. Igual que Kevin. Y aunque no podía comparar ambas relaciones, se negaba a ponérselo tan fácil.

—Una pena—dijo por fin.

—¿Qué es una pena?

—Que no hubiéramos sabido antes que íbamos a trabajar juntos.

—Me alegro de que lo veamos del mismo modo.

—No, me parece que no lo vemos del mismo modo—replicó Allison—. De haber sabido que íbamos a trabajar juntos no me habrías besado.

—¿Y qué habrías hecho tú de saber que íbamos a trabajar juntos?

—¿Yo?—Allison se encogió de hombros—. Te habría besado de todas formas, pero me habría esforzado más para asegurarme de que no lo olvidases.

Era una frase de despedida perfecta y si la vida fuera una película con ella de protagonista, se habría dado la vuelta dignamente, dejándolo con la boca abierta. Pero la vida no era una película y, en lugar de que el director gritase ¡Corten!, la puerta del despacho de Daryl se abrió justo en ese momento y tanto Allison como Zach se quedaron inmóviles.

—Ah, estupendo, los dos seguís aquí—nada en la expresión de su jefe indicaba que se hubiera percatado de la tensión que había entre ellos—. Zach, sobre ese evento de la Asociación contra el cáncer, lleva a Allison contigo. Vuestra relación empieza esta misma noche.

Capítulo 4

SOLO será una noche».

Zach repetía esa frase en su cabeza una y otra vez mientras bajaba del coche. Llevaba repitiéndosela desde que Daryl insistió en que llevase a Allison a la gala en el hotel Scottsdale, donde los elegantes invitados entraban en ese momento a través de las puertas giratorias.

Solo una noche.

Zach respiró profundamente mientras le abría la puerta, pensando que esa noche y las semanas siguientes sería como pisar un campo minado.

Lidiar con una falsa novia que era, además, su ayudante temporal y una mujer guapa, inteligente e interesante sería una tarea difícil. Pero hacerlo mientras debería estar concentrado en conseguir el contrato con Collins para lograr así un anhelado ascenso…

Podía hacerlo, *tenía* que hacerlo. Zach se negaba a

desaprovechar aquella oportunidad. Él no iba a pasar el resto de su vida recordando sus fracasos. Había aprendido de su padre todo lo que debía sobre eso.

Nathan Wilder había sido un soñador, pero sus sueños habían quedado anclados en el pasado. Había sido el chico de oro del instituto y ese era el mayor éxito de su vida.

«Podría haber conseguido una beca para jugar al fútbol en la universidad y luego pasar a la liga profesional».

«Podría haber ganado una fortuna en publicidad».

Incluso de niño, Zach entendía por qué esos «podrían» nunca se habían convertido en nada más.

«Podría haberlo tenido todo, pero entonces tu madre se quedó embarazada de ti».

Zach era la razón para el fracaso de su padre. Había sabido eso desde que era niño, pero todavía se le encogía el corazón cada vez que lo pensaba.

Nathan Wilder solía ver los vídeos de sus viejos partidos después de beber unas cuantas copas...

Zach terminó odiando el fútbol, pero había visto esas cintas de niño y debía reconocer que su padre había sido un gran jugador.

Era cierto, podría haber llegado a la liga profesional de no haber tenido que ponerse a trabajar para mantener a un hijo al que no había querido y a una mujer con la que se vio obligado a casarse.

Y ese era un error que Zach no pensaba repetir.

Él iba a tener éxito y no tendría que culpar a nadie, absolutamente a nadie, de su fracaso porque no iba a fracasar.

Lo que tenía que hacer era concentrarse en su objetivo, seguir intentando conseguir lo que quería...

Allison bajó del coche y Zach no pudo apartar los ojos de las largas piernas que lo habían tentado desde que abrió la puerta de su casa.

El deseo fue como un golpe bajo el cinturón, haciendo que le hirviera la sangre. Debería haber estado preparado, pero tenía la sensación de que Allison era una mujer que siempre lo pillaría desprevenido.

—¿Te he dicho cuánto me apetece acudir a este evento?—le preguntó ella, mostrándole el hoyito en la mejilla.

—Varias veces—respondió Zach, poniendo una mano en su espalda mientras se dirigían a la puerta del hotel.

Cualquiera que pensara que la venganza era un plato que se servía frío no conocía a Allison Warner, pensó. No había nada frío en ella. El vestido con escote halter abrazaba sus pechos y su estrecha cintura, cayendo luego por debajo de las rodillas.

Zach no sabía mucho sobre moda femenina, pero el material del vestido era brillante y capturaba los últimos rayos del sol, de modo que parecía dorado, naranja o rosado por turnos. Y aunque tenía que ser un truco de la luz, no pudo dejar de pensar, tontamente, que no era por las arañas de cristal del hotel sino por un fuego interior que ella misma emitía.

Al evento de esa noche había acudido lo mejor de la sociedad de Scottsdale, pero cuando entraron en el salón de banquetes, Allison los dejó a todos a la altura del betún. Era como una mariposa en una habitación llena de polillas.

Y aunque Zach sabía que acabaría quemándose, algo le urgía a acercarse un poco más.

—¿Estamos peleados?—le preguntó Allison.

Él tardó un momento en entender.

—¿Peleados?

—Imagino que tendremos que inventar una pelea para explicar que tengas esa cara de enfado.

Allison sonrió a un grupo de hombres que estaban en la barra y Zach la tomó por la cintura en un gesto posesivo.

Ese instinto protector le resultaba más familiar que los celos, pero en el pasado Zach siempre había justificado ese sentimiento como simple deformación profesional. Su trabajo consistía en vender sofisticados sistemas de seguridad y le gustaba pensar que ayudaba a que la gente se sintiera a salvo.

Pero con Allison sería él quien necesitara seguridad para evitar que rompiera sus defensas.

—No estamos peleados.

Ella le dio un condescendiente golpecito en el brazo.

—No pasa nada. Siempre podemos darnos un besito para hacer las paces.

—*No estamos peleados*—repitió él, poniendo énfasis en la frase. Y no habría más besos. Hasta que el trato con Collins estuviera sellado debían fingir que estaban saliendo juntos, pero la farsa terminaría al salir del hotel, de modo que no tenía por qué pensar en el viaje de vuelta a casa de Allison, cuando la acompañase a la puerta, o en un beso de buenas noches. O en que ella lo invitase a entrar en su casa…

Y, sin embargo, podía ver todo eso reflejado en los ojos verdes. Podía escuchar la invitación al verla contener el aliento.

Pero entonces alguien chocó con Zach, murmurando una disculpa, y los dos dieron un paso atrás.

Allison parpadeó varias veces, como intentando sacudirse el mismo hechizo en el que él estaba envuelto.

—Entonces, al menos intenta fingir que lo estás pasando bien.

—Creo que tú lo estás pasando suficientemente bien por los dos—murmuró él.

Durante la siguiente media hora, Allison parecía intentar demostrarle que estaba en lo cierto. Charlaba con todo el mundo, moviéndose al ritmo de la música, mirando las cosas que iban a salir a subasta…

Pero al contrario que la sonrisa de Zach, nada en sus palabras o sus actos parecía falso.

—Hacéis una pareja estupenda—le dijo una mujer.

—Yo opino lo mismo—respondió Allison, mirando a Zach con una expresión que haría babear a muchos hombres—. ¿Verdad que sí, cariño?

—Eso de que somos novios es solo para Riana—le recordó él cuando la mujer se alejó.

Allison sonrió mientras tomaba una fresa y se la llevaba a los labios.

—Me temo que soy una actriz del método. Tengo que meterme en el personaje.

Estaba vengándose y Zach lo sabía. Y lo merecía. Había esperado tontamente que pudieran olvidar el beso por arte de magia, pero la realidad era que seguía entre los dos y que aquella relación profesional a la que se veía obligado podría ser muy complicada.

Sin pensar, la tomó por la muñeca, sintiendo un placer que no debería sentir al ver un brillo de sorpresa en sus ojos verdes.

—Lo curioso de las venganzas es que pueden explotarte en la cara.

Podría haberse hecho esa advertencia a sí mismo, pero no se molestó en pensarlo porque el deseo que había sentido al ver que se metía la fresa en la boca era demasiado abrumador. Era su imaginación, pero casi podía notar el sabor de la fruta en su propia boca...

Sin embargo, no imaginó que el pulso de Allison se aceleraba bajo sus dedos o el repentino color en sus mejillas.

La atracción entre ellos era eral, potente... y un problema si no podía controlarla.

El estridente sonido de un micrófono hizo que Allison se apartase. Zach debería agradecer la interrupción, pero mientras la veía dejar la fruta y limpiarse los dedos con una servilleta, una parte de él lo lamentó.

—Gracias a todos por venir esta noche—empezó a decir Riana Collins.

Con un escotado vestido negro, el pelo sujeto en una elegante coleta que destacaba sus exóticas facciones, parecía totalmente segura de sí misma entre toda aquella gente. ¿Y por qué no? Los invitados, todos elegantemente vestidos, parecían personas con dinero, de modo que la gala iba a ser un éxito.

—Está guapísima—comentó Allison.

—Eso es algo a lo que ningún hombre sensato respondería—bromeó Zach.

—Venga, tú sabes igual que yo que Riana es una mujer guapísima. Y no espero que... —Allison no terminó la frase, tal vez porque aquella no era una cita de verdad y ninguno de los dos debía esperar nada del otro.

—¿Qué ibas a decir?

—Nada.

—Ya has dicho que sería un novio espantoso, ¿ahora también sería infiel?

—Yo no he dicho eso—protestó ella—. Ni siquiera estaba hablando de ti en particular.

—¿Entonces de quién? ¿Quién es ese hombre de quien no esperas que no mire a una mujer guapa?

—Un antiguo novio, nada importante.

—Espero que lo dejases plantado.

—No tan rápido como debería.

—A ver si lo adivino: lo dejaste al ver que ponía las manos donde no debería.

Allison esbozó una sonrisa.

—Algo así. Pero la verdad es que debería darle las gracias. De no ser por Kevin, hoy no estaría aquí.

Si ese era el caso, tal vez Zach también debería darle las gracias. Había visto cómo la miraban los hombres y saber que no tenía derecho a sentirse posesivo no evitaba que se sintiera así.

En lo que se refería al trabajo siempre había hecho lo que tuviera que hacer para salir adelante. Sus clientes eran empresarios ricos que disfrutaban de las mejores cosas de la vida y se rodeaban de gente como ellos. Iguales, miembros de la misma clase.

De modo que había aprendido a jugar al golf, a apreciar un buen puro, a conocer la diferencia entre una botella de vino de cien dólares y una de vino barato…

Pero los caros trajes de chaqueta, el champán y el caviar estaban muy lejos de quien era en realidad y siempre se había sentido como un impostor en esos eventos. Siempre había tenido miedo de que alguien descubriera al chico de barrio pobre en un sitio en el que no debería estar.

Pero esa noche nadie estaba prestándole atención porque todos miraban a Allison.

Y, aunque no había sido idea de Allison acudir a la gala, Zach se sentía extrañamente orgulloso de estar a su lado.

—Espero que todo el mundo lo esté pasando bien—siguió Riana, antes de dar las gracias a los miembros del comité—. Y no olviden pujar por todos los objetos de la subasta. Es por una buena causa.

—Vamos a echar otro vistazo—dijo Allison—. Quiero comprar algo.

—¿Te sobra el dinero?

—Sí, seguro. Me he gastado el sueldo del mes en estos zapatos.

Zach sonrió, más relajado que nunca en un sitio como aquel.

—Bueno, vamos a fingir que estás forrada. ¿Por qué pujarías?

Apenas había mirado lo que saldría a subasta, pero se preguntaba qué habría llamado su atención: ¿un fin de semana en un spa exorbitantemente caro?

Él conocía a muchas mujeres que se gastaban fortunas en salones de belleza, pero había notado que Allison llevaba las uñas cortas y pintadas de un color rosa muy natural, nada que ver con esas uñas acrílicas que llevaban otras. Y sus joyas eran muy discretas: unos pendientes de oro y un antiguo guardapelo colgando de una cadenita que debía tener gran valor sentimental para ella porque lo llevaba a menudo.

Las intricadas piezas de joyería que Riana había donado para la subasta no parecían de su estilo.

—Tal vez unas vacaciones—dijo Allison.

—Unas vacaciones—repitió Zach, pensando que

no recordaba cuándo fue la última vez que estuvo de vacaciones. Aunque no le importaba. No conseguiría su objetivo si se alejaba de la oficina y llevaba trabajando desde que era adolescente. Incluso cuando era niño, en su casa no había dinero para ir a ningún sitio y las vacaciones significaban quedarse en casa. Pero imaginarse a sí mismo tirado en el sofá, mirando la televisión hacía que se le pusiera la piel de gallina.

—Cuando era pequeña hacía muchos viajes con mi familia—estaba diciendo Allison—. A veces los planeábamos durante semanas: dónde iríamos, en qué sitio nos alojaríamos, qué haríamos una vez allí. Otras veces, mi padre volvía a casa temprano un viernes, anunciaba que nos íbamos de viaje y estábamos en la autopista en diez minutos. ¡Mi madre se volvía loca!

Pero ella no. Incluso ahora, sus ojos brillaban al recordar esas aventuras. Parecía lanzarse de cabeza a todo, pensó Zach. Y disfrutarlo.

—¿Dónde ibais?

—A muchos sitios. Cuando éramos pequeñas, mi padre a veces ni siquiera nos decía dónde íbamos. Pero cuando mi hermana aprendió a leer estropeó la diversión diciéndome que íbamos a California o a Flagstaff. Si era California, íbamos a San Diego. Pasábamos horas en la playa buscando caracolas y luego le pedíamos a mi padre que eligiera la mejor. Por supuesto, siempre era un empate—Allison sonrió—. Ya sabes cómo son los padres.

No, no lo sabía. Zach no había tenido un padre como el que ella describía. Oírla hablar sobre su infancia era tan extraño para él como escuchar historias sobre alguien que hubiese crecido en la Luna.

—¿Y qué hacíais en Flagstaff?

—Bueno, eso depende. A veces íbamos en verano para escapar del calor de Phoenix, pero a mí me gustaba más ir en invierno porque jugábamos con la nieve. Mi madre me advertía que se me iban a congelar las manos, pero yo lo pasaba en grande deslizándome colina abajo y tirándome de cabeza a los bancos de nieve…—Allison inclinó a un lado la cabeza—. Pero tú no sabes nada sobre eso, ¿verdad?

Zach se puso tenso. ¿Lo sabía? ¿Había algo en él, una mancha de la infancia que aún no había podido borrar?

—¿Cuándo fue la última vez que lo pasaste bien?

Zach se aclaró la garganta.

—¿Crees que no sé pasarlo bien?

—Creo que eres un adicto al trabajo, tan concentrado en superarte y conseguir tus objetivos que te estás perdiendo lo mejor de la vida.

La certeza que había en esa afirmación hizo que Zach se preguntase por qué estaba tan segura. ¿Podría hablar por experiencia?

—¿Qué te has perdido?

—Estábamos hablando de ti—respondió ella, con una sonrisa que le pareció un poco trémula—. ¿Entonces qué? ¿El viaje a San Diego y los paseos por la playa o una remota cabaña cerca del Gran Cañón? ¿Unos días relajantes en medio de la Naturaleza?

Zach la estudió un momento. Nunca había estado interesado en saber nada sobre la vida íntima de otras mujeres… ¿por qué los secretos de Allison Warner le parecían tan interesantes?

—Allie…

—No creo que Zach vaya a tener tiempo para vacaciones.

Zach miró a Riana Collins, que acababa de acercarse a ellos y estaba tocando su coleta con una mano llena de diamantes.

—Si consigue el contrato con Joyerías Collins no tendrá tiempo.

Si lo conseguía.

Riana lo había dejado caer y Zach sabía que debía morder el anzuelo. Desde que conoció a Riana había sabido que era la clase de mujer que disfrutaba jugando con la gente, sobre todo con los hombres, y había decidido llevarle la corriente. Pero, por primera vez, empezaba a sentir que se ahogaba y no tardaría mucho en explotar.

Como si hubiera leído sus pensamientos, Allison puso una mano en su brazo. A cualquiera que estuviese mirando le parecería el gesto de una novia, pero Zach sabía que no era para que lo viese Riana sino por él mismo. No sabía cómo lo hacía o cómo el roce de su mano podía calmar su irritación y despertar otra emoción muy diferente al mismo tiempo.

—De todas formas, tienes que pujar por algo—insistió Allison—. ¿La playa o la cabaña? Es por una buena causa.

Ninguna de las opciones le apetecía mucho hasta que imaginó a Allison en bikini paseando a su lado por una playa de California. O bajo una manta frente a una chimenea en alguna cabaña aislada.

—¿Zach?

Sus ojos se encontraron y, aunque sabía que no era posible, creyó ver el brillo de esa chimenea reflejado en sus ojos verdes…

—La cabaña—decidió.

Y, aunque no tenía intención de ir a ningún sitio,

Zach anotó una cantidad que, sin duda, sería la puja más alta.

—Buena suerte—dijo Riana—. Será interesante ver si consigues lo que quieres.

Estaba claro que hablaba sobre algo más que la puja y fue un alivio cuando se alejó.

—Gracias, Allison.

Había bajado la cabeza para que Riana no pudiese oírlo, pero estaba más cerca de lo que pretendía, sus labios rozando la sien de Allison y ella se apartó el flequillo de la frente en un gesto nervioso.

Siempre le había gustado el pelo largo, pero de repente se preguntaba por qué cuando el de Allison revelaba la delicada curva de su cuello. Podía imaginarla poniéndose perfume allí, bajo la oreja, y tuvo que hacer un esfuerzo para no acercarse más, para no tocar el pulso que latía en su garganta, la suave piel de su escote...

Tragó saliva cuando sus ojos se encontraron porque sabía que el deseo que brillaba en los ojos verdes era un reflejo del que había en los suyos.

—¿Crees que me he pasado?

No, era él quien corría un riesgo si no controlaba esa atracción.

—No, lo has hecho muy bien.

A pesar de su justificado enfado el día anterior y el deseo de torturarlo esa noche, sabía que Allison no lo traicionaría. Y pensar que tenía tal confianza en ella, especialmente cuando estaba en el momento más importante de su carrera, lo habría dejado de piedra si hubiera tenido tiempo para pensarlo.

—Mejor de lo que lo hubiera hecho yo —siguió.

—Tienes que relajarte—le recomendó Allison.

Y tenía razón. Había lidiado con clientes difíciles

en muchas ocasiones y nunca había perdido los nervios. El estrés de la presentación para Collins y el ascenso que esperaba estaban estresándolo. No podía ser otra cosa.

Durante la gala se mezclaron con el resto de los invitados, tomando canapés y bebiendo champán. Y Zach estaba pasándolo bien con Allison a su lado, tanto que de vez en cuando se olvidaba de buscar a James Collins con la mirada.

Pero tuvo que mirar hacia la tarima cuando Riana volvió a colocarse frente al micrófono.

—Quiero agradecer de nuevo su generosidad, por no hablar de la competición que he visto en las pujas—bromeó——. La subasta está cerrada y tengo el nombre de los ganadores en la mano.

Zach pensó en la puja que había hecho. ¿Estaba intentando demostrarle algo a Riana o a Allison?

En fin, había sentido curiosidad sobre las divertidas vacaciones de la familia Warner, tal vez porque el brillo de sus ojos mientras se lo contaba había hecho que se preguntase qué se había perdido.

—Enhorabuena al ganador del fin de semana en el Gran Cañón: Zach Wilder.

Zach logró esbozar una sonrisa.

—Es por una buena causa—murmuró.

—Y vas a pasarlo en grande—dijo Allison——. Dos días enteros lejos de la oficina, sin nada que hacer más que relajarte y dar paseos…

—Sí, ya—la interrumpió él, riendo——. Tengo demasiadas cosas que hacer como para irme al Gran Cañón. La presentación para Collins…

—Siempre habrá más presentaciones, Zach.

—Pero el Gran Cañón no va a moverse de su sitio. Puedo ir en cualquier momento.

—¿Y cuántas veces has ido?

—Aún no he ido, pero…

—Pero nada. Te vas a ir de vacaciones aunque tenga que…

—¿Aunque tengas qué?—la retó él, para saber hasta dónde pensaba llegar. ¿Diría: «aunque yo tenga que ir contigo»?

Allison abrió la boca para responder, pero antes de que pudiese hacerlo fue interrumpida por un conocido político.

—Riana, estás tan guapa como siempre; la viva imagen de tu madre. Iba a decírselo a tu padre, pero no lo he visto en toda la noche.

—Me temo que está trabajando, Roger. Ya sabes, un hombre en la posición de mi padre no puede permitirse el lujo de salir de la oficina. Así ha conseguido llegar donde ha llegado.

Zach tuvo que morderse los labios para contener una palabrota. Riana no estaba mirándolo, pero sus palabras iban dirigidas a él. Y la indirecta le dolió. Tal vez porque a veces pensaba que nunca podría quitarse de encima el legado de Nathan Wilder, como si estuviera en su ADN igual que el pelo negro y los ojos azules.

—Lo siento, Zach—murmuró Allison, tomándolo del brazo para apartarlo de Riana—. Sé que esperabas hablar con James Collins.

—Es la razón por la que estamos aquí, pero parece que Riana también va a ganar esta partida.

—No estés tan seguro—dijo ella.

—Riana sabía desde el principio que su padre no iba a venir. Está jugando conmigo.

—He oído a unas personas hablando… la madre de Riana murió de cáncer, Zach. Esta no es solo otra gala para ella. Puede que disimule bien, pero esto es algo muy personal y seguro que le ha dolido que su padre no acudiese—dijo Allison—. ¿Qué sentirías tú si tu padre no acudiese a un evento importante para ti?

Alivio. Así era como se había sentido de niño cada vez que su padre no acudía a las funciones del colegio. Nathan Wilder siempre parecía rodeado de un aura de negatividad y crítica. Daba igual lo que hiciera, un proyecto de química o una obra de teatro, los consejos de su padre siempre eran los mismos: «baja de las nubes, nunca serás lo bastante bueno».

—Zach, si quieres que nos marchemos…

—No—respondió él, casi sin pensar.

Allison enarcó una ceja.

—¿Estás esperando otro asalto con Riana?

Esa sería la razón más lógica para quedarse: demostrarle que la ausencia de James Collins no era importante. Pero Zach temía que sus motivos no fueran tan simples.

Su padre había soñado con acudir a un evento como aquel, rodeado de ricos y famosos. Esa era la vida que había querido, una vida que su esposa y su hijo le habían negado, pero Zach estaba seguro de que nunca lo había imaginado a él entre esa gente. Tal vez no debería sentirse orgulloso, pero cuando la orquesta empezó a tocar una balada, marcharse era lo último que le apetecía.

—¿No es nuestra canción?—le preguntó, tomándola del brazo.

—¿Tenemos una canción?—bromeó Allison.
—La tenemos desde ahora.

«Solo es una farsa».

Allison se repetía eso mientras Zach la llevaba a la pista de baile. Todo era una farsa para que los viera Riana Collins, pero cuando pasó el brazo por su cintura y la apretó contra su pecho dejó de pensar en Riana. De hecho, solo podía pensar en el calor de su cuerpo moviéndose al ritmo de la seductora música. Cada vez que respiraba le llegaba el aroma de su colonia, hasta que casi podía creer que ese olor y no oxígeno era lo que necesitaba para vivir. El resto de los invitados desaparecieron y el mundo consistía en Zach.

—Mi padre nunca hubiera creído que acabaría moviéndome en estos círculos.

Allison se percató de que hablaba de él en pasado.

—Lo siento, no lo sabía. ¿Cuándo murió?

—Cuando yo tenía catorce años.

—Eras un niño—dijo ella.

Siendo una adulta, la muerte de su padre le había roto el corazón, de modo que no podía imaginar qué tendría que hacer un niño para superar esa tragedia.

—Crecí muy rápido—dijo Zach, casi a la defensiva, como si su compasión fuera un insulto a su masculinidad.

—Seguro que tu padre se sentiría orgulloso de ti.

—¿Tú crees?

El tono cínico con el que había hecho la pregunta hizo que Allison se preguntase por la validez de su afirmación. ¿Qué clase de hombre habría sido su padre que Zach seguía teniendo dudas después de tantos años?

—Pues debería sentirse orgulloso. Y tú también. Has conseguido mucho en la vida.

No lo suficiente.

Zach no lo dijo en voz alta, pero no tenía que hacerlo. Allison lo entendía. Era una sensación que recordaba de sus años en Nueva York: la emoción de un trabajo estresante era una peligrosa adicción. Sería tan fácil dejarse llevar de nuevo…

Pero era su deseo por Zach lo que la asustaba de verdad. Llevaban toda la noche tonteando… y apartándose cuando las llamas quemaban demasiado. Pero siempre sabía dónde estaba la línea que no debía cruzar. Había estado al borde del precipicio un par de veces, el deseo que brillaba en los ojos azules de Zach robándole las fuerzas.

Todo era parte de un juego, pero empezaba a pensar que había algo más. La conexión que había entre ellos era más profunda que el simple deseo físico. Y eso la asustaba.

Cuando la balada terminó y la orquesta empezó a tocar una música alegre, Allison dio un paso atrás.

—Creo que… voy a retocarme un poco.

Podía sentir la mirada de Zach clavada en su espalda mientras iba hacia el lavabo, pero necesitaba escapar, necesitaba un momento para recordar las razones por las que se había apartado y eso no iba a conseguirlo en los cinco minutos que tardó en aplicarse brillo en los labios.

Apoyando las manos sobre la encimera de mármol, Allison se miró al espejo, intentando calmarse. No era el hombre adecuado para ella, se recordó a sí misma. Si tuviera que hacerlo, Zach la dejaría en un segundo.

Como había hecho Kevin.

Ella había trabajado tanto para demostrar que no había conseguido el puesto en la agencia solo porque fuese la novia de Kevin...

Quería que se sintiera orgulloso de ella pero, a pesar de su trabajo y su dedicación, Kevin la había humillado y esa humillación le había costado su puesto y el respeto de sus compañeros, a los que una vez había considerado amigos.

En aquel momento tenía nuevos objetivos y nuevos sueños: iba a ser tía en un mes y estaba decidida a reparar la relación con su hermana y descubrir qué había pasado para que Bethany y Gage se separasen. Y no dejaría que nada se pusiera en su camino.

Convencida de haber ordenado sus prioridades y controlado sus hormonas, Allison se dirigía a la puerta cuando oyó voces en la otra sala, donde estaban los inodoros.

—Cuéntanos algo más sobre ese hombre que tanto te interesa. ¿No deberías tenerlo ya comiendo en la palma de tu mano?

Allison no reconoció esa voz, pero sí el tono. Había tenido muchas ami-enemigas en Nueva York, supuestas confidentes que luego se habían mostrado encantadas con su fracaso.

—Pensé que ibas a engancharlo esta noche, Riana—dijo otra mujer.

Debería irse, salir sin que nadie la viera, pero incluso con la mano en el picaporte, Allison no era capaz de moverse.

—No os preocupéis, lo tengo todo controlado.

—Pareces muy convencida… considerando que ha venido con una chica.

«Vete, ahora».

Pero seguía sin moverse. Como cuando era niña y tenía que tocar el horno para comprobar que estaba caliente, Allison no pudo evitar seguir escuchando la conversación entre Riana Collins y sus amigas.

—No es nadie de quien deba preocuparme. Yo conozco a los hombres como Zach y sé lo que quiere. Y los dos sabemos que yo puedo dárselo.

Riana no podía saber que ella estaba escuchando, pero mientras salía del lavabo sus palabras parecían expresamente dirigidas a ella:

—¿Qué podría ofrecerle esa chica a un hombre como Zach?

Capítulo 5

NO puedo creer que me hayas convencido para comprar todo esto.

—Venga, Bethany—sentada frente a su hermana en un restaurante, Allison sonrió, tal vez de manera exagerada. Pero que por fin Bethany hubiese aceptado ir de compras con ella, por primera vez desde que volvió a Phoenix, hacía que se sintiera como cuando eran niñas.

Tanto que no le importaría pagar la factura de todo lo que habían comprado.

—Pero es que necesitas todo eso—insistió, mientras probaba su ensalada—. Los niños necesitan muchos accesorios.

Bethany sacudía la cabeza mientras miraba los recibos. Era tres años mayor que Allison y se parecían tanto que incluso un extraño se daría cuenta de que eran hermanas. Siempre la más reservada de las dos,

Bethany llevaba el pelo rubio en una sencilla melenita que enmarcaba su rostro y le gustaban los colores pastel, al contrario que a ella, que prefería los estampados alegres.

—Todo esto para un bebé…

—¿Qué tal la cita con el ginecólogo la semana pasada?—preguntó Allison cuando su hermana por fin guardó los recibos en el bolso—. ¿Te has hecho una ecografía?

—No, ya me la hice hace tiempo.

—¿Ya sabes si es niño o niña?

«¿Y no te has molestado en decírmelo?».

Bethany y ella habían tenido una relación maravillosa hasta que se marchó a Nueva York. Antes lo compartían todo, desde su ropa a sus esperanzas y secretos. Pero ahora ni siquiera sabía si su hermana iba a tener un niño o una niña…

—No he querido saberlo, quiero que sea una sorpresa.

—Ah—Allison suspiró, aliviada—. Lo siento, yo…

No quería quejarse porque no solo sería patético, sino que abriría la puerta para los reproches de su hermana sobre los tres años de promesas rotas y llamadas que no devolvía. Bethany no la había recibido con los brazos abiertos, pero la culpa era suya.

Después de una breve vacilación, su hermana sacó algo del bolso.

—Mírala, lo llevo siempre conmigo.

Si no fuera por la flechita blanca que señalaba la cabeza del bebé, Allison no sabría qué estaba mirando. Pero qué diferencia marcaba esa flechita, transformando aquella imagen en blanco y negro en un milagro.

—¡Ay, Dios mío, vas a tener un bebé!

Bethany se pasó una mano por el abultado abdomen.

—Sí, ya me he dado cuenta.

—Lo sé, pero mira…—Allison señaló la milagrosa imagen de su sobrino o sobrina—. ¿Has pensado en nombres? Sí, claro, imagino que sí.

—Aún no me he decidido.

Allison dejó la ecografía sobre la mesa, sabiendo que la reticencia de su hermana era debida a su separación.

—¿Has visto a Gage?

Bethany negó con la cabeza.

—No nos hemos visto desde que se marchó.

Aún no le había contado la razón para la abrupta deserción de su marido. Aunque su madre creía que solo se lo contaría a ella, Bethany no decía nada y Allison no se atrevía a preguntar.

Su actitud le recordaba una pelea que habían tenido de niñas. Bethany, enfadada, había colocado una barrera de muñecos entre las dos camas. Ahora eran adultas, pero Allison podía ver la invisible señal que decía: «no pasar».

—Estás contenta con el embarazo, ¿verdad?

Su hermana tomó la ecografía y pasó un dedo sobre la imagen.

—Claro que sí. Siempre he querido tener un hijo, pero… en fin, no está siendo como yo esperaba.

—Estoy segura de que Gage y tú resolveréis vuestros problemas…

—¿Y tú?—la interrumpió Bethany.

—¿A qué te refieres?

—¿Qué tal el trabajo?

Allison se concentró en su ensalada, moviendo la lechuga como si buscase un tesoro. De niñas, creían que entre ellas había una conexión especial y temía que Bethany leyera sus pensamientos, en los que Zach era el protagonista.

Pero el éxito lo era todo para Zach y si iba a cruzar la línea entre los negocios y el placer, lo lógico sería que lo hiciera por Riana, no por ella. Después de todo, no era un secreto que deseaba firmar ese contrato y Riana tenía considerable influencia sobre su padre.

Riana Collins podría empujar la carrera de Zach, mientras ella no sería más que un bache en el camino.

Y, sin embargo, cuando la acompañó a su casa por la noche, a la luz del porche había visto un brillo de deseo en sus ojos y había sabido que quería besarla. Tal vez tanto como lo deseaba ella.

¿Pero qué significaba que sintiera la tentación de saltarse las reglas? ¿Que la atracción que había entre ellos era algo especial o que Zach era sencillamente el tipo de hombre que cambiaba de opinión según la situación?

Allison no lo sabía y temía no saberlo hasta que fuera demasiado tarde para protegerse. Seguía dolida por el desengaño con Kevin y no pensaba volver a pasar por eso.

«Yo conozco a los hombres como Zach y sé lo que quiere. Y los dos sabemos que yo puedo dárselo».

Las palabras de Riana eran un buen recordatorio y no se hacía ilusiones sobre el papel que podría hacer en la vida de Zach, pero eso no evitaba que pensara en él.

—El trabajo va bien—respondió por fin.

—O sea, que te aburres de muerte—dijo su hermana, tan perceptiva como siempre.

—Yo no he dicho eso.

—No tienes que hacerlo. Es evidente.

Bethany hablaba con la certeza de una hermana mayor, algo que siempre había irritado a Allison.

—¿Cómo lo sabes? A ti nunca te ha interesado mi trabajo.

—No, pero sé las cosas que haces después del trabajo: yoga el lunes, cerámica el martes, gimnasio el miércoles, clases de arte los jueves, el club literario los viernes…

—Sí, bueno, tengo muchos intereses—la interrumpió Allison, aunque se negaba a justificar tan repentinos intereses o su fracaso en casi todos ellos.

—Tienes mucho tiempo libre porque tu trabajo no te interesa—insistió Bethany—. Aunque no quieras admitirlo.

Lo que Allison no quería admitir era que tenía tanto tiempo libre porque había esperado usar ese tiempo para ayudarla a salvar su relación con Gage; un esfuerzo que también estaba siendo un fracaso.

—Me gustan los trabajos temporales y el de ahora no es nada aburrido. Además, quería tener tiempo para estar con mamá, en caso de que me necesitara. Espero que lo esté pasando bien en ese crucero.

Aunque había sido idea de Donna hacer el crucero por la Riviera mexicana en memoria de su difunto marido, Allison estaba segura de que nunca había viajado sin su padre. Desde luego, nunca había salido sola del país.

—Lo está pasando de maravilla—dijo Bethany.

—¿Has hablado con ella? ¿Cuándo?

—Ayer, cuando el barco atracó en Cabo San Lucas. Solo estuvo en tierra firme unas horas, así que me llamó para ver cómo estaba. Seguro que te llamará en cuanto tenga una oportunidad. No quería molestarte en el trabajo.

Bethany lo había dicho como si no tuviera importancia, pero Allison sabía que la tenía. Recordarle con indirectas que ella no había devuelto muchas llamadas significaba que no la había perdonado.

La última vez que su hermana intentó hablar con ella en Nueva York fue para decirle que su padre había sufrido un infarto. Allison estaba en medio de una importantísima presentación publicitaria y habían tardado horas en darle el mensaje…

Al final, consiguió un nuevo cliente, pero perdió a su padre.

Allison debía reconocer que cuando Daryl Evans tomaba una decisión no perdía el tiempo. El martes por la mañana, cuando Martha solo llevaba un día de vuelta en la oficina, Daryl le dijo que debía ocupar su sitio como ayudante de Zach.

Alguien había colocado otro escritorio y otro ordenador en el despacho y estaba guardando su bolso en el cajón cuando la voz de la recepcionista sonó en el interfono:

—Allison, hay una visita para Zach—anunció—. No tiene cita.

—Pero Zach no está aquí—Allison no lo había visto en todo el día, aunque eso no había evitado que su corazón se acelerase cada vez que sonaba la campanita del ascensor.

—Le he dicho que vuelva mañana, pero ella insiste en que prefiere esperar en el despacho de Zach.

Riana Collins, pensó. Zach tenía docenas de clientes, pero esas palabras solo podían ser de Riana.

—Muy bien, dile que pase.

Allison respiró profundamente, intentando mantener una actitud profesional, aunque sabía que la razón por la que Riana había pasado por allí no tenía nada que ver con el trabajo. Y sus sospechas fueron confirmadas cuando parpadeó, sorprendida, al verla allí.

—Pensé que era el despacho de Zach.

Iba guapísima con un jersey de color rojo, una falda negra y un impermeable de diseño. Parecía lista para una sesión de fotos y, con un jersey y una falda beige, Allison se sentía invisible. Ni siquiera el pañuelo de flores que había añadido para dar un toque de color podía evitar que se sintiera así.

—Es el despacho de Zach, pero compartimos el espacio—respondió—. Trabajamos juntos, de modo que si puedo hacer algo por ti…

—Esperaré a Zach. Lo he llamado antes y me ha dicho que venía hacia la oficina. Mientras tanto, podemos charlar un rato.

Nada apetecía a Allison menos que charlar con Riana, pero siguió sonriendo.

—Me han dicho que se recaudó mucho dinero en la gala del viernes. Enhorabuena.

—Sí, fue un éxito.

Riana movió la melena con gesto orgulloso, pero Allison se dio cuenta de que estaba fingiendo. La ausencia de su padre le había dolido, estaba segura, y no pudo evitar sentir cierta simpatía por ella.

—Me sorprendió ver a Zach contigo.

—¿Por qué?

—No parece el tipo de hombre que tiene romances en la oficina, pero imagino que es muy conveniente, ¿no? Zach trabaja tanto que no lo verías si no trabajaseis juntos.

El claro desprecio fue muy efectivo: ninguna mujer querría que se la viera como algo «conveniente» y Allison tuvo que hacer un esfuerzo para recordar que Zach y ella no eran novios. De modo que no había ninguna razón para enfadarse con Riana. Ninguna en absoluto.

—Zach trabaja mucho, pero siempre encontramos tiempo para estar juntos. Yo diría que es una cuestión de calidad más que de cantidad.

—Pues espero que no te importe que la cantidad se reduzca durante las próximas semanas.

—¿Por qué dices eso, Riana?

Era Zach quien había hecho esa pregunta y Allison se volvió hacia la puerta, intentando controlar los latidos de su corazón mientras lo miraba como si durante el fin de semana hubiera olvidado sus facciones.

No era así, por supuesto, pero había pasado mucho tiempo intentando convencerse a sí misma de que sus ojos no eran tan azules, ni su pelo tan espeso, ni sus facciones tan perfectas, ni su boca tan tentadora. Un tiempo que había desperdiciado porque Zach era eso y más.

Por supuesto, en ese «más» estaba incluido «intocable». Pero saber eso no evitaba que su pulso se acelerase al mirarlo, tan guapo con su traje de chaqueta gris.

—Porque mi padre quiere ver tu propuesta el viernes—respondió Riana—. Y le he dicho que no sería un problema.

Allison sabía que Zach no habría tenido ningún problema aunque le hubiera dicho que la presentación era al día siguiente; de hecho, se mataría para tenerlo preparado. Aquello era lo que quería, por lo que había trabajado tanto. Y aunque sus propios objetivos en la vida habían cambiado, Allison no había olvidado la euforia de un trabajo bien hecho.

Pero Zach escondió sus sentimientos tras un simple asentimiento de cabeza.

—Entonces, nos veremos el próximo viernes.

—Mañana ponemos la primera piedra de la nueva tienda y, por supuesto, estás invitado a la ceremonia.

—Muy bien. Allí *estaremos*.

Para Allison fue una sorpresa que la incluyera en la invitación, pero, a juzgar por la sonrisa de Riana, eso era lo que había esperado.

—Hasta mañana entonces—se despidió—. Le he hablado muy bien de ti a mi padre, Zach, espero que no me decepciones.

La advertencia en esas palabras de despedida estaba bien clara, pero Allison no le prestó atención, concentrada como estaba en Zach. Creía haber tomado la decisión acertada el viernes, apartándose del beso de buenas noches que había estado a punto de darle. Pero ese beso que no habían compartido empezaba a ser difícil de ignorar. Parecía inevitable y cuando ocurriera, dudaba que tuviera fuerzas para resistirse.

—Enhorabuena, Zach. Lo has conseguido.

—No descorches el champán todavía. Este es solo el primer paso.

El primer paso para conseguir otro cliente importante y luego otro y otro. El recordatorio de que eso era todo lo que le importaba debería haber hecho que se apartase. Pero tras la fiera determinación de Zach mientras se dirigía a su escritorio y encendía el ordenador podía intuir esa escondida vulnerabilidad, la que sin duda no había querido revelar mientras hablaba de su padre.

«Mi padre nunca hubiera creído que acabaría moviéndome en estos círculos».

¿No era lógico que se esforzase todo lo posible por lograr el éxito?

Lo más inteligente sería dejarlo estar, pensó. Ella sabía que no podría cambiarlo y, sin embargo, se acercó a la mini-nevera para sacar dos botellas de agua mineral y ofrecerle una a él.

—Nada de champán, lo prometo. Solo treinta segundos para brindar por el primer paso.

Zach esbozó una sonrisa mientras tomaba la botella.

—Por los primeros pasos—brindó.

Pero no era trabajo en lo que Allison pensaba mientras se llevaba la botella a los labios sino en primeros besos, en primeros bailes y otros roces más íntimos. Y el agua fresca no logró evitar que se ruborizase cuando sus ojos se encontraron.

Afortunadamente, un golpecito en el marco de la puerta los interrumpió.

—Creo que es hora de darte la enhorabuena—anunció Daryl—. He visto a Riana Collins en el pasillo y me ha dicho que tienes una reunión con su padre el viernes. ¿No te alegras ahora de tener a Allison para ayudarte con la presentación?

—Estaba seguro de que Riana llamaría en cualquier momento, así que la tengo prácticamente terminada.

Daryl frunció el ceño.

—¿Qué tienes en mente?

—Las cifras de ventas, una encuesta entre nuestros mejores clientes… le daré a Collins todas las opciones para que elija. Quiero ofrecerle las últimas tecnologías: detectores, sensores, alarmas sensibles para las cajas fuertes, cámaras en todos los ángulos.

Daryl asentía con la cabeza mientras hablaba, pero Allison intuyó que el jefe estaba esperando algo más.

Sin embargo, resultó que no esperaba nada más de Zach sino de ella.

—¿Qué te parece, Allison?—le preguntó, mirándola por encima de sus gafas.

—Pues… es mucha información.

—No pasa nada—dijo Zach—. No puedes saberlo todo sobre nuestros sistemas de seguridad en unos días.

—No, claro que no—asintió ella, sabiendo que tenía razón y sabiendo también que estaba intentando defenderla—. No sé tanto como tú sobre la tecnología de Seguridad Knox, pero imagino que James Collins tampoco sabe mucho. Vamos a darle mucha información sin establecer un lazo entre Seguridad Knox y Joyerías Collins…

—¿Un lazo?—repitió él—. Yo quiero conseguir un cliente, no tener una aventura romántica.

Allison sabía que Zach no era un hombre que aceptase fácilmente las ideas de los demás, pero no había esperado tan inmediato rechazo. Su «relación» no era nada más que una farsa para evitar los coqueteos de Riana Collins, pero después del viernes pensaba haberse ganado su respeto.

Y, de nuevo, se había equivocado.

—Pero hay otras empresas de seguridad en Phoenix. ¿Por qué va a elegir James Collins a Seguridad Knox y no a otra?

Zach abrió la boca para discutir, pero Daryl le ganó por la mano:

—Es una pregunta interesante, Allison. Siempre está bien ver las cosas desde diferentes ángulos.

Pensando que iba a rechazar su idea como había hecho Zach, Allison no estaba preparada para el halago. Y menos para lo que dijo después:

—Creo que deberías hacerle caso, Zach. Dale un toque personal a la presentación y tendremos a Collins en el bote.

Un toque personal.

El toque personal era que Zach tenía un nudo en el estómago cuando su jefe salió del despacho.

¿Qué había querido decir con eso? Todo lo que había leído, y lo había leído todo sobre James Collins, decía que era un empresario serio que no se andaba con tonterías. ¿No había sido Allison la primera en reconocer que James era capaz de defraudar a su hija no acudiendo a una gala que debería significar mucho para los dos?

Algo que ella debería haber recordado antes de ponerse a hablar de lazos y toques personales.

—Zach…

—¿Te das cuenta de que mi primera reunión con James Collins tuvo lugar hace un mes?—la interrumpió él—. ¿Que llevo trabajando en esta presentación todo ese tiempo y ahora tengo que volver a revisarla?

Allison tragó saliva, pero no se amilanó.

—Daryl ha pedido mi opinión. No tienes por qué estar de acuerdo, pero…

—No, solo tengo que hacer una presentación nueva.

—Daryl no ha dicho eso. Solo que le demos un toque más personalizado para que Collins piense que Knox es la empresa que necesita. Piénsalo, Zach. ¿Por qué un hombre de cincuenta años compra un deportivo? ¿Porque es un coche más seguro? Tal vez. ¿Es cinco veces mejor que un utilitario? No, pero ese hombre está dispuesto a pagar una fortuna por un deportivo porque le hace sentir joven, poderoso, sexy.

—No me digas que tengo que hacer que James Collins se sienta sexy.

Allison suspiró.

—No, no es eso. Pero debes hacer que sienta algo y yo puedo ayudarte.

—No necesito tu ayuda.

Zach iba a conseguir que James firmase el contrato sin ayuda de nadie. Él no era su padre y su éxito o su fracaso no dependían de nadie.

—No es eso lo que dijiste la semana pasada.

—Entonces era diferente.

—Ya, claro—dijo Allison, sarcástica. La semana anterior lo único que necesitaba era que se hiciera pasar por su novia. ¿No le había enseñado Kevin que eso era lo único que quería de ella? Kevin tampoco quería saber nada de sus ideas, especialmente si eran mejores que las suyas.

—No quería decir…

—No te preocupes, te he entendido perfectamente.

—Ejem… perdón…

La voz de Martha hizo que los dos se volvieran hacia el interfono. Estaban tan acalorados que ninguno de los dos se había dado cuenta, de modo que la recepcionista seguramente habría escuchado toda la conversación.

—¿Qué ocurre, Martha?

—Una llamada en la línea dos. Es la hermana de Allison.

¿Bethany? Su hermana no la llamaba nunca a casa y muchos menos a la oficina. Y el recuerdo de la última vez que la llamó al trabajo hizo que Allison levantase el teléfono a toda prisa.

—¿Estás bien, Bethany?

—No quería molestarte en la oficina…

—Olvídate de eso. ¿Qué ocurre?

—Han traído los muebles para la habitación del bebé.

—Ah, muy bien—dijo Allison. Aquello era lo último que esperaba escuchar, pero su corazón seguía latiendo como loco.

—No sé qué hacer—siguió Bethany—. Cuando dijeron que traerían los muebles pensé que los montarían, pero lo han dejado todo aquí. Yo no sé montarlos… y el viento ha tirado la cuna.

—¿Han dejado los muebles en la calle?

—Lo han dejado todo fuera. ¡En cajas! El conductor dice que solo le han pagado el transporte, no el montaje, y que nadie le había dicho que debía subirlo todo al primer piso.

—Bueno, pues dile que le pagarás el montaje—la animó Allison.

—Se lo he pedido, pero me ha dicho que no tenía tiempo porque debía seguir entregando pedidos.

Al percatarse de la nota de histeria en la voz de su hermana, Allison intentó hablar con calma para no disgustarla más:

—Entonces tendrá que llevárselo todo de vuelta a la tienda. Les pediremos que lo lleven y lo monten otro día.

—El conductor ya se ha ido—dijo Bethany, que parecía al borde de las lágrimas—. Yo no sabía... ¿cómo voy a cuidar de un bebé si ni siquiera soy capaz de conseguir que monten los muebles de su habitación?

Estaba dramatizando, pero Allison sabía que en aquel momento la vida de su hermana consistía en ese bebé.

—Puedes hacerlo, Bethany. Además, cuando llegue el bebé, mamá y yo te ayudaremos. Por el momento, tranquila. Yo llegaré en unos minutos y entonces decidiremos lo que vamos a hacer.

—Gracias.

—¿Para qué están las hermanas?—intentó bromear Allison, con un nudo en la garganta. Lo último que deseaba era que Bethany lo pasara mal, pero agradecía cualquier oportunidad de arreglar su relación.

—¿Te vas?—le preguntó Zach al ver que tomaba el bolso.

—Debo irme. Mi hermana tiene un problema... han dejado en la puerta los muebles para la habitación de su hijo.

—Espera...

—No, creo que ya hemos dicho todo lo que teníamos que decir. Y, al contrario que tú, mi hermana sí agradece mi ayuda.

—¿Y qué piensas hacer? ¿Vas a meter tú los muebles en casa?

Todo en Zach, desde los musculosos brazos al brillo de confianza en sus ojos azules, dejaba claro que era un hombre fuerte y seguro de sí mismo. Era casi imposible imaginarlo necesitando a alguien. Los muros emocionales que había construido a su alrededor no le permitían una sola debilidad, pero Allison no entendía por qué pensar eso la hacía sentir a ella más vulnerable.

—Tal vez no—admitió—. Pero al menos puedo estar al lado de mi hermana cuando me necesita.

Algo que no había hecho en los últimos tres años. Y el peso de ese remordimiento era más fuerte que el sentimiento de culpa por dejar a Zach con la palabra en la boca.

Capítulo 6

CUANDO Allison llegó a la casa de su hermana, Bethany esperaba en la puerta con cara de
preocupación. Había una docena de cajas en
el jardín, algunas grandes y pesadas, y el cielo ame-
nazaba tormenta.

Zach tenía razón sobre una cosa: no iba a poder
subir los muebles al piso de arriba, pero al menos podría meterlo todo en el garaje.

La tormenta se acercaba a toda velocidad y un
golpe de viento prácticamente le quitó la puerta del
coche de la mano.

—No pasa nada, Bethany—anunció—. Tengo un
plan.

Sorprendentemente, su hermana sonrió.

—Lo sé.

—¿Lo sabes?

Ella asintió con la cabeza.

—Tu jefe ha llamado hace unos minutos.

Eso era lo último que Allison esperaba escuchar.

—¿Zach ha llamado?

—Me ha dicho lo de ese hombre.

—¿Qué hombre?

—Brad, el hombre que va a ayudarnos. Dice que llegará en media hora y que él subirá los muebles y los dejará montados —Bethany frunció el ceño—. Pero también me ha dicho que te fuiste con tanta prisa que olvidaste darle mi dirección.

Tan inesperado gesto de amabilidad dejó a Allison atónita. ¿Por qué querría Zach ayudarla?

—¿Ocurre algo? —preguntó su hermana.

—No, no —respondió Allison. No iba a contarle que estaba enfadada con Zach y que quería agarrarse a esa emoción porque era más segura que la atracción que sentía por él. Y tampoco pensaba admitir que quería ser ella quien ayudase a Bethany.

—Dale las gracias de mi parte —dijo su hermana.

—Sí, claro, por supuesto.

Dos horas después, la gratitud hizo que olvidase todo lo demás. Brad, el hombre al que había enviado Zach, medía un metro noventa y pesaba tanto como Allison, Bethany y el bebé juntos. Afortunadamente, porque algunos muebles eran muy pesados. Brad había montado la cuna, la cómoda, el cambiador, la mecedora… gracias a media docena de herramientas cuyos nombres Allison desconocía.

Los muebles estaban en el centro de la habitación porque había que pintar las paredes de amarillo, un color que haría un contraste perfecto con los muebles blancos.

La habitación aún estaba un poco vacía, pero al menos empezaba a parecer el cuarto de un bebé. Y Bethany parecía estar moviéndose hacia delante en lugar de seguir en el limbo en el que la había sumido la separación de Gage, como si el tiempo se hubiese parado hasta que su marido y ella se reconciliasen.

Mientras Brad montaba los muebles, Allison ayudó a su hermana a mover la mecedora, intentando encontrar el sitio perfecto. Cuando lo encontraron, frente a la ventana, Bethany se meció suavemente, frotándose el abultado abdomen.

—Dentro de nada tendrás a tu bebé en brazos.

—Estoy deseándolo—murmuró su hermana. Pero su sonrisa era un poco trémula y Allison supo que estaba pensando en Gage.

—Parece que fue ayer cuando estaba montando los muebles para mi hijo—dijo Brad entonces, empujando la cuna para ver si resistía.

—Agradecemos mucho tu ayuda, especialmente con tantas prisas.

—Ningún problema. Le dije a Zach que si algún día necesitaba un favor solo tenía que pedírmelo.

Brad parecía un buen tipo, un hombre que jugaba al póquer y tomaba cerveza con los amigos los fines de semana. Allison sabía que conducía una furgoneta y jamás se le hubiera ocurrido pensar que pudiera ser amigo de Zach.

Sentía curiosidad, pero no quería preguntar. Daba igual cómo se hubieran hecho amigos, lo importante era que las había ayudado cuando lo necesitaban.

—¿De qué conoces a Zach?

—¡Bethany!—protestó Allison—. Eso no es asunto nuestro.

Su hermana levantó las manos en un gesto de inocencia.

—Lo siento, no sabía que fuera un secreto de Estado.

—No lo es—dijo Brad—. Nos conocimos a través de mi mujer. Zach le hizo un favor y yo estoy en deuda con él desde entonces. Pensé que no tendría oportunidad de devolvérselo, así que me alegro mucho de haber podido ayudaros.

Tal vez debería verlo de ese modo, pensó Allison. Había aceptado la ayuda de Brad y no la de Zach...

«Cobarde», pensó para sí misma.

Y, siendo sincera consigo misma, era la verdad. Tenía miedo de ver esa faceta de Zach. El hombre frío, sensato y decidido a triunfar en el mundo profesional era algo a lo que podía resistirse. No necesitaba alguien así en su vida, de hecho se negaba a tener alguien así en su vida.

Sabía que no sería fácil y que ni siquiera Zach podía ser tan unidimensional, pero lo último que necesitaba era algo que lo hiciese más atractivo.

Cuando Brad se marchó, después de que le dieran las gracias mil veces, Bethany pasó la mano por la cuna.

—Bueno, ¿vas a contarme qué hay entre Zach y tú?

—Nada—respondió Allison—. Estamos trabajando juntos en un proyecto.

—Si no hay nada más, ¿cómo explicas que haya mandado a Brad para ayudarnos?

—No lo sé, tal vez se ha dado cuenta de que no puede estar sin mí en la oficina y si hubiera intentado subir y montar estos muebles habría tenido que pedir la baja.

—Por no hablar de que yo habría tenido que llamar a otra persona para que los desmontase y volviera a montarlos—bromeó Bethany.

—¡Qué mala eres!—exclamó Allison, llevándose una mano al corazón.

Pero no se sentía ofendida por la burla de su hermana. Hacía tanto tiempo que no bromeaban así…

Y debía agradecérselo a Zach.

Cuando se marchó horas después, Allison tenía intención de ir a su casa. Había llovido y los charcos reflejaban la luz de las farolas… la noche perfecta para hacerse una taza de té y meterse en la cama con un buen libro.

Además, eran las ocho y la jornada laboral había terminado tiempo atrás. Para todos salvo para Zach, claro. Ella sabía que estaría en su despacho, trabajando.

Y llegaría a la oficina a primera hora, se recordó a sí misma, de modo que podría darle las gracias entonces. Pero, a pesar de tal recordatorio, tomó la calle que llevaba a Seguridad Knox, decidida a darle las gracias por su ayuda y nada más.

Estaba bajando del coche cuando una figura en el garaje llamó su atención. Llevaba una bolsa de deporte al hombro y, a juzgar por su expresión, parecía llevar dentro el peso del mundo.

Su coche estaba aparcado al otro lado del garaje y no la había visto, de modo que podría arrancar en silencio y esperar hasta el día siguiente. Nadie tenía que saber que había vuelto para verlo…

Zach metió la bolsa en el maletero y cerró la portezuela. Pero en lugar de subir al coche se quedó donde estaba, con las dos manos apoyadas sobre el maletero.

Parecía absolutamente frustrado, angustiado, y Allison cerró la puerta de su coche con más fuerza de la necesaria para alertarlo de su presencia.

—Hola, Zach.

Él se dio la vuelta para mirarla con una sonrisa en los labios. Si no lo conociera bien diría que no tenía ningún problema.

—¿Qué haces aquí? Pensé que tenías una emergencia.

—Y la tenía hasta que Brad llegó a rescatarnos. Muchas gracias.

—De nada.

Estaba lo bastante cerca como para respirar el aroma de su colonia, una intrigante mezcla de limón y almizcle, y para ver los puntitos dorados en sus ojos azules. Sintió la tentación de acercarse un poco más para tocar su pelo, pero se contuvo.

—Brad nos ha ayudado muchísimo y tenías razón, yo no habría podido subir los muebles.

Esperaba un «ya te lo dije», pero Zach la sorprendió encogiéndose de hombros.

—Solo hice una llamada de teléfono. No es nada.

Pero sí lo era, aunque Allison no quería que lo fuese.

—Te devolveré el favor. No sé lo que cobra Brad, pero pásame la factura.

—Brad no me va a cobrar nada. El pobre pensaba que me debía un favor.

—¿Por qué?

Zach levantó los ojos al cielo.

—No vas a dejarme en paz, ¿verdad?

—No—respondió ella—. Cuéntamelo y ahórrame tener que hacer doscientas preguntas.

—A su mujer se le pinchó una rueda en la autopista en una zona peligrosa de la ciudad y yo me detuve para ayudarla.

—¿Y su marido pensaba que te debía un favor? Qué hombre tan raro—bromeó Allison.

—La rueda de repuesto no estaba en buenas condiciones, así que la seguí hasta su casa para asegurarme de que llegaba bien. Pero en realidad no fue nada…

—No, claro, nada.

—Recordé que Brad trabajaba para una empresa de mudanzas y me pareció un buen momento para que me devolviese el favor.

Un favor que no había pedido para él mismo, pensó Allison.

—Si no vas a dejar que te pague por el trabajo de Brad, ¿dejarás al menos que te invite a cenar? Solo es una forma de darte las gracias.

Leyó la negativa en sus ojos y se dijo a sí misma que se alegraba. Que la rechazase era el precio que debía pagar por un momento de locura temporal. ¿Cómo se le había ocurrido invitarlo a cenar? Aunque fuera una forma de darle las gracias, había roto las barreras que había entre ellos y, afortunadamente, él iba a decir que no…

—Muy bien.

—¿Qué?

—Vamos a cenar. ¿Dónde quieres ir?

—Pues… —Allison estaba tan sorprendida que no se le ocurría ningún restaurante—. ¿Seguro que no tienes otros planes?

—Pensaba ir al gimnasio—Zach frunció el ceño, como si de repente se hubiera dado cuenta de que había alterado sus planes por ella.

Allison esperó que cambiase de opinión. De hecho, quería que cambiase de opinión, pero entonces recordó la imagen de Zach con las manos apoyadas en el maletero del coche, en ese gesto de soledad…

Y, aunque sabía que lo lamentaría más tarde, le preguntó:

—¿Quieres conducir tú o conduzco yo?

Zach decidió conducir, como Allison había imaginado. Y cuando le preguntó cuál era su restaurante favorito, ella mencionó un sitio cerca de la oficina. Había comido en ese restaurante italiano alguna vez y le parecía un lugar seguro, pero no había contado con el cambio de ambiente del día a la noche. Ni con la suave música de fondo o las velas encendidas sobre las mesas. Y cuando el camarero los llevó a una al fondo del local, Allison sintió que le ardía la cara.

¿Pensaría Zach que lo había llevado a propósito a un sitio romántico? No quería que pensara que estaba intentando flirtear con él, especialmente cuando la invitación a cenar había sido completamente inocente, una forma de darle las gracias por su ayuda.

Cuando él puso una mano en su espalda sintió un escalofrío que se burlaba de sus nobles intenciones y prácticamente se desplomó sobre la silla. Sí, en fin, sus sentimientos tal vez no eran tan inocentes, pero no tenía intención de hacer nada al respecto.

—Bonito sitio—dijo Zach, esbozando una sonrisa.

—Solo he venido aquí durante el almuerzo. No sabía que fuera así por las noches…

—¿Así cómo?

«Romántico, seductor, íntimo». Allison pensó todo eso, pero no lo dijo en voz alta. Porque tal vez no era el restaurante, tal vez era el propio Zach lo que la hacía sentir de ese modo.

—Sin tanta gente—respondió, esperando que la lectura del pensamiento no fuera uno de los muchos talentos de Zach Wilder.

—¿Esperabas un sitio menos íntimo?

—Esperaba un sitio donde nos sirvieran rápidamente. Tengo que trabajar en una presentación importante, por no hablar del fabuloso evento que organiza mañana Riana Collins.

Sacar el tema del trabajo había sido una treta y ni siquiera tuvo el efecto que esperaba. Creía que mencionar la presentación haría que Zach saltara de nuevo la línea profesional que habían cruzado casi sin darse cuenta, pero en lugar de eso sonrió, el brillo de sus dientes blancos haciendo que le pareciese aún más atractivo.

—Qué responsable por su parte, señorita Warner. Puede que consiga un ascenso después de esto.

Allison sabía que lo había dicho como un halago, pero tuvo que disimular un escalofrío. Un ascenso era lo último que necesitaba, aparte de una relación romántica con él.

Afortunadamente, no tuvo que responder porque en ese momento apareció el camarero para tomar nota. Ella pidió ravioli de queso, lo primero que leyó en la carta, mientras Zach pedía lasaña.

—Me di cuenta de algo la otra noche, cuando te llevé a tu casa—dijo él después.

—¿Ah, sí? ¿Y qué gran secreto has descubierto?

—Me di cuenta de que no tienes un sistema de alarma.

Allison se echó hacia atrás en la silla, tan sorprendida que estuvo a punto de soltar una carcajada. ¿De verdad había pensado que Zach estaba flirteando con ella? ¿De verdad había esperado que dijese que la encontraba irresistiblemente atractiva?

«Idiota», pensó, sonriendo.

—Debo admitir que eres un buen comercial. A mí ni siquiera se me había ocurrido.

—No estoy intentando venderte una alarma. Eres una mujer soltera que vive sola…

—Ya, ya, pero vivo en un buen barrio.

—Es precisamente en los buenos barrios donde tienen lugar la mayoría de los robos. Los ladrones no se molestan en entrar si no tienes nada que robar. Y no siempre buscan un estéreo o una televisión.

Allison no pensaba dejarse asustar.

—Ya, bueno…

—Cuando mi padre murió, tuve que trabajar para pagarme la carrera. Hacía de todo: servir mesas, lavar coches—siguió Zach—. Cualquier cosa que pudiera hacer después de clase o durante los fines de semana. Una noche, cuando yo estaba trabajando, mi madre escuchó un ruido en el piso de abajo. Mi madre no es de las que se mueren de miedo cuando ven una sombra o llaman a la policía en cuanto oyen algo raro. Pensó que sería el gato del vecino o que el viento habría tirado algún tiesto, así que bajó a comprobarlo. Estaba llegando al final de la escalera cuando lo vio.

Allison tragó saliva. Tenía la sensación de que estaba contándole alguna leyenda urbana o un cuento de miedo alrededor de una hoguera, pero aquella era una historia real.

—¿Alguien había entrado en la casa?

Zach asintió con la cabeza.

—Estaba atrapada porque el hombre bloqueaba la puerta de entrada y tendría que pasar a su lado para llegar a la cocina, así que subió corriendo a su habitación y cerró la puerta con cerrojo.

—¿Y qué pasó?

—Le advirtió a gritos que iba a llamar a la policía, pero el intruso estaba golpeando la puerta con una barra de hierro…

—¡Ay, Dios mío! —Allison no quería ni imaginarse a sí misma en esa situación—. La pobre debía estar aterrorizada.

—Lo estaba, pero afortunadamente esa noche yo salí temprano del trabajo. Creo que el tipo debió oír el coche y era demasiado estúpido o estaba demasiado colgado como para darse cuenta de que la policía no podía haber llegado tan rápido. Salió por la parte de atrás antes de que yo me enterase de que pasaba algo.

—¿Y tu madre estaba bien?

—Sí, estaba bien. Pero instaló un sistema de alarma al día siguiente—Zach tomó un sorbo de agua—. Y unos meses más tarde, George Hardaway, el tipo que la instaló, me consiguió un trabajo en Knox.

—¿Cuando eras adolescente? —exclamó Allison. Ella pensaba que solo llevaba cinco años en la compañía.

—Llevo doce años en Knox, aunque entré como mozo de almacén. Cuando terminé la carrera me dieron un puesto en el departamento de Servicios y luego en Ventas.

—Con una presentación como esa, ¿quién podría decirte que no?

Zach frunció el ceño.

—No estaba intentando venderte nada.

Allison hizo una mueca. Lo había dicho como un halago, pero estaba claro que él lo había entendido como un reproche.

—Zach…

—Aquí está: ravioli de queso y lasaña—los interrumpió el camarero, dejando los platos sobre la mesa.

Allison esperó hasta que los dejó solos de nuevo para decir:

—Lo siento, no quería trivializar lo que le pasó a tu madre.

—No importa, no pasa nada.

Convencida de que no la había perdonado, Allison insistió:

—Solo quería decir que tienes una experiencia personal que contar a tus clientes—le dijo. Una mucho más interesante que las cifras y los datos que le había dado a Riana.

—Allison, no pasa nada, no tienes que disculparte. Es que... no estaba intentando venderte nada—insistió él—. Nunca le he contado a nadie esa historia. Vendo un producto que, en mi opinión, es el mejor del mercado y la gente debe comprarlo por eso, no porque yo explote mi pasado. Yo no cruzaría la línea entre mi vida personal y mi vida profesional de esa manera.

Tenía el ceño fruncido, como si no pudiera entender por qué había cruzado esa línea con ella. Luego miró el plato que tenía delante y empezó a comer como si se hubiera olvidado de ella y Allison hizo lo propio.

Pero esa pregunta se repetía en su cabeza durante el resto de la noche.

«Esto no es una cita».

Zach tenía que repetirse eso una y otra vez mientras iba con Allison hacia su coche. La dejaría en el garaje y se despediría de ella hasta el día siguiente, pensaba.

Aquello no era una cita, así que no había ninguna razón para pensar en darle un beso de buenas noches... aunque hubiera pasado mucho tiempo mirándola durante la cena, atraído por el brillo de su pelo a la luz de las velas, por el brillo dorado en sus ojos verdes y el hoyito en la mejilla cada vez que sonreía.

De alguna forma, aunque evidentemente el asiento no se había movido, parecía estar más cerca y cuando alargó la mano para tocar el cambio de marchas, rozó la rodilla de Allison.

Arrancó con más fuerza de la necesaria y el motor rugió, como dándole voz a la descarga de testosterona.

—El cambio de marchas... está un poco duro.

Ella emitió un sonido que podría significar que se tragaba la excusa o que no lo creía en absoluto y Zach sacudió la cabeza. No entendía qué le pasaba. Actuaba como un crío en su primera cita, lo cual era ridículo porque él no era un niño.

¡Y aquello no era una cita!

Cuando por fin llegaron al garaje de Knox, dejó escapar un suspiro de alivio. El trabajo era lo primero, se recordó a sí mismo. Pero con la presentación para

Collins y el ascenso en el horizonte, no debería necesitar un recordatorio. Que necesitase uno… en fin, era culpa de Allison.

Pero la dejaría en su coche y se despediría hasta el día siguiente. Eso era lo que necesitaba para calmarse un poco. Ignorando la vocecita que le advertía que podría no ser tan sencillo, Zach giró la cabeza para mirarla, con el motor en marcha, como una señal de que no iba a bajarse del coche para acompañarla al suyo.

—Gracias otra vez por enviar a Brad—dijo Allison—. Nos vemos mañana.

Esa despedida parecía robada del guión que Zach había escrito en su mente pero, sin saber por qué, apagó el motor y bajó del coche tras ella.

—Allison…

—¿Sí?

Sabía que no era buena idea, pero no podía dejarla ir...

El mando que llevaba en la mano le recordó su conversación anterior y se agarró a eso como un salvavidas, inseguro de lo que podría decir o hacer…

—No creas que he olvidado lo del sistema de alarma.

—Ya sé que no y la verdad es que me lo estoy pensando. No para mí sino para mi hermana. No me gusta que viva sola.

—¿Bethany?

—Es la única hermana que tengo.

—Pero ella está… —Zach no terminó la frase al darse cuenta de que no era asunto suyo.

—Su marido se marchó de casa hace unos meses.

Él no había preguntado, se consoló Zach. Allison se

lo había contado por su cuenta. No estaba saltándose las reglas.

Pero, como sospechaba, Allison Warner no era una mujer que creyese en las barreras o las reglas.

—Siempre habían parecido tan felices... la pareja perfecta.

En su voz intuyó cierto anhelo por la vida que su hermana había tenido una vez: un matrimonio feliz, la mitad de una pareja perfecta... y se le encogió el estómago.

—Fue una sorpresa tremenda cuando se separaron —siguió Allison—. Especialmente porque fue cuando Bethany quedó embarazada. Y desde entonces no me cuenta nada, ni siquiera me ha contado lo que pasó.

Zach había pensado que Bethany y ella eran las típicas hermanas que se lo contaban todo, de modo que le sorprendió saber que no era así.

«Se siente sola», pensó entonces. A pesar de tener una familia, Allison se sentía sola. Si se aplicase a su trabajo podría...

Trabajar sesenta horas a la semana y pasar el menor tiempo posible en casa para no notar lo vacía que estaba, como él.

Ese pensamiento lo dejó atónito. Era un golpe que no había esperado y no sabía qué lo sorprendía más, reconocer que se sentía solo o que Allison y él tuviesen algo en común.

—Seguro que las cosas se arreglarán —era lo único que podía decir en aquellas circunstancias, pero incluso a la triste luz de los fluorescentes pudo ver un brillo de decepción en los ojos verdes, como si hubiera esperado algo más.

Pero pronto se daría cuenta de que en lo que se refería a las relaciones personales, él no tenía muchos consejos que dar.

—Claro—dijo Allison, con una sonrisa forzada—. Con un poco de suerte, Bethany y Gage harán las paces antes de que nazca el niño.

—Sí, bueno, tal vez lo mejor sería que él no volviera.

Allison frunció el ceño.

—¿Cómo puedes decir eso?

—Si ese hombre no está comprometido con su familia, tu hermana estará mejor sin él. Si vuelve pero no lo hace de corazón, el niño crecerá sintiéndose como una carga, un ancla que sujeta a su padre y que le impide vivir la vida que quería. Y eso no es bueno para un niño.

Allison lo estudió, en silencio.

—¿Eso es lo que te pasó a ti? ¿Era así como tu padre te hacía sentir?

Percatándose de que había hablado de más, Zach dio un paso atrás, como si unos centímetros de separación pudieran escudarlo de la compasión que veía en sus ojos. Pero unos centímetros no servirían de nada… años luz no servirían de nada. Y no sabía por qué le contaba sus cosas, sus secretos, a una mujer a la que apenas conocía.

—¡Zach, espera!—Allison lo tomó del brazo cuando se daba la vuelta y al sentir el roce de su mano, Zach perdió el control. Como si hubiera estado sujeto por una fina cuerda en lugar de una vida entera de lecciones y reglas. Pero cuando lo perdió, no había manera de recuperarlo.

Bajo la luz de los fluorescentes su pelo brillaba

como el oro y Zach no sabía qué era peor, la compasión que veía en su rostro o el brillo de deseo en sus ojos.

Lo único que sabía era que si iba a saltarse las reglas, al menos debían ser reglas que mereciese la pena saltar. Deslizando una mano bajo su pelo, la empujó suavemente del cuello para atraerla hacia él…

Allison sabía que no debería haber hecho esa pregunta, forzándolo a revelar algo sobre su vida privada, sobre su infancia ni más ni menos. Esas breves frases sobre su padre le habían dicho más sobre él de lo que Zach quería que supiera. Había esperado que no dijese nada o que le recordase que lo único importante era el trabajo. O tal vez incluso que le pidiese a Daryl otra ayudante para la presentación de Collins.

Pero no había esperado que la besara. Podría haberse apartado, por supuesto, pero no lo hizo y cuando Zach se apoderó de sus labios le daba igual que la besara porque quería recuperar el control de la situación o el terreno que creía perdido por dejarle ver una parte de su infancia…

Porque no había nada controlado en aquel beso y nada que Allison no quisiera darle.

Entreabrió los labios para recibir su lengua y notó el sabor del chocolate mentolado que habían tomado de postre. El chocolate siempre había sido su debilidad, pero mezclado con el sabor de Zach… Allison se dio cuenta de que nunca podría disfrutarlo del mismo modo. Porque seguramente no volvería a disfrutarlo de esa forma.

Su conciencia intentaba recordarle quién era y dón-

de estaban, pero ignoró esa vocecita mientras se besa-
ban hasta que solo podía escuchar sus propios gemi-
dos. Zach la apretó contra su pecho, pero el contacto
no era suficiente. Demasiada ropa, demasiadas barreras. Su corazón latía con violencia, casi como si quisiera saltar de su pecho, desesperado por unirse a él.

Cuando levantó la cabeza, Allison tuvo que contener un suspiro de frustración mientras parpadeaba
para volver a la realidad.

El garaje de la empresa Knox. Otra vez.

Deberían buscar una habitación…

Zach se apartó tan bruscamente que, por un momento, Allison temió haber dicho eso en voz alta.
Pero estaba segura de que solo lo había pensado.
Afortunadamente, porque estaba claro que Zach no
tenía la misma idea.

—Allison…

—No digas nada—lo interrumpió ella. Aunque
Zach respiraba agitadamente, notaba que ya estaba levantando las barreras: el comercial escondiendo al
hombre al que solo estaba empezando a conocer. Ese
rechazo la entristeció y cruzó los brazos sobre el pecho, como si eso pudiera evitar la sensación de soledad—. Ya sé lo que vas a decir.

Zach pasó una mano por su pelo en un gesto de
frustración.

—Me alegro de que uno de los dos lo sepa.

Saber que el beso lo había afectado tanto como a
ella no la ayudó mucho, pero siguió:

—Trabajamos juntos y no quieres tener relaciones
con alguien de la empresa, ya lo sé. Y aunque así fuera, el trabajo es lo primero. Hay mucho en juego con
la presentación para Collins y no puedes apartar la

mirada de la pelota ni un segundo, de modo que no tienes tiempo para mí.

Eran las palabras de Zach y Allison intentó mostrar la fría indiferencia que había usado él una vez. Lo intentó, pero fracasó miserablemente.

—Tienes razón—dijo Zach, acercándose para mirarla a los ojos—. Y, sin embargo, no podrías estar más equivocada.

Capítulo 7

ERA una perfecta mañana de primavera y ni una sola nube estropeó la ceremonia en la que daban comienzo las obras de la nueva joyería Collins. La parcela embarrada no parecía gran cosa, pero había pósters y planos colocados por todas partes, mostrando cómo sería el impresionante edificio de acero y cristal.

—Gracias a todos por venir—estaba diciendo James Collins, posando para las cámaras con un traje de chaqueta italiano—. Este es un momento muy emocionante para Joyerías Collins.

—Parece que Knox es la única empresa de seguridad que ha venido—le dijo Zach a Allison al oído.

El calor de su aliento hizo que Allison sintiera un escalofrío. Estaba hablando de trabajo, pero a su cuerpo no le importaba. Solo haría falta un roce y volvería a sentir la fiebre que había sentido la noche anterior…

No era justo, pensó, mirándolo de soslayo. El sol hacía brillar su pelo negro y el viento aplastaba la camisa blanca contra su torso, jugando con su corbata como lo harían los dedos de una mujer.

Si no fuera tan guapo… pero ese no era el problema. Al menos, no del todo. Ella había trabajado con muchos hombres atractivos en Nueva York y sabía que era algo más que una simple atracción física.

Allison intentó concentrarse en el trabajo y en las palabras de Zach más que en lo que la hacían sentir.

—Es una buena señal.

Lo era, pero seguía sospechando de Riana Collins. La joven había querido que ella acudiese a la ceremonia y estaba segura de que había alguna razón para ello; una razón que no le gustaría nada.

Por el momento, Riana estaba al lado de su padre, respondiendo a las preguntas de los periodistas, pero Allison dudaba que el reloj de oro y la pulsera de diamantes fuesen todo lo que guardaba en la manga.

Mientras James presentaba a los empleados que habían ido con él desde las joyerías del este, sonó el móvil de Zach y Allison se quedó sorprendida al ver que contestaba.

—Hola, Sylvie. ¿Cómo estás? ¿Qué? No te preocupes, tranquila… te llamaré enseguida.

Después de cortar la comunicación, marcó otro número y le pidió a un técnico que fuese a casa de Sylvie de inmediato.

—Lo siento—se disculpó después, guardando el móvil en el bolsillo del pantalón.

—¿Una cliente importante?—preguntó Allison, imaginando otra mujer como Riana, guapa, rica, con contactos.

Zach sonrió, como si hubiera leído sus pensamientos.

—Sylvie es una señora de ochenta años que vive en Sun City. Fue una de mis primeras clientes en Knox. Su familia quería que tuviese un sistema de alarma para estar más tranquilos, pero la pobre no entiende de tecnología… ayer hubo un apagón y hay que volver a resetear el sistema, pero necesita que alguien la ayude.

—¿Y te ha llamado a ti?

¿Cinco años después de haberle vendido un sistema de alarma?

—Es una persona encantadora—dijo Zach, apartando la mirada—. Nos llevamos muy bien.

¿Quién hubiera pensado que Zach Wilder tenía relaciones con una cliente después de tantos años? ¿O que se mostraría tan enternecedoramente avergonzado por ello? Había hecho lo mismo la noche anterior, escondiendo sus esfuerzos por ayudar en lugar de publicitarlos como harían tantos hombres.

—Seguro que Sylvie está encantada con esa atención tan personal.

—La primera regla en los negocios es que el cliente esté contento.

Eso era fácil, pero hacer feliz a alguien, hacer que su padre se sintiera orgulloso de él, eso había sido imposible.

—Oh, Zach… —murmuró Allison, sin poder evitar una nota de ternura en su voz.

—Déjalo ya—la fría mirada de Zach debería haber convertido su tierno corazón en piedra, pero no fue así porque se daba cuenta de que estaba levantando sus defensas tan rápidamente como las de ella se derretían—. No me conviertas en algo que no soy.

—No lo haré—le prometió Allison. Pero solo porque tenía que hacerlo. Quería a Zach tal y como era, con sus defectos y sus fallos, aunque sabía lo peligroso que era ese sentimiento y lo vulnerable que sería ella si se dejaba llevar.

Y esa certeza aumentó cuando Riana prácticamente la apartó de su camino para tomar a Zach del brazo.

—Quiero presentarte a un par de personas. ¿Nos perdonas un momento, Allison?

«Sé lo que quiere Zach y los dos sabemos que yo puedo dárselo».

—Sí, claro.

Allison observó a Zach estrechando la mano del alcalde. Era cierto, Riana Collins podía darle lo que quería: contactos con las personas más importantes del estado y clientes ricos.

Zach estaba en su elemento, seguro de sí mismo, carismático. Era lógico que Riana lo quisiera para ella misma.

Allison sentía lo mismo, pero no porque Zach fuese ambicioso o tuviera éxito. Estaba enamorándose del hombre que podía ser a pesar de todo eso. El hombre que había ayudado a su hermana, el comercial que ayudaba a una anciana despistada, el hijo que hablaba de su madre con orgullo. Ese era el Zach Wilder que podría hacerle olvidar a Kevin, el que podría hacerla desear…

¿Pero eso importaría si al final Zach quería más de lo que ella pudiese ofrecerle? Había amado a Kevin, pero eso no había evitado que él la engañase haciendo creer a los demás que el trabajo que Allison hacía era suyo. Zach era diez veces más decidido y adicto al trabajo que su ex. ¿No sería más difícil de complacer?

—No te culpo.

Perdida en sus pensamientos, Allison se sorprendió al ver a Riana Collins a su lado.

—¿Por qué?

—Por intentar pescar a Zach. Es un hombre inteligente, guapo, interesante—Riana la miró de arriba abajo—. Pero tarde o temprano se dará cuenta de que tú eres una carga.

Aunque Allison querría negarlo, Riana tenía razón. La clave para una relación con Zach sería saber que, al final, tendría que dejarlo ir.

—Estoy deseando que volvamos a vernos, señor Collins—se despidió Zach. Había pensado que tendría una oportunidad de hablar con él a solas, pero no podía dejar de mirar a Allison.

Había visto algo en sus ojos antes... algo tierno y peligroso. Actuaba como si él fuese una especie de héroe cuando solo estaba haciendo su trabajo. Sylvie no era la típica cliente, pero tampoco se había esforzado tanto por ayudarla. Solo había tenido que hacer una llamada de teléfono.

Allison lo escondía bien, pero sus expresivos ojos verdes delataban que Riana estaba diciéndole algo desagradable y Zach tuvo que hacer un esfuerzo para no correr en su ayuda. Aunque estaba seguro de que Riana Collins no la asustaba. Allison Warner era una mujer inteligente y segura de sí misma... y tenía buenas ideas.

De hecho, seguía pensando que no tenía que envolver la presentación en flores y corazones, pero confiaba en ella y tal vez debería tomar en consideración sus sugerencias.

Mientras James Collins se hacía una fotografía con el arquitecto, Zach tuvo la oportunidad de charlar con el alcalde y algunos concejales que le había presentado Riana. Pero sabía que ese favor llevaba algo aparejado. Si no hacía lo que ella quería, Riana retiraría los contactos. Él, sin embargo, prefería hacer sus propios contactos y no deberle nada a nadie.

Después de despedirse del alcalde, Zach se acercó a Allison, que aquel día iba vestida con una camisa de color crema, una falda vaquera y botas. Su pelo brillaba a la luz del sol y tuvo que apretar los puños para no tocarlo.

—¿Estás bien?—le preguntó.

—¿Por qué no iba a estarlo?

—Yo también soy un actor del método y quería comprobar que mi fingida novia no es celosa.

Ella lo miró, incrédula.

—¡Celosa!—exclamó—. Yo confío por completo en mi fingido novio. Tenemos una estupenda relación fingida, hecha de sinceridad y respeto.

Aunque estaba bromeando, Zach pensó entonces en lo poco que le había contado sobre su ex, el tal Kevin.

—Eso es lo que mereces, Allie —y eso era lo que le habría dicho en el garaje por la noche si le hubiera dejado. Aunque podía buscar cualquier excusa, la razón por la que se apartó la noche anterior era que él no podía ser el hombre que Allison quería. Y no quería que pensara lo contrario—. Pero yo no…

Allison puso una mano en su brazo.

—Todo es fingido, recuérdalo.

Fingido. La versión adulta de un juego de niños donde nadie resultaría herido porque nada era eral...

—¿Zach Wilder?

Él se volvió cuando un hombre le dio una palmadita en la espalda.

—Hola.

—Seguramente no te acuerdas de mí, pero tú... vaya, eres igual que tu padre.

«Igual que tu padre».

Zach tuvo que tragar saliva. Eso era lo último que él querría escuchar.

—Nathan y yo fuimos juntos al instituto. Soy Ted Thompson.

Ted Thompson... Zach recordó ese nombre por las viejas cintas de vídeo de los partidos de fútbol.

—Ah, sí, era un delantero.

—¡Eso es! Tu padre y yo lo pasábamos de miedo en el instituto, pero perdimos el contacto después. No sé si te acuerdas, pero yo fui a la universidad y luego jugué en la liga profesional. Me rompí la rodilla cinco años después, pero no antes de conseguir esto—Ted levantó una mano para mostrarle el anillo de la NFL, la liga profesional de fútbol americano—. Bueno, cuéntame, ¿qué tal está Nate?

Zach notó que Allison lo tomaba del brazo y sintió un pinchazo, como si todo su cuerpo se hubiera quedado dormido y estuviese despertando de golpe.

—Lo siento, señor Thompson, pero el padre de Zach falleció hace más de diez años.

—Ah, vaya, lo siento mucho. No lo sabía—se disculpó el hombre—. Yo quería que nos reuniéramos una vez más para hablar de los viejos tiempos...— Ted sacudió la cabeza—. Siempre pensé que tu padre podría haber sido uno de los grandes.

Esa era la historia de Nathan Wilder, lo que podría

haber sido. Zach lo sabía muy bien, pero su vida tendría un final muy diferente. Él tendría éxito donde su padre había fracasado.

Nada ni nadie se pondría en su camino.

Mientras Zach llevaba a Allison de vuelta a Knox, en sus ojos verdes podía ver un brillo de compasión que no merecía.

—Yo perdí a mi padre hace seis meses—empezó a decir—. Es lo más terrible que me ha pasado nunca y aún hay días en los que no creo que se haya ido. Tengo tantas cosas que contarle, tantos consejos que pedirle…

—No es lo mismo, Allie—la interrumpió él, con más sequedad de la que pretendía—. Mi relación con mi padre no se parecía nada a la tuya. Era el capitán del equipo de fútbol del instituto y solo perdieron un partido en todo ese tiempo. Era el chico de oro, el mejor jugador que habían tenido nunca.

Zach no había conocido a ese hombre. La responsabilidad y la carga de un matrimonio no deseado habían hecho que el chico de oro se convirtiese en un amargado.

—Él quería ir a la universidad y jugar en la liga profesional de fútbol, pero dejó a mi madre embarazada y tuvo que ponerse a trabajar en el almacén de una naviera… odiaba ese trabajo, sin cámaras sin aplausos, sin posibilidades. Los sueños de mi padre terminaron el día que se casó con mi madre y nos culpaba a los dos por arruinar su vida.

—Tener una familia ofrece muchas recompensas que no tienen nada que ver con cámaras o animadoras—dijo Allison—. Es estar rodeado de gente que te quiere, gente con la que celebrar los momentos buenos de la vida y que te consuela durante los malos.

Sonaba bien, demasiado bien. Como el juego al que estaban jugando. Pero él sabía lo que podía significar una familia.

—Mi padre no estaría de acuerdo.

Allison suspiró.

—¿Nunca te has parado a pensar que tu padre estaba equivocado?

—Aunque así fuera, y aunque tú tengas razón sobre la familia, eso no cambia quién soy y lo que quiero de la vida.

—La cuenta de James Collins.

—Eso es—asintió Zach, a la defensiva. Aunque Allison no había discutido ni había intentando convencerlo de que podía ser un buen profesional y tener una familia al mismo tiempo.

—¿No estaría bien tener a alguien con quien compartir el éxito?

Él nunca había estado interesado en compartir. Sus éxitos eran solo suyos, pero por primera vez en su vida se dio cuenta de lo vacía que sonaba esa victoria.

Después de una mañana llena de reuniones, Zach entró en su despacho y se detuvo de golpe. Aún no estaba acostumbrado a ver a Allison allí. Pero solo quedaba una semana para la presentación de Collins y no tendría mucho tiempo para acostumbrarse a verla, de modo que se tomó unos segundos para mirar el elegante arco de sus cejas, la curva de sus pómulos, la delicada forma de sus labios…

Trabajando tanto como lo hacía, Zach no tenía una larga lista de amantes, pero había estado con suficientes mujeres como para que un beso se confundiera con otro sin tener un recuerdo especial de ninguno de ellos. Hasta que conoció a Allison.

El beso en el garaje seguía persiguiéndolo, seductor y potente, despierto y en sueños. Allison estaba a su lado y alargaba la mano para tocarla… pero despertaba solo y anhelándola.

Con otra mujer, habría sugerido una aventura para liberar la tensión sexual que había entre ellos. Incluso había considerado hacerlo después del primer beso, antes de conocerla de verdad. Antes de ver la sombra de tristeza en sus ojos cada vez que hablaba de Kevin. Su ropa moderna y su actitud decidida eran una fachada para proteger a la mujer que había debajo. Una mujer que no era tan dura como fingía serlo.

Y aunque lo fuera, Zach intuía que olvidarla no sería tan fácil. Que hacer el amor con ella no sería el final sino el principio…

Apartando de sí tan inquietante pensamiento, se aclaró la garganta para avisarla de su presencia.

—Daryl me ha pedido la nueva presentación y le he dicho que tú estabas… ¿de compras?—bromeó Zach al ver un brazalete de oro en la pantalla de su ordenador.

—Sí, seguro—Allison soltó una carcajada—. Me parece que no sabes lo que gana una recepcionista. Jamás podría comprarme una de estas joyas, pero había pensado personalizar nuestra… perdón, tu presentación descargando fotografías de las joyas Collins—le explicó, mostrándole algunas piezas.

—Vaya, has hecho un buen trabajo.

Zach no sabía cuál iba a ser el «toque personal» en la presentación, pero decidió ver qué aportaba Allison.

Se inclinó un poco para mirar la pantalla, respirando el olor a fresas de su champú, y puso una mano en el respaldo de la silla, rozando la blusa que destacaba sus delicadas clavículas.

—Podemos hacer una presentación de Power Point... algo así—Allison abrió el programa y colocó las fotos sobre un fondo negro—. Podríamos poner el logo de Collins de una manera sutil para no restar atención a la información, pero dando la impresión de que es una presentación exclusiva para ellos.

—Me gusta la idea, ¿pero qué tal si usamos nuestro logo?—sugirió Zach.

—Sí, tienes razón, eso estaría mejor. Así Knox formaría parte de la empresa Collins, pero de manera discreta porque lo importante son las joyas—dijo ella, usando el ratón para cambiar el logo—. ¿Qué te parece?

—Perfecto.

—¿En serio?—Allison se volvió, con una sonrisa en los labios.

Apenas tendría que moverse para besarla, solo tendría que inclinarse un poco y...

—Ah, perdón, espero no estar interrumpiendo.

Allison se levantó de un salto al escuchar la voz femenina y Zach se dio la vuelta, sabiendo lo que iba a ver:

Su madre estaba en la puerta del despacho, con una tímida sonrisa en los labios, tan elegante como siempre con un pantalón gris y un jersey de color lavanda. Con su melenita morena y su delgada figura,

Caroline Wilder seguía siendo una mujer muy guapa que no parecía tener edad para ser su madre.

—Zach, cariño—Caroline se acercó para abrazarlo y luego, de repente, se volvió para abrazar a Allison, dejándolo boquiabierto—. Me alegro mucho de conocerte por fin. Tienes que perdonar al maleducado de mi hijo por no presentarnos antes.

—Yo… esto… encantada de conocerla—dijo Allison, sorprendida.

—Danielle Jones me llamó ayer… ¿te acuerdas de ella, Zach?

—Sí, claro.

Danielle era una buena amiga de su madre que había sobrevivido al cáncer.

—Estuvo en la gala del viernes y os vio juntos—siguió Caroline—. Me dijo que estabais muy circunspectos, pero… en fin, Danielle lleva veinticinco años felizmente casada y no se le escapa que una pareja está enamorada. Así que llamó para contármelo y para pedirme detalles y yo tuve que admitir que no sabía nada sobre la vida personal de mi hijo.

Porque nunca había habido nada que contar. Y seguía sin haber nada que contar, por mucho que Danielle creyese haber visto. ¿Una pareja enamorada? Qué tontería.

Vio a Allison sacudir la cabeza, incrédula, y la sintió temblar cuando le pasó un brazo por los hombros.

—Mamá…—Zach se aclaró la garganta—. Te presento a Allison Warner, mi novia.

Cuando Allison era niña, su familia y ella solían ir

a Flagstaff para jugar en la nieve, pero uno de esos viajes se había quedado grabado en su mente para siempre. Bethany estaba haciendo un muñeco de nieve mientras ella, que era más aventurera, encontró una pendiente perfecta para lanzarse con el trineo.

Pero la pendiente era más pronunciada de lo que había pensado y el trineo se deslizaba a toda velocidad… y Allison sabía que cuando llegase al fondo iba a estrellarse.

Mientras miraba a Caroline Wilder tenía esa misma premonición. La mentira que Zach y ella habían inventado empezaba a escapársele de las manos y no eran capaces de pararla. Allison no sabía cuándo iba a ocurrir, pero intuía que estaba a punto de estrellarse de nuevo.

—Bueno, ya que mi hijo no me ha contado nada, háblame de ti, Allison.

—Pues… nací en Phoenix y tengo una hermana mayor, Bethany. Estoy a punto de convertirme en tía.

—Ah, qué bien. Los hijos son una bendición— dijo Caroline, mirando a Zach con una ceja expresivamente enarcada.

Después de lo que Zach le había contado sobre su infancia, conocer a su madre había sido una sorpresa. No había esperado que fuese tan encantadora, pero ni siquiera el amor de una madre podía proteger a un niño del resentimiento paterno.

—Yo pienso lo mismo, Caroline. Debes estar muy orgullosa de Zach.

—Desde luego que sí, pero me temo que es culpa mía que trabaje tanto. Siempre lo empujé para que sacase las mejores notas, para que se esforzase más que nadie… yo pensaba estar dándole ánimos, pero creo que me pasé—le confesó Caroline—. Trabaja tanto que no tiene vida personal... al menos, hasta ahora.

—Sigo aquí, mamá—le recordó Zach, molesto.

—Y la conversación sería mucho más interesante si tú no estuvieras. Bueno, contadme cómo os conocisteis.

Allison tragó saliva. Engañar a Riana Collins era una cosa, pero engañar a la madre de Zach...

—Aquí, en Knox.

—El primer día de Allison en la oficina—siguió Zach—. Nos encontramos en el garaje. De hecho, ella me adelantó para quitarme el sitio. Iba a echárselo en cara cuando llegamos al ascensor, pero cuando pulsamos el botón nuestras manos se rozaron... en fin, ese fue el momento.

Allison recordaba muy bien ese encuentro en el ascensor y la descarga eléctrica que había sentido cuando sus manos se rozaron...

Cuando lo miró a los ojos y en ellos vio un brillo burlón, decidió seguirle la corriente y disfrutar del viaje mientras durase.

—Bueno, Zach... —empezó a decir Caroline, mirando a su hijo.

Allison se había excusado para ir al lavabo, dejándolo a solas con su madre en el restaurante. Claro que lo entendía. Él solito se había metido en un aprieto y aún no sabía por qué.

Zach miró la carta como si en ella estuviera la respuesta. Podía fingir que no la había entendido, pero sabía que no serviría de nada.

—No sé cuál será el plato del día...

—Está ahí, en la primera página—dijo Caroline, irónica.

Zach tuvo que sonreír.

—Nunca he podido engañarte.

—Pero sigues intentándolo. ¿Por qué no me has hablado de Allison?—le reprochó su madre—. He tenido que enterarme por otra persona de que mi hijo salía con una chica.

—Allison es…

Zach se aclaró la garganta. Si tenía que describir su relación necesitaría algo más que unos minutos. De hecho, a juzgar por la cantidad de horas que pensaba en ella, podría hacer poemas sobre sus ojos verdes, la curva de sus labios, el delicioso hoyito en la mejilla o su actitud burlona.

Pero, decidido a dar la explicación más sencilla, respondió:

—Me fijé en ella el primer día y luego Daryl tuvo la idea de que trabajásemos juntos. Tiene muy buen ojo para los detalles, para cosas que a mí se me pasan.

—¿Y?

Los pálidos ojos azules de su madre veían demasiado y lo único que Zach quería era enterrar la cabeza en la carta.

—Lo está haciendo muy bien.

Eso era decir poco y lo sabía. Allison era muy inteligente. El trabajo que había hecho en Power Point era sofisticado, elegante… y sí, debía admitirlo, sexy.

Unas palabras que usaría para describir a la propia Allison.

¿Cuántas veces se había encontrado mirándola cuando ella no se daba cuenta? ¿Cuántas veces había levantado la cabeza al oírla reír solo para ver ese hoyito en su mejilla? Y cuando estaba lo bastante cerca como para tocarla tenía que hacer un esfuerzo para no tomarla entre sus brazos...

—Todo eso es muy interesante, pero no es lo que yo tenía en mente—la voz de su madre interrumpió los pensamientos de Zach—. Quiero saber algo más sobre vuestra relación. ¿Vais en serio?

Zach estuvo a punto de negarlo inmediatamente porque él no tenía relaciones serias. Pero las palabras se le atragantaron y no solo porque quisiera mantener la farsa sino porque era mentira. Aquel beso le decía lo en serio que iba con Allison.

Pero no podía explicárselo a nadie porque ni él mismo lo entendía. Lo único que sabía era que cuando Allison lo miraba perdía el control de la conversación, de sus emociones, de todo.

Por qué había pensado que besarla lo ayudaría a recuperar el control, no tenía ni idea.

Como no sabía de dónde había salido la romántica explicación de su primer encuentro. Era tan raro en él que había esperado que su madre dijese algo.

Pero la mirada inteligente de Caroline estaba empañada de esperanza y felicidad y cuanto antes dejase claro que no había boda a la vista, mejor.

—Allison es una mujer asombrosa. Cualquier hombre sería afortunado de estar con ella el resto de su vida, pero yo no soy ese hombre.

—Zach...

—Tú me conoces, mamá. Sabes que no puede ser.

Sentía como si hubiera llegado a un cruce de caminos. A la derecha estaba el camino pavimentado que lo llevaría al éxito, a la izquierda, el terreno rocoso y peligroso de la vida personal. Él sabía lo que lo esperaba si iba en esa dirección: fracaso, miseria, tristeza. Prácticamente podía escuchar los pasos de su padre en ese terreno desolado.

Caroline suspiró, decepcionada.

—Una madre siempre sueña con ser abuela.

La infancia de Zach le había enseñado que no se podía confiar en los sueños porque siempre terminaban a la luz del día. Y cuando eso ocurría, no eran más que un amargo recordatorio de lo que podría haber sido.

—Tu madre es estupenda—le dijo Allison, una vez de vuelta en la oficina.

—Sí, lo es—asintió Zach—. Cuando yo era pequeño trabajaba sin descanso para sacarme adelante. Tenía un par de trabajos a tiempo parcial cuando vivía mi padre, pero cuando murió... esos primeros años fueron muy duros. Mi madre solo tenía el diploma del instituto y poca formación profesional, pero consiguió un trabajo en unos grandes almacenes y, con los años, logró tener un buen puesto.

Lo decía con orgullo y Allison se dio cuenta de que había aprendido de niño que el trabajo duro era la única manera de sobrevivir, que cosas como salir con los amigos y pasarlo bien no llevaban comida a la mesa. Le dolía el corazón por ese niño y por el hombre en que se había convertido.

Era lógico que Zach no pudiera relajarse, que el trabajo lo fuese todo para él. Esas lecciones aprendidas en la infancia le habían enseñado que podía perderlo todo en cualquier momento.

Cuanto más lo conocía, más entendía que fuese

como era. En Knox tenía todo lo que su padre le había negado: atención, reconocimiento e incluso el paternal afecto de Daryl Evans.

—Mi madre me enseñó la importancia del trabajo, pero últimamente insiste en que debo relajarme un poco.

—Y eso hace que me sienta mucho peor—dijo Allison.

—¿Por qué?

—Porque cree que somos novios. ¿Por qué le has dicho eso?

—Hemos llegado hasta aquí y no podemos arriesgarnos a que Riana se entere de la verdad.

—¿Cómo iba a enterarse?

—Como se ha enterado de nuestra supuesta relación—respondió Zach—. Una amiga de mi madre nos vio en la gala y, de repente, está convencida de que salimos juntos. Si le hubiera dicho que todo es mentira, seguramente esa información le habría llegado a Riana de una manera o de otra.

Allison suspiró.

—¿Y qué pasará cuando esto termine? No me gustaría que Caroline se hiciera ilusiones.

—No te preocupes por eso. Mi madre me conoce muy bien y sabe que no tengo intención de sentar la cabeza.

Allison también lo sabía, el problema era que lo olvidaba continuamente. Cada vez que la tocaba, cada vez que la miraba como en aquel momento, con un brillo de soledad en sus ojos, como esperando, anhelando que ella demostrase que estaba equivocado.

Durante años después del accidente en Flagstaff su padre había contado la historia de cómo Allison había conquistado la colina, cómo se había deslizado haciendo un fantástico slalom y había batido un récord mundial.

—Y la clavícula—le recordaba su madre, después de culpar a Allison por sus inexistentes canas—. Sigo si entender por qué te lanzaste colina abajo como una loca.

Pero su padre sí lo sabía y los dos se miraban, susurrando:

—Porque estaba ahí.

Su padre siempre la había animado a que apuntase alto y nunca mirase atrás. Siempre la llamaba «Allison, la aventurera». Había perdido parte de su sentido de la aventura con el paso de los años y la muerte de su padre, pero le gustaría recuperarlo, reclamar esa parte de su personalidad una vez más.

¿Podría hacerlo? ¿De verdad iba a intentar cambiar a un hombre como Zach?

Capítulo 8

ZACH Wilder con traje de chaqueta y corbata era un hombre que quitaba el hipo. Allison había tenido muchas oportunidades para acostumbrarse a ver cómo el estrecho cinturón de cuero se ajustaba a su estómago plano o cómo la chaqueta destacaba sus anchos hombros, pero cuando abrió la puerta de la casa de su hermana el sábado por la mañana se dio cuenta de que había subestimado el atractivo de aquel hombre.

Zach estaba en el vestíbulo, guapísimo con una camiseta negra y un pantalón vaquero. Sus marcados bíceps dejaban claro que iba todos los días al gimnasio y los vaqueros gastados se ajustaban a sus piernas como un guante.

—¡Zach!—exclamó cuando pudo encontrar su voz—. ¿Qué haces aquí?

—Teníamos una cita, ¿recuerdas? Para ver qué sistema de alarma necesita tu hermana.

Mientras comían con Caroline el otro día, Zach había sacado el tema de la alarma y quedó en visitar a Bethany ese fin de semana.

—Ah, es verdad… —Allison miró la caja de herramientas que llevaba en la mano como si fuera un maletín—. Pero no esperaba que vinieras tú personalmente.

Él se encogió de hombros.

—Esto es lo que hago, es mi trabajo.

Su trabajo era conseguir clientes millonarios como James Collins, eso era lo que había hecho que Zach fuese el mejor comercial de la empresa. Vender un sistema de alarma para una casa no significaba nada para Zach Wilder, pero que estuviese allí significaba mucho para Allison.

Y debía notarse en su expresión porque Zach dijo:

—Me gusta controlar los avances en sistemas de seguridad para residencias unifamiliares y ya casi nunca tengo tiempo para dedicarme a ello.

Podía inventar cualquier excusa, pero Allison sabía que lo hacía por ella.

Bethany apareció de repente a su lado.

—Podrás practicar aún más cuando tengas que instalar el de mi hermana.

Allison hizo las presentaciones aunque, evidentemente, ya no era necesario.

Aunque su hermana la miraba con expresión inocente, se preguntó si se habría dado cuenta de la atracción que sentía por él. Aunque le gustaría hablar de sus sentimientos por Zach, la atracción era demasiado nueva, sus propias emociones demasiado poderosas y aún estaba demasiado insegura como para hablar de ello.

—Yo recomiendo el nuevo sistema con sensores en puertas y ventanas y un mando para activar la alarma a distancia. Suena complicado, pero puedo explicarte los detalles y…

Bethany hizo un gesto con la mano.

—Tú eres el experto. Cuando vuelva, Allison me dirá qué sistema has decidido instalar.

—¿Cuándo vuelvas de dónde?—preguntó ella. Había ido allí para comprobar que Bethany no había cambiado de opinión con respecto a la alarma, pero también para estar un rato con ella.

—Como los dos sabéis más que yo, he pensado que podría ir a hacer unos recados. Pero volveré enseguida.

Unos segundos después, Bethany tomó su bolso y se despidió. Zach y Allison se miraron, perplejos.

—¿He dicho algo malo?

Años antes, el primer apartamento que Bethany había compartido con Gage era tan familiar para Allison como el suyo propio. Sabía dónde estaba todo y, lo más importante, sabía cuál era su sitio.

Ahora, sin su hermana, se sentía tan extraña allí como Zach.

—No, es por mí—Allison suspiró.

¿Haría las paces con Bethany algún día? Había pensado que después del día de los muebles todo empezaba a ir mejor, pero su relación se había estancado. No discutían, pero tampoco había ninguna mejora.

Zach dejó la caja de herramientas en el suelo y levantó su barbilla con un dedo.

—¿Estás bien?

Allison sintió una oleada de gratitud. No quería hablar del problema con su hermana, ni siquiera quería pensar en ello, y no podría haber encontrado mejor distracción.

—Sí, estoy bien. Pero no tan bien como tú—respondió, señalando la caja de herramientas–. Estoy deseando verte en acción.

—Ah, qué rápido olvidas. Yo diría que me has visto en acción un par de veces.

Ella rio, sorprendida. No sabía si estaba intentando bromear para que olvidase su disgusto, pero le gustaba aquella nueva faceta juguetona del serio Zach Wilder.

Después de enseñarle la casa se sentó para verlo trabajar... y para observar el movimiento de sus bíceps.

—¿Fue un gran cambio para ti trabajar en las oficinas?

—Lo fue, pero estaba preparado para ello. Más que preparado—hablaba mientras trabajaba, midiendo y tomando notas sobre los mejores sitios para colocar los sensores.

—Y te encantan las ventas.

—Sí, mucho—Zach guardó la cinta métrica en la caja y se volvió para mirarla—. Pero eso no impide que quiera otro ascenso. El consejo de administración tiene que nombrar al director del departamento comercial en dos semanas y, si consigo que Collins firme el contrato, tal vez el puesto sea para mí.

—Pero es un puesto directivo—dijo Allison, sorprendida.

—Sí, lo es. Y creo que lo haría bien.

Eso la sorprendió. Zach Wilder detrás de un escritorio día tras día, evaluando a los comerciales... se volvería loco si no pudiera tratar directamente con los clientes.

—¿Tú crees que te gustaría?

—Es un paso adelante—respondió él—. Cuando aún instalaba alarmas no sabía si se me daría bien un puesto de atención a los clientes, pero trabajé mucho y aprendí todo lo que pude. Lo mismo ocurrió cuando me pasaron a ventas y volveré a pasar si consigo ese puesto ejecutivo.

—Sí, claro, imagino que sí—murmuró Allison, no muy convencida.

¿Pero qué sabía ella? No había imaginado a Zach como un hombre que trabajase con las manos, pero estaba claro que sabía usar una taladradora… y Allison no podía apartar la mirada. Lo seguía de habitación en habitación con la excusa de entender el sistema, pero solo podía pensar que si conseguía el ascenso, Zach se trasladaría a las oficinas de San Francisco.

—Entonces, te marcharías de Phoenix.

—Me encargaría de controlar las ventas en Las Vegas y Los Ángeles, pero también las de aquí, así que Phoenix sería mi base de operaciones.

—Ah, ya veo.

Veía que Zach iba a aceptar nuevas responsabilidades que incluían viajar por Arizona, California y Nevada todo el tiempo. Pero él ya le había dicho que no quería formar una familia, de modo que la noticia de su ascenso no debería entristecerla. Era mejor así, ¿no? Lanzarse desde la colina con los ojos bien abiertos, sabiendo lo que la esperaba. Con Zach, no había posibilidad de cerrar los ojos. Cualquier relación con él sería algo temporal y cuando llegase el momento, cada uno se iría por su camino.

—Esta es la última habitación—dijo Allison, abriendo una puerta—. Es la del niño o lo será cuando esté terminada.

—A mí me parece que está terminada—comentó Zach, mirando la cuna y los demás muebles.

—Hace falta algo más que unos muebles para que sea la habitación de un bebé. Hay que pintar las paredes de un color alegre y poner cenefas con dibujitos y esas cosas.

—Pero intuyo que a Bethany no le gusta la idea.

—Porque me ha visto decorar y sabe que no tengo ningún gusto artístico—bromeó Allison.

—Como la cerámica, ¿eh?

—Yo diría que peor que la cerámica. ¿No te gusta mi taza de café?

—Es preciosa—bromeó Zach.

—No seas malo.

—No, no lo soy. Pero la verdad es que no lo entiendo.

—¿Qué es lo que no entiendes?

—Todas esas aficiones en las que pierdes el tiempo…

—Oye, que no es una pérdida de tiempo—protestó Allison.

—Lo es si no lo disfrutas. Y no me digas que es así. Tú no eres la clase de persona que se emociona haciendo punto de cruz.

—Probablemente me emocionaría si pudiese hacer punto de cruz.

—Sé que la familia es importante para ti—siguió él— y que quieres retomar la relación con tu hermana, pero te he visto trabajar. He visto la emoción y el brillo de tus ojos mientras preparabas esa presentación para Collins y he visto cómo ese brillo moría cuando hablabas de irte a otro trabajo temporal.

—Eso no es verdad.

—¿No?

Allison dejó caer los hombros.

—Mi hermana y yo nos llevábamos de maravilla cuando éramos pequeñas… ¿tú tienes hermanos?

—No, soy hijo único—respondió Zach. De niño, a menudo había deseado tener un hermano o hermana, pero más tarde se dio cuenta de que había sido lo mejor. Un hijo más habría sido otra razón para las quejas de su padre.

—Bethany y yo éramos más que hermanas, éramos amigas—siguió ella—. Nunca tuve que preocuparme de ser popular en el colegio o de tener a alguien con quien sentarme a comer porque siempre tenía a Bethany. Pero ahora es difícil recordar que nos llevábamos tan bien.

—¿Por qué?

—Necesito demostrarle que he cambiado, que la familia me importa más que cualquier trabajo.

—¿No crees que ya lo has demostrado con esos trabajos temporales?

—¿Entonces por qué sigue habiendo una barrera entre ella y yo?

—Quizá tu hermana no está disgustada contigo. Tal vez sea otra cosa.

—¿Ah, sí? ¿Qué?

Zach se preguntó por qué demonios intentaba dar consejos sobre armonía familiar. ¡Como si él fuera un experto! Allison haría mejor aceptando consejos de una galleta de la suerte.

—No lo sé. Tú misma has dicho que os llevabais muy bien… ¿qué pasó?

—Durante el último año de carrera empecé a salir con Kevin. Él entendía los objetivos que me había puesto a mí misma...

—¿Qué objetivos?—preguntó Zach.

—Trabajar en una agencia de publicidad importante y labrarme un nombre antes de abrir mi propia agencia. Todo antes de cumplir los treinta años.

—Impresionante.

—A Kevin también se lo parecía. De hecho, la idea de abrir una agencia propia era algo que teníamos en común, aunque Bethany no lo aprobaba. Mi hermana había hecho unos cuantos cursos en la universidad y trabajaba en una tienda, pero solo era un trabajo para ella. Lo que de verdad quería era una familia, de modo que se casó en cuanto Gage terminó la carrera.

Fue la última vez que se reunió toda la familia y le dolía que esos recuerdos estuvieran nublados por la separación de su hermana. Una separación que Allison no entendía y de la que Bethany se negaba a hablar.

—Unas semanas después, Kevin recibió una oferta de trabajo en Nueva York. Un viejo amigo de su familia tenía un puesto directivo en Marton-Mills y cualquier publicitario recién salido de la universidad daría un brazo por trabajar allí. Incluso consiguió un puesto para mí. No era en el departamento creativo, pero al menos era algo y trabajar para llegar a la cima era mi plan.

Había sido tan ingenua, tan convencida de que el trabajo siempre era reconocido y premiado. Entonces no sabía que ciertas personas estaban dispuestas a conseguir el éxito a toda costa, incluso a costa de otros.

—¿Y eso es lo que provocó el distanciamiento con tu hermana? ¿Le dolió que te fueras a Nueva York?

Zach, convencido de que las ataduras personales

eran un estorbo, pensaba que Bethany la había desanimado, pero se equivocaba.

—No, Bethie estaba muy contenta por mí. No entendía mis objetivos, pero siempre me apoyaba. Cuando le dije que no estaba segura, fue ella quien me convenció de que era lo mejor para mí.

—Entonces te fuiste a Nueva York…

—Y me encantó. Me encantaba la energía de la ciudad, su creatividad, ese ritmo de vida increíble. Me parecía maravilloso.

Zach podía verla en Nueva York trabajando en una agencia de publicidad…

—Te imagino recorriendo las aceras de la Gran Manzana dispuesta a comerte el mundo. Seguro que incluso eres capaz de parar un taxi silbando, como Audrey Hepburn en *Desayuno con diamantes*.

—¿Así, quieres decir?—Allison puso el pulgar y el índice sobre sus labios y lanzó un silbido tan atronador que Zach tuvo que taparse las orejas.

—Exactamente.

—Aprendí a hacerlo en Nueva York. Desgraciadamente, también olvidé muchas cosas mientras estaba allí.

—¿Por ejemplo?

—Cumpleaños, aniversarios. Olvidé lo importante que era mi familia y aún no sé cómo es posible. Cuando me fui a Nueva York les hice toda clase de promesas: llamaría todas las semanas, enviaría e-mails continuamente, pasaría las vacaciones aquí. Y lo decía de corazón, pero había subestimado lo rápido que me tragaría la ciudad y mi deseo de demostrarle a todo el mundo que podía llegar a lo más alto.

Zach la entendía perfectamente porque sabía lo

adictivo que podía ser el deseo de triunfar, pero mientras él vivía para eso, lo sentía en sus venas como una descarga de adrenalina, hablar de ello dejaba a Allison sin energía. Y, una vez más, Zach pensó que eso era lo que te hacían las familias: te cargaban de sentimiento de culpa hasta que perdías la oportunidad de conseguir sus sueños.

—Dejé de enviar e-mails, llamaba solo una vez al mes y nunca volví aquí para las vacaciones—siguió ella.

—¿Cuánto tiempo estuviste en Nueva York?

—Tres años.

—¿Y por qué volviste?

—Mi padre iba a cumplir sesenta años y había prometido volver para ayudar a mi hermana a organizar una fiesta sorpresa. Por supuesto, mi ayuda consistió en una llamada de teléfono diciéndole que hiciese lo que le pareciera mejor. Una famosa empresa de cosméticos nos propuso que preparásemos media docena de anuncios en una semana…

—De modo que cancelaste tu viaje a Phoenix.

—Le dije a Bethany que vendría para la fiesta y volvería a Nueva York esa misma noche. Para mi hermana, esa fue la gota que colmó el vaso. Nos peleamos a gritos, incluso nos insultamos, algo que ni siquiera habíamos hecho de niñas. Por fin, le dije que si de verdad pensaba que era tan egoísta probablemente no querría verme en la fiesta y colgué el teléfono.

—La gente dice tonterías cuando está enfadada, no creo que sea tan grave.

—No, no lo era—Allison se levantó para tocar la cuna que Bethany y ella habían elegido—. Lo malo llegó después, cuando Bethany me llamó a la semana siguiente. Estábamos haciendo una presentación para esa empresa de cosméticos y me avisaron de que tenía una llamada de mi hermana, pero decidí no responder de inmediato. Me concentré en la presentación para el cliente y firmamos el contrato. Estábamos a punto de salir a cenar para celebrarlo cuando me acordé de Bethany y la llamé, dispuesta a restregarle mi éxito por la cara, pero me dijo que mi padre había sufrido un infarto—Allison suspiró—. Volví a Phoenix esa misma noche, pero fue demasiado tarde; mi padre había muerto. Y yo esperaba que Bethany me perdonase porque tal vez… tal vez de ese modo podría perdonarme a mí misma.

Un sollozo escapó de su garganta. Un sollozo que rompió el corazón de Zach que, sin pensar, se acercó para abrazarla. Él nunca había sido de los que consolaban, nunca había tenido que lidiar con las lágrimas de una mujer.

Pero no era solo una mujer, era Allison. La inteligente, dura, divertida, burlona Allison. Y empezaba a darse cuenta de que intentaba esconder lo vulnerable que era. El abrumador deseo de consolarla, de borrar sus preocupaciones y sus problemas de un plumazo era algo que no había sentido antes y no sabía qué decir.

¿Qué le pasaba? ¿No podía decir unas simples palabras de consuelo? ¿Tan muerto estaba por dentro?

—Allie…

Ella levantó la cabeza y las palabras no fueron necesarias. Zach se inclinó para besarla, sus labios diciendo todo lo que él no era capaz de decir.

«No es culpa tuya».

«Tienes que perdonarte a ti misma».

Cuando empezó a relajarse y las lágrimas dejaron de rodar por su rostro, Zach sintió que había oído esas palabras en el beso.

Zach terminó de tomar las últimas notas para instalar la alarma. Afortunadamente, estaba familiarizado con el sistema y no tenía que pensar demasiado. Afortunadamente, porque estaba tan nervioso que no sabía bien lo que hacía.

Allison y él caminaban sobre la línea que separaba los negocios y el placer desde antes de empezar a trabajar juntos, pero aquella vez temía que encontrar el camino de vuelta no fuese tan fácil. Como en las películas de Harrison Ford que tanto le gustaban de niño, Zach sentía que el suelo empezaba a hundirse bajo sus pies y no tenía más alternativa que agarrarse al sombrero y lanzarse hacia un futuro desconocido.

Pero no estaba seguro de tener la habilidad de Indiana Jones para sobrevivir a ese tipo de aventura.

Allison y él se habían besado antes, pero el deseo, incluso la frustración, había animado esos besos. Aquel día había sido diferente. El deseo seguía ahí, tan potente como siempre, pero había algo más, algo peligroso, una emoción a la que no sabía poner nombre.

No sabía qué provocaba ese anhelo, solo que le daba pánico. Él no era de los que consolaban a los demás y que lo hubiese intentando decía que aquello empezaba a escapársele de las manos.

Un segundo después oyó pasos en el corredor, pero no era Allison sino Bethany quien entró en la habitación.

—Allison me ha dicho que ya casi has terminado.

—Tengo todos los datos que necesito para la instalación.

—Muchas gracias por todo, de verdad.

—Allison es quien merece que le des las gracias, no yo.

—Sí, bueno... —Bethany se encogió de hombros, pero Zach se daba cuenta de que mostrarse fría con su hermana no era tan fácil para ella como quería dar a entender.

—Puede que tengamos que hacer algunos agujeros para meter los cables, pero serán muy pequeños. En cualquier caso, tu hermana me ha dicho que pensaba pintar la habitación del bebé. Aunque, conociendo a Allison, seguro que pinta fatal.

Bethany sonrió.

—Fatal, desde luego. Intentó pintar una pared de rojo en su casa, pero la pintura se corrió y parecía sangre resbalando por la pared.

—Conociendo a Allison, no me extraña. Nunca he conocido a una mujer con más talento y a quien le guste tanto fracasar. Es casi como si tuviera miedo de tener éxito.

De inmediato vio un brillo de algo, admisión, culpabilidad, en los ojos de Bethany y podía sentir esa mirada clavada en su espalda mientras bajaba los escalones del porche. No sabía si sus palabras la habrían afectado, pero desde luego sí lo habían afectado a él.

«Conociendo a Allison».

Sí la conocía. Cada día la conocía mejor, pero conocer a una mujer, especialmente una con la que trabajaba, no formaba parte de sus planes.

¿Y abrazarla mientras lloraba? ¿Y sentir sus curvas apretadas contra su cuerpo mientras la besaba? ¿Eso sí entraba en sus planes?

No, Allison no entraba en sus planes.

Pero a pesar de ese recordatorio, no podía olvidar lo perfecta que le había parecido entre sus brazos, con la cabeza apoyada en su hombro, la mejilla sobre su pecho… casi como si ese sitio hubiera estado vacío toda la vida, sencillamente esperando que ella lo llenase.

Capítulo 9

VAS a hacerlo fenomenal, Zach —Allison sonrió cuando la última diapositiva de Power Point apareció en la pantalla.

Llevaba toda la semana practicando esa sonrisa, desde que lloró entre sus brazos en casa de Bethany. Ese día se había sentido a salvo, protegida… y no había querido apartarse.

«Me odiaría por arruinar su vida».

«Tarde o temprano se daría cuenta de que estás reteniéndolo».

«Tienes que dejarlo ir».

Cuando llegase el momento, le desearía lo mejor y se despediría con una sonrisa. Daba igual que se le rompiera el corazón o que quisiera borrar los malos recuerdos de su infancia y demostrarle que la vida era algo más que el éxito profesional. No podía cambiar las duras lecciones que había aprendido de niño y que lo habían hecho el hombre que era; un hombre que llevaba años buscando oportunidades de triunfar en la vida.

Al final, fuese cuando le dieran el ascenso o en otro momento, la dejaría atrás.

Zach encendió la luz de la sala de juntas y frunció el ceño al verla tan seria.

—Vamos, Allie. No te eches atrás ahora.

Era el día antes de la presentación a James Collins y Daryl había pedido que se la mostrasen. Algo, le confesó Zach, que su jefe no había pedido nunca. No lo había admitido, pero ella sabía cuánto lo molestaba eso.

—Yo no soy de las que se echan atrás. Además, ahora la presentación tiene un toque personal.

—Pero crees que necesita algo más.

Sabiendo que estaba en terreno resbaladizo, Allison eligió sus palabras con cuidado:

—Creo que lo que le pasó a tu madre cuando eras joven te da una experiencia que no tiene mucha gente. Además, ya sé que eres un gran comercial, pero sobre todo eres una buena persona. Te importan tus clientes, gente a la que apenas conoces, como mi hermana o esa señora de Sun City.

—Como que a James Collins le va a importar eso…

Tal vez no, pero a ella sí le importaba. Le importaba mucho Zach y el niño que había sido. Entendía por qué era tan difícil para él arriesgarse con las relaciones personales y entendía su miedo a ser rechazado como había sido rechazado por su padre, pero si pudiese abrir la puerta solo un poco…

¿Y qué haría entonces? ¿De verdad pensaba que Zach podría amarla como lo amaba ella?

—¿Estás bien, Allison?

—Sí, sí—respondió ella, después de tragar saliva. Tan bien como podía estarlo una mujer enamorada del hombre equivocado.

Martha entró en ese momento en la sala de juntas.

—Allison, tienes una llamada. Es tu hermana.

Ella se disculpó para ir a su despacho. No le había dicho a Zach que lo amaba, ¿verdad? Incluso pensarlo era horrible, pero si lo había dicho en voz alta, ya no podría esconderse.

—Hola, Bethie. ¿Va todo bien?

—Esto empieza a convertirse en una costumbre, ¿no?

—¿A qué te refieres?

—A llamar a la oficina para contarte mis problemas. Sé que no te gusta…

—No me importa en absoluto, Bethie—la interrumpió Allison—. Nada es más importante que tú.

Al otro lado de la línea hubo un silencio. ¿Creería su hermana que lo decía de corazón o seguiría desconfiando de ella?

—Gage quiere el divorcio.

Allison se llevó una mano al corazón.

—¿Te lo ha dicho él?

—Acaba de decírmelo—respondió Bethany—. Pensé que si le daba un poco de tiempo me perdonaría, pero no lo ha hecho.

—Lo siento mucho… no sé qué decir. ¿Cómo puede hacerte eso?

—No es culpa suya sino mía. Pero no sé qué voy a hacer, Allie—dijo Bethany, con voz temblorosa—. No sé cómo voy a criar sola a este niño.

—No estás sola. Yo estoy aquí para todo lo que necesites. Y tú sabes lo emocionada que está mamá con su nieto. Cuando nazca el bebé, no le dejará ni respirar.

La trémula risa de Bethany hizo que albergase cierta esperanza. Aquello era lo que había esperado desde que volvió a casa.

Sentada en la cocina de la casa de Bethany, Allison intentaba animar a su hermana, que tenía los ojos enrojecidos, pero no había derramado una sola lágrima. Tampoco había dicho nada malo sobre Gage ni le había dado una explicación sobre su separación.

—No puedo creer que Gage vaya a hacerlo—dijo Allison.

Siempre le había caído bien su cuñado y no entendía qué podía haber ocurrido entre ellos. Sabía que tenían problemas, pero que pidiese el divorcio cuando Bethany estaba esperando un hijo...

—Pensé que volvería, que recuperaría el sentido común.

—Y lo ha hecho—dijo Bethany.

—¿Estás diciendo que pedir el divorcio de una mujer embarazada es una decisión sensata?—exclamó Allison, incrédula—. Cuéntamelo, Bethie. Erais tan felices que no entiendo qué puede haber pasado. ¿Hay alguien más?

Bethany se llevó las manos al abdomen.

—Supongo que podríamos decir que sí.

—¿Quieres decir que Gage se ha ido por el niño?

—Cuando nos casamos, Gage quería esperar antes de formar una familia y a mí me pareció bien. Me habría gustado tener hijos de inmediato, pero no me importaba esperar un poco. Pasó un año y luego otro y otro… de repente, todas mis amigas tenían una familia. Mirase donde mirase solo veía bebés, niños en los columpios, en cochecitos por la calle. Todo el mundo parecía tener un hijo menos yo—Bethany dejó escapar un largo suspiro—. Gage estaba estresado por algo que no me contaba y decidí que sería mejor dejarlo por el momento. Pero pasó otro año y ya no quería esperar más, así que le dije a Gage que era hora de que tuviésemos un hijo.

—¿Y qué pasó?—le preguntó Allison.

—No lo sé. He intentado recordar ese momento una y otra vez y sigo sin saber qué pasó, pero Gage explotó de repente. Me dijo que no quería tener hijos, ni ahora ni nunca.

—¿Gage dijo eso?

—Tampoco yo podía creerlo. Me decía a mí misma que lo asustaba la idea de ser padre, pero que se le pasaría… y entonces papá murió y supongo que me volví un poco loca.

—Todos nos volvimos locos—murmuró Allison.

—Tal vez, pero lo que yo hice fue dejar de tomar la píldora sin decírselo a mi marido.

—Oh, Bethany…

—Sí, lo sé, es terrible. Sé que he traicionado a Gage y que no merezco su perdón.

—¿Eso es lo que él te ha dicho?

—No—respondió Bethany, con un gesto de derrota—. Gage no me ha dicho nada, ni una palabra. Se marchó y estuvo fuera de casa durante varios días. Solo volvió para hacer la maleta y no hemos vuelto a tener una conversación desde entonces. Así que ahora tengo el hijo que quería, pero he perdido a mi marido. Imagino que no se puede tener todo.

—Lo siento mucho, Bethie. Y siento mucho no haber estado a tu lado cuando papá murió—dijo Allison entonces.

Su hermana la miró como hacía siempre que recordaba ese horrible momento.

—No quiero hablar de ello.

—Pero tenemos que hablar. Quiero que volvamos a ser las de antes. Éramos más que hermanas, éramos amigas. A ti te vendría bien una amiga ahora mismo y a mí también.

Su hermana se inclinó hacia delante, mirando sus manos como si fueran una bola de cristal.

—Yo estaba en casa cuando papá sufrió el infarto y llamé a la ambulancia mientras intentaba calmar a mamá. Ella fue con él y yo fui detrás en mi coche… Cuando llegamos al hospital solo quería verlo, como si eso fuese a arreglarlo todo. Pero cuando por fin nos dejaron entrar en la habitación era porque sabían que papá no iba a salir de allí. Me senté a su lado, intentando encontrar palabras para despedirme… —Bethany levantó la mirada y, en sus ojos, Allison vio el resentimiento que había guardado durante meses—. Papá despertó un momento y preguntó por ti. Y tú no estabas allí.

No había estado al lado de su padre cuando más la necesitaba, no había podido apretar su mano, mirarlo a los ojos y decirle adiós…

—Oh, Bethany…

Su hermana se levantó, con la furia que había guardado durante todo ese tiempo.

—La verdad, no sé por qué me sorprendió. Desde que te fuiste a Nueva York, tú eras lo único que le importaba. No había vacaciones si Allison no estaba aquí, no había fiestas si Allison no estaba aquí. Daba igual que yo estuviera aquí en todos los cumpleaños, en todos los aniversarios…

—No, Bethie, no es verdad.

—¿Cómo lo sabes? Tú no estabas aquí.

—Por eso preguntó por mí. No porque me quisiera más que a ti, Bethie. Él sabía que tú estarías a su lado. Fui yo quien se perdió la oportunidad de decirle adiós—se le rompió la voz al decir eso, pero intentó seguir—. Y lo lamento como no te puedes imaginar, pero no puedo hacer nada.

Bethany asintió con la cabeza.

—No, es cierto.

Allison entró en su casa emocionalmente agotada. No se había sentido tan vacía, tan sola, desde el funeral de su padre. Pero ella lo había pedido, ¿no? Había querido saber la razón por la que su hermana no podía perdonarla… pues bien, ya lo sabía.

«Preguntó por ti y tú no estabas allí».

Que Bethany hubiese liberado su dolor y su resentimiento debería haber hecho que todo volviera a estar bien entre ellas, pero Allison no podía haber imaginado que el proceso sería tan lento y doloroso. Las palabras de su hermana le habían roto el corazón y no sabía si algún día podría unir los pedazos.

Se movía por la casa sin saber lo que hacía y se cambió de ropa como si intentase guiar las manos de otra persona. Cuando sonó el timbre mientras se ponía un chándal, Allison no hizo caso. Quien fuera podía esperar un minuto. O pensaría que no estaba en casa y la dejaría en paz…

Pero cuando el timbre sonó de nuevo, Allison salió de la habitación y estaba poniendo la mano en el picaporte cuando escuchó una voz familiar:

—¡Abre la puerta! ¡Sé que estás ahí!

—Vete, Zach—le espetó ella, cruzando los brazos sobre el pecho.

—No pienso irme. Y tus vecinos llamarán a la policía si ven a un extraño aquí toda la noche.

«Toda la noche».

Por fin, Allison abrió la puerta.

—Deberías estar trabajando en la presentación de mañana.

—La presentación está perfecta—dijo él—. Daryl se ha quedado impresionado. Dice que va a ser un éxito gracias a ti.

—¿Gracias a mí?

—La idea de personalizarla fue idea tuya y yo no iba a llevarme el crédito por tu trabajo.

—Podrías haberlo hecho—murmuró Allison.

Kevin había hecho algo peor, pero Zach no era Kevin. Zach tenía integridad y ética profesional, algo que nunca había tenido Kevin Hodges.

—Siempre he trabajado solo, pero gracias a ti me he dado cuenta de que hay cosas que no me importa compartir.

Compartir el éxito para un hombre como Zach sería casi como abrirle su corazón a alguien.

Los ojos de Allison se llenaron de lágrimas, pero parpadeó rápidamente para disimular mientras él la abrazaba. Apoyando la cabeza en su pecho, respiró el sutil aroma de su colonia y dejó que el calor de su cuerpo la consolara hasta que, por fin, las lágrimas empezaron a rodar por su rostro. Sabía que debería apartarse, pero lo único que quería era estar allí, cerca de él.

Mucho más cerca.

Pero era un error que no quería cometer, de modo que se apartó.

—Imagino que debes odiar esto—murmuró, intentando sonreír.

Zach levantó su barbilla con un dedo para mirarla a los ojos.

—¿Qué parte?

—La parte en la que una mujer llora sobre tu camisa.

—Ah, bueno, no es tan horrible. Especialmente, si ha servido de algo—respondió él, mirándola con cara de preocupación—. ¿Ha servido de algo? ¿Puedo preguntar qué tal tu charla con Bethany sin arriesgarme a que vuelvas a llorar?

—Me ha ayudado, pero no puedo prometer que no vuelva a llorar—le advirtió ella.

—Me arriesgaré.

—Llevaba mucho tiempo esperando que Bethany me abriera su corazón, pero me temo que no ha servido de mucho—Allison se dejó caer sobre el sofá, abrazándose a un almohadón—. No sé si algún día podrá perdonarme.

—Lo hará.

—¿Cómo puedes estar tan seguro?

—Porque si Bethany es como tú, la familia lo es todo para ella. Está enfadada contigo, pero no seguirá enfadada para siempre sabiendo cuánto la quieres.

También lo quería a él, pero no podía decírselo.

Al menos, no con palabras.

Inclinándose hacia delante, Allison rozó sus labios

en un gesto de agradecimiento y Zach le devolvió el beso, mirándola con un brillo de deseo en los ojos mientras acariciaba su espalda…

Sin pensar, Allison soltó el almohadón para poner las manos sobre sus hombros. Una vocecita le advertía que estaba cometiendo un error. Tras las acusaciones de su hermana y el recordatorio de la muerte de su padre estaba demasiado triste…

«No se puede tener todo».

Las palabras de Bethany se repetían en su cabeza y Allison sabía que era cierto. «Todo» sería estar entre los brazos de Zach más de una noche. «Todo» sería saber que él la quería.

No podía tenerlo todo, pero sí podía tener aquella noche, pensó.

De modo que enredó los brazos en su cuello hasta que la idea de apartarse era tan aterradora como saltar a un lago helado. Quería quedarse así para siempre…

No sabía cómo o cuándo había ocurrido pero, de repente, estaba tumbada sobre el sofá, con Zach a su lado.

Tomando su cara entre las manos, Zach la besó apasionadamente, haciéndola temblar. Sabía que sería así, tan concentrado en el placer como en los negocios. Sentía su aliento en el cuello mientras besaba su garganta y tiraba hacia abajo de la camiseta para besar el nacimiento de sus pechos.

Murmuró su nombre mientras se agarraba al cuello de su camisa y él acarició un pezón por encima del sujetador, la fricción tan excitante que el placer la hizo olvidar sus dudas.

Allison se colocó a horcajadas sobre él y tiró del bajo de su camiseta, dispuesta a quitársela, pero Zach la detuvo, acariciando su cara.

Aún no, pensó desesperadamente, aún no. No estaba lista para enfrentarse con la realidad y quería vivir la fantasía de estar entre los brazos de Zach un poco más...

—Allie...

—¿Sí?

—No me estoy aprovechando de ti.

—No—repitió ella, distraída—. No te estás aprovechando de mí.

La risa masculina reverberó por todo su cuerpo.

—Quiero decir que no quiero aprovecharme—insistió Zach, tomando su cara entre las manos—. Sé que estás disgustada y no quiero que lo lamentes por la mañana.

Era su vena protectora, la que siempre intentaba esconder. La que ya no podía esconder.

—No...

—¿No qué?

Saltándose todas las reglas y todas las promesas que se había hecho a sí misma, Allison susurró:

—No quiero que te vayas.

—Estoy aquí—dijo Zach, envolviéndola en sus brazos.

Allí mismo, en aquel momento.

Con la cabeza apoyada en su pecho, Allison contó los latidos de su corazón mientras intentaba recordarlo todo sobre un momento que ella sabía no iba a durar.

Capítulo 10

CUANDO se abrió la puerta de la oficina de James Collins, Zach se volvió. Pero no era James sino Riana y si aquello era otro jueguecito...

—Hola, Riana. Me alegro de verte.

—¿De verdad?—preguntó ella, con una sonrisa irónica.

El jersey de punto negro que llevaba la cubría del cuello a las rodillas, pero el fino material abrazaba cada curva como las abrazaba un deportivo en una carretera peligrosa. Un hombre inteligente iría con cuidado, pero no eran los hombres inteligentes los que compraban deportivos, ¿no?

Como Allison había dicho, compraban esos coches por cómo los hacía sentir: ricos, poderosos y sexys.

Riana era todo eso, pero a Zach no lo atraía en absoluto.

Pero Allison… Allison lo encendía como ninguna otra mujer.

Por primera vez en su vida, había pasado la noche con una mujer sin pasar la noche en realidad. No sabía cuánto tiempo la había tenido entre sus brazos antes de que se quedase dormida…

Parecía tan joven, tan frágil. Y, lo supiera o no, hacía que sintiera un abrumador deseo de protegerla.

Sabía que ella no se hubiera resistido. Una simple caricia, un beso y habría sido suya. Pero, manteniendo la promesa de no aprovecharse de ella, la había llevado a la cama de madrugada, despidiéndose con un inocente beso…

Eso había sido tres horas antes y si Riana Collins tenía intención de seguir tonteando…

—Relájate, Zach—dijo la morena—. Mi padre llegará enseguida. Él nunca se pierde una reunión de trabajo. Vive para la compañía y nada más.

—Yo creo que a tu padre le importa algo más que la compañía—replicó Zach—. El otro día me presentó a varios empleados que llevan años con él, décadas incluso, y que ahora se van a trasladar al otro lado del país para seguir trabajando en la empresa Collins. La gente no se compromete de ese modo a menos que hayan sido bien tratados. Como si fueran de la familia.

Por un segundo, Zach creyó ver que la expresión de Riana se suavizaba, pero enseguida soltó una carcajada.

—Casi has hecho que lo crea.

—Sé que piensas que mi trabajo consiste en vender, pero para mí es más que eso.

Ella enarcó una ceja.

—Cuando nos conocimos pensé que eras un hombre que vivía para el trabajo, que haría cualquier cosa por su carrera.

—Y tenías razón, es así.

«Ese soy yo».

Pero Riana lo estudiaba como si no lo hubiera visto nunca y era lógico. Zach tuvo que contener el deseo de aflojarse el nudo de la corbata, que estaba estrangulándolo, pero sabía que no serviría de nada.

«Eres un gran comercial, pero lo más importante es que eres una buena persona».

Días antes habría jurado que nada le importaba más que su trabajo, pero ahora veía las cosas de otra manera. Lo que más le importaba era que Allison creyese en él, que pensara que era una buena persona.

—Pero no es todo lo que soy—dijo entonces.

—Ya lo veo—asintió Riana.

—Buenos días, Zach—lo saludó James Collins, entrando en la oficina—. Siento llegar tarde… Ah, hola, Riana, no sabía que estarías en la reunión.

—Ya me iba, papá. Zach es todo tuyo.

James miró por encima de su hombro mientras ella cerraba la puerta y, por un momento, Zach vio lo que Allison le había dicho: James Collins era un empresario, pero también era un padre que no sabía qué hacer con su hija. Sin embargo, cuando se volvió para mirarlo, la confusión había desaparecido de sus ojos.

—Antes de empezar, debes saber que la relación que tengas con mi hija no influirá para nada en mi decisión.

—Ya lo sabía—dijo Zach—. Y, antes de antes de empezar, debo decir que Riana y yo no tenemos ninguna relación.

—Muy bien, me alegro.

En los años que llevaba trabajando para Knox, Zach había aprendido a leer la expresión de los clientes. Sabía cuándo una presentación iba bien y cuarenta y cinco minutos después, la presentación para James Collins no iba bien.

Él escuchaba y hacía preguntas mientras miraba la pantalla del ordenador portátil, pero Zach sabía que no iba a firmar el contrato.

Necesitaba un toque personal…

Si quería que Allison creyese en él, que confiase en él, tal vez era hora de hacer lo propio, pensó.

Esperando no estar a punto de cometer un suicidio profesional, Zach dijo:

—La verdad es que Seguridad Knox es la mejor empresa del mercado. Puedo decirle todo lo que quiera saber sobre sensores de última generación y aparatos diseñados para evitar robos, pero en lo que creo que Seguridad Knox es diferente a las demás empresas del ramo es en su interés por la seguridad de las personas.

Respirando profundamente, y deseando que Allison estuviese con él, Zach se lanzó a aguas desconocidas:

—Eso fue muy importante para mí cuando decidí instalar un sistema de alarma en casa, después de que un intruso entrase una noche, cuando mi madre estaba sola.

Al ver un brillo de interés en los ojos de Collins, le contó toda la historia…

—No me gustaba dejarla sola en casa por las noches, pero desde que instalamos la alarma al menos me siento seguro.

James Collins sonrió.

—¿Sabes que la primera joya que creé fue para mi madre? Me dijo que era el broche más bonito que había visto en toda su vida. Aunque no era tan bonito.

—Imagino que ahora valdrá una fortuna.

Él negó con la cabeza.

—Habría valido una fortuna si no se hubiera soltado el cierre unas semanas después—le dijo, inclinándose hacia delante para mirar la pantalla del ordenador—. Cuéntame más sobre la alarma silenciosa…

Su móvil sonó una vez y luego se quedó en silencio. Al ver que era el número de Daryl, Allison se colocó en el centro del local.

—¡Atención todo el mundo!—gritó, intentando hacerse oír por encima del ruido del bar—. ¡Daryl y Zach vienen hacia aquí!

—¡Vamos a escondernos!—sugirió alguien.

—¿Dónde?—preguntó Brett Mitchell.

El bar estaba lleno de empleados de Seguridad Knox, reunidos para celebrar la victoria de Zach. Daryl había decidido organizar una fiesta sorpresa y Caroline había llevado canapés.

—Apartaos de la entrada e intentad disimular…

Un coro de risas siguió a tal petición, pero algunos se pusieron de espaldas, otros se volvieron hacia el patio. Un minuto después, su móvil volvió a sonar una vez, la señal de que estaban a punto de entrar, y Allison hizo gestos para indicar que era el momento.

—¡Sorpresa!

Riendo, Zach aceptó felicitaciones y palmaditas

en la espalda. Y Allison se sintió orgullosa. Era una tontería, tanto como el deseo de echarle los brazos al cuello y darle la enhorabuena con un beso.

Pero no ayudaba nada que su último recuerdo de Zach, uno que se quedaría con ella para siempre, fuera un casto beso en los labios mientras murmuraba: «sueña conmigo».

¡Como si pudiera hacer otra cosa!

Zach Wilder se había metido en su corazón y pensaba en él día y noche, de modo que tenía un serio problema.

Tardó casi diez minutos en llegar a su lado y cuando lo hizo su corazón latía desbocado.

—Allison…

Su voz ronca hizo que sintiera un escalofrío.

—Enhorabuena, todo el mundo se alegra por ti.

—Todo el mundo se alegra de beber gratis—bromeó él.

Allison no podía discutir. Aunque todos lo habían felicitado calurosamente, la mayoría se había dirigido inmediatamente después a la barra.

—Lo estás pasando fatal, ¿verdad?

—¿Tienes que preguntar?

—Me alegro tanto de ser en parte responsable por hacerte sufrir—bromeó Allison—. Pero tal vez puedas olvidarte del trabajo por una noche y pasarlo bien.

—Anoche no estaba pensando en el trabajo—susurró Zach.

Ella estaba a punto de preguntar si lo había pasado bien cuando Daryl se colocó en medio del bar.

—¡Atención, por favor! Quiero felicitar a Zach por un trabajo bien hecho. James Collins tiene fama de contratar solo a los mejores y tenemos que darle las gracias a Zach por ello—anunció, levantando su copa—. ¡Por Zach Wilder!

Todos, Allison incluida, levantaron sus copas para brindar. Pero entonces, de repente, Zach sujetó su muñeca.

—¿Qué haces?

—Gracias, Daryl y gracias a todos por venir—empezó a decir Zach—. Trabajar para Joyerías Collins es una gran oportunidad para la empresa y, como siempre, estoy deseando empezar.

—Todo esto era un truco, ¿no?—gritó Brett—. Nos has traído aquí para trabajar.

—Será mejor que terminéis vuestras cervezas, tenemos una reunión en cinco minutos… —Zach soltó una carcajada al escuchar el coro de protestas—. Bueno, no, creo que podemos esperar hasta el lunes. Esta noche es para celebrar, pero la celebración no estaría completa… de hecho, no habría celebración de no ser por Allison Warner. Hemos conseguido este cliente gracias a sus consejos sobre la presentación y sin su ayuda no tendríamos nada que celebrar, así que…— Zach levantó su copa—. Por Allison.

Mirándolo a los ojos, Allison se olvidó de Daryl y del resto de sus compañeros. Estaba en un mundo donde solo Zach existía y cuando apretó su mano fue como si estuviera apretando su corazón.

—¡Por Allison!

—Tenías razón, no podría haberlo hecho sin ti.

—Yo no…

—Tú sí—la interrumpió Zach, apretando su mano de nuevo.

Allison no pudo replicar porque todos querían hablar con ella. Y aceptó las felicitaciones con una sonrisa, pero apenas podía concentrase en lo que le decían.

No sabía qué la sorprendía más: que Zach hubiera escuchado sus consejos y usado su experiencia personal para conseguir un cliente, algo que había jurado no hacer nunca, o que compartiese los aplausos y el crédito con ella, algo que Kevin jamás hubiera hecho.

—Bueno, Allison, cuéntame cómo lo has hecho— dijo Brett Mitchell, pasándole un brazo por los hombros. Joven y dispuesto, era uno de los asistentes de ventas a los que Zach detestaba, pero a ella le caía bien. Con su pelo rubio y su amplia sonrisa, parecía el vecino de al lado y estaba segura de que algún día sería un buen comercial.

—¿Cómo he hecho qué?

—¿Cómo has conseguido impresionar tanto a Zach?

—Sí, Allison—escucharon entonces una voz femenina—. ¿Cómo lo has hecho?

Era Caroline Wilder. Y, a juzgar por su sonrisa, Caroline pensaba que había hecho algo más que impresionarlo.

Mirar a Zach en ese momento era lo último que debía hacer, pero no pudo evitarlo. Debería estar saboreando su triunfo, disfrutando de la atención y los aplausos y, sin embargo, estaba pendiente de ella.

Podía imaginarse a sí misma soltando el nudo de su corbata, desabrochando los botones de su camisa...

Afortunadamente, Brett había bebido lo suficiente como para no enterarse de nada y Caroline, bueno

Caroline era quien había puesto esos pensamientos en su cabeza, de modo que resultaba imposible esconderlos.

—He tenido suerte, eso es todo. Le di algún consejo, pero es él quien ha conseguido la cuenta, no yo.

—Ojalá yo tuviera esa suerte—dijo Brett.

—Date un poco de tiempo, hombre. Algún día llegará tu oportunidad.

—Parece que ahora mismo mi única oportunidad está en la barra.

Sacudiendo la cabeza, Brett se perdió entre la gente y Allison sonrió.

—Es una fiesta estupenda, ¿verdad?

—Desde luego que sí. Y todo gracias a ti.

—Yo no he tenido tanto que ver con la organización de esta fiesta como crees…

—Me refería a James Collins—la interrumpió Caroline—. Zach me ha contado que le diste sabios consejos.

—Sí, bueno…

—Hasta que apareciste tú, nunca le había interesado tanto una chica, pero veo cómo te mira y cómo le miras tú.

Allison se aclaró la garganta. Ella era demasiado realista como para pensar que una relación entre Zach y ella podría ser duradera… algo que había olvidado la noche anterior. Si él no se hubiese apartado, habrían llegado hasta el final.

Pero hubiera sido un error.

Su discusión con Bethany la había dejado sintiéndose como si la hubieran arrastrado por el asfalto durante varios kilómetros. Estaba tan triste y angustiada que podría haber dicho cualquier cosa…

Pero saber que estaba enamorada de Zach era una cosa; que él lo descubriese, otra muy diferente.

—Nunca lo había visto tan feliz.

—Acaba de conseguir el contrato más importante de su carrera—le recordó Allison—. Claro que está feliz.

Caroline hizo una mueca.

—Imagino que ya te habrás dado cuenta de que el trabajo no hace feliz a mi hijo.

Allison decidió alejarse de sus ruidosos compañeros para buscar una mesa en el patio. Podía seguir escuchando la música del interior del local, pero el aire fresco la relajó un poco.

—Veo que es mi turno de descubrir lo enfadada que estás conmigo.

Allison se volvió al escuchar la voz de Zach, con el pulso acelerado.

—¿Enfadada?

Él apartó una silla para sentarse a su lado.

—Porque le he contado a todo el mundo lo brillante que eres. Tú sabes que Daryl te ofrecerá un puesto fijo después de esto.

Ella esperó la consiguiente oleada de pánico pero, por primera vez, no tenía miedo. La camaradería de aquella noche le recordaba lo bueno de trabajar en un lugar fijo, de tener compañeros con los que mantenía buenas relaciones y una situación donde el éxito de una persona de verdad significaba el éxito para todos. Además, no quería preocuparse por el futuro en aquel momento. Sencillamente, quería disfrutar de la noche.

—No estoy enfadada, al contrario, estoy contenta. Significa mucho para mí.

—¿En serio?

—El otro día me preguntaste si me dolió irme de Nueva York, pero la verdad es que cuando mi padre murió todo cambió de repente. Bethany apenas me dirigía la palabra, de modo que mi madre sería la única razón para volver a Phoenix y ella me aconsejó que regresase a Nueva York. Había pedido unos días de vacaciones por asuntos propios y volví unas semanas después—Allison suspiró, recordando—. Había conseguido ese contrato con la famosa empresa de cosméticos y tenía que crear varios anuncios. Esperaba trabajar largas horas para olvidar la muerte de mi padre…

Zach asintió con la cabeza. Estaba claro que sabía de lo que hablaba.

—Cuando volví a la agencia, descubrí que ese contrato ya no era noticia. Kevin había conseguido tres nuevos clientes mientras yo estaba aquí. Y me alegre por él, pero la verdad es que me sorprendió. Kevin era amigo del dueño de la agencia y… en fin, la mayoría del tiempo actuaba como tal. Aceptaba los clientes que le pasaban, pero no los buscaba él mismo, no se esforzaba demasiado.

—A ver si lo adivino—dijo Zach— el bueno de Kev estaba celoso de ti. Los aplausos que recibiste por conseguir el contrato con la empresa de cosméticos lo inspiraron para ponerse a trabajar.

Allison sonrió, sus ojos verdes brillando a la luz del farol.

—Ojalá hubiera sido así. No, los aplausos le inspiraron a robar mis ideas.

—¿Robar tus ideas?—repitió él, incrédulo.

—Yo se lo puse muy fácil. Tenía un ordenador portátil en el que guardaba todos mis archivos y como Kevin y yo vivíamos juntos…

—Da igual que se lo pusieras fácil. No tenía derecho a robar tus ideas y presentarlas como si fueran suyas.

Era lógico que Allison tuviese tanto miedo de triunfar, pensó Zach. Después de un éxito profesional había sufrido una traición personal y profesional gracias al canalla de su ex.

—Dime que lo denunciaste. Por lo que me has contado del tal Kevin, alguien más que tú debió darse cuenta de que él no sería capaz de aportar ideas nuevas.

—Lo intenté—respondió ella—. Primero me enfrenté con Kevin, quien dijo que era culpa mía. Supuestamente, yo debía estar ahí para apoyarlo, animarlo y ser su musa, no para hacerlo quedar mal. Fue entonces cuando me enfadé de verdad. Hasta entonces estaba dolida y sorprendida. Esperaba que me pidiese disculpas y admitiese que había hecho mal, pero hizo todo lo contrario—Allison suspiró—. Cuando intentó culparme a mí por lo que había pasado, le mostré al jefe las primeras versiones de esos anuncios, algo que solo tenía yo. Pero el dueño de la agencia era amigo de la familia de Kevin, la persona que lo había llevado a Nueva York. Yo solo era la novia que había ido con él. Despedir a Kevin hubiera significado reconocer un error, despedirme a mí no significaba nada.

—Pues él se lo pierde—dijo Zach—. Se merece a Kevin, no te merece a ti.

Era cierto: Allison merecía lo mejor. Más de lo que él podía ofrecerle. Al principio había pensado que no quería nada serio, que iba de relación en relación como de trabajo en trabajo, pero ahora sabía lo importante que era la familia para ella. Su pena cuando hablaba de su padre o de la mala relación con Bethany, su emoción por el sobrino o sobrina que estaba a punto de tener… Allison quería una familia, un compromiso de por vida, todo lo que él no podía prometerle. Ir de trabajo en trabajo no era más que un mecanismo de defensa para esconder su vulnerabilidad, para no volver a sufrir… y eso era lo que sin duda ocurriría si mantuvieran una relación.

—Ellos se lo pierden —repitió, turbado por tal pensamiento—. Lo he dicho en serio, Allison, no habría conseguido ese contrato sin ti.

Ella lo miró a los ojos, como esperando ver allí la razón por la que había aceptado su consejo y Zach rezó para que no preguntase porque no sabría qué responder. Llevaba años trabajando de la misma forma, separando la vida personal de la profesional y aún no sabía cómo había hecho que cambiase de opinión. Cómo lo había cambiado a él…

«Date la vuelta ahora que todavía puedes hacerlo».

Casi como si hubiera leído sus pensamientos, Allison dijo:

—Entonces, es hora de que lo celebremos. Aún hay gente por ahí que quiere felicitarte.

—¿Como ese chico?

—¿Qué chico?

—El que no dejaba de mirarte mientras hablabas con mi madre.

—¿Brett? No, Brett es… —Allison sonrió—. No me digas que estás celoso, Zach Wilder.

—No, qué va. No es tu tipo.

—¿Yo tengo un tipo?

—Sí, claro—respondió Zach—. Para empezar, Brett es un crío. No es un reto en absoluto.

—¿Quién dice que me gustan los retos?

—Tú me retas todo el tiempo.

Allison esbozó una sonrisa, mostrando ese maldito hoyito en la mejilla que lo tenía obsesionado.

—Brett es ayudante de ventas. Empezó en Knox poco antes que yo… sé lo que piensas, pero puede que acabe cayéndote bien.

—¿Por qué?

—Porque es tu fan número uno—respondió Allison, levantándose—. Y hay algo en él que me recuerda a ti. Ven, te lo presentaré.

—No tienes que presentármelo, ya lo conozco.

—Entonces, ven a charlar un rato con él, seguro que le hará ilusión hablar con su héroe.

Suspirando, Zach se levantó para seguirla al interior del local. Como esperaba, Brett se mostró encantado, haciéndole montones de preguntas y dispuesto a agradar a cualquier precio. Zach no entendía por qué los comparaba Allison; él nunca había sido un cachorrito alegre como aquel.

Sí, bueno, cuando George Hardaway instaló la alarma en casa de su madre tantos años atrás, Zach le había hecho un par de preguntas,… en fin, veinte preguntas sobre el sistema, la instalación, las herramientas que usaba. Y tal vez lo había llamado un par de veces parea recordarle su promesa de conseguirle un trabajo como aprendiz durante el verano. Y tal vez…

Allison tenía razón. Tal vez había sido como Brett mucho tiempo atrás.

Y tal vez debería devolver el favor que le había hecho George Hardaway. Pero no era en George en quien estaba pensando mientras le ofrecía a Brett que lo ayudase en su siguiente proyecto sino en Allison y en el placer que sentía al verla sonreír.

Capítulo 11

GIRA aquí—dijo Zach. Y Allison giró el volante para entrar por un camino de piedra.

Cuando Caroline le pidió que llevase a su hijo a casa porque había tomado un par de cervezas y así se sentiría más segura, Allison había vacilado un momento. Ella solo había tomado una cerveza, junto con un montón de patatas fritas que le habían formado una capa de grasa en el estómago, de modo que podía conducir sin problemas. No era eso lo que la preocupaba sino lo de ir a su casa. A casa de Zach. Los dos solos en casa de Zach.

La noche anterior, su pena había evitado que entrasen en territorio desconocido, ¿pero qué iba a impedirlo esa noche? ¿Qué *debía* impedirlo?

Si se metía en ello con los ojos bien abiertos y tenía cuidado, él jamás sabría lo enamorada que estaba. Y esa noche, ese momento, podría ser suyo.

Indecisa, Allison miró la casa.

—No es lo que yo esperaba —la casa, de estilo colonial, tenía un arco en la entrada y un patio al que se entraba a través de una intricada puerta de hierro forjado—. Es tan…

—¿Tan qué?

—No te pega nada—respondió Allison.

Zach sonrió.

—¿Y qué tipo de casa me pegaría?

—No lo sé, yo había imaginado un sitio como las oficinas de Knox.

—¿Pensabas que vivía en un edificio de oficinas? Me gusta mi trabajo, pero no tanto—bromeó Zach mientras los sensores de movimiento encendían la luz automáticamente. Había cactus y otras plantas bordeando el camino y un ruidito entre los arbustos le recordó que en esa zona había criaturas del desierto: lagartos, ardillas, coyotes, conejos.

—No, no en un edificio de oficinas, pero sí en un edificio de acero o granito.

—¿Decepcionada?

—No, al contrario, es una casa preciosa—dijo Allison, cautivada por el encanto rústico del edificio.

La verja de hierro chirrió y Zach se disculpó con una sonrisa.

—Siempre se me olvida echar aceite en las bisagras.

—No, está bien. Es uno de esos toques que hace que una casa parezca un hogar.

—Esa es una buena excusa para mi pereza, gracias.

—En la casa de mis padres había un peldaño que crujía y mi padre nunca lo arregló porque cuando oía el crujido sabía que Bethany y yo estábamos en casa y podía irse a dormir.

—¿No podríais haber saltado sobre el peldaño?

—¿Y hacer que mi padre no pegase ojo en toda la noche? No, no hubiéramos hecho eso.

—Ah, qué niñas tan buenas.

—Seguro que tu madre también se preocupaba cuando llegabas tarde a casa.

—Nos cuidábamos el uno al otro—Zach se encogió de hombros—. Pero mi madre trabajaba en dos sitios diferentes cuando yo era un crío y contaba con que yo cuidase de mí mismo—añadió, desactivando la alarma antes de abrir la puerta.

Allison tuvo una impresión de paredes pintadas en color beige, suelos de madera y sofás de cuero. El efecto era rústico y masculino, muy apropiado para el hombre que vivía allí.

No sabía cuándo habían dejado de hablar, pero se daba cuenta de todo lo que *no* estaban diciendo cuando Zach se acercó un poco más.

Se sentía como un conejo cegado por la luz de unos faros, indecisa, abrumada, sin saber hacia dónde tirar…

—Bueno, ya está. Hemos sobrevivido a dos semanas trabajando juntos—dijo Zach.

Pero Allison no era un conejito asustado y no quería salir corriendo.

—Y, gracias a ti, eso ha sido un reto mayor que conseguir el contrato con Collins.

—¿Gracias a mí?

—Eres notoriamente difícil, Wilder.

Zach soltó una carcajada.

—Lo peor será tener que decirle a Daryl que tú tenías razón.

—Formaríamos un buen equipo—dijo Allison entonces.

Había pasado toda la vida cuidando de sí mismo y una noche no iba a cambiar eso, pero quería demostrarle cuánto le importaba. Esperando no estar cometiendo un grave error, le recordó:

—Seguimos trabajando juntos.

Pero en lugar de asentir, en lugar de dar un paso atrás, Zach murmuró:

—Hasta el lunes no.

Y el lunes, como el trabajo, de repente parecía estar muy lejos. Especialmente cuando Zach y su dormitorio estaban mucho más cerca.

Leyendo la respuesta en sus ojos, la tomó entre sus brazos y se apoderó de su boca en un beso tan apasionado que el aire parecía vibrar a su alrededor. La dejó sin aliento, de puntillas, apretándose contra él, tan cerca que le molestaba la ropa, cada milímetro de distancia que la separaba de él.

Zach murmuraba su nombre una y otra vez, cada murmullo haciéndola sentir escalofríos hasta que pensó que iba a derretirse allí mismo.

Intentó desabrochar los botones de su camisa, pero eran muy pequeños y ella estaba demasiado nerviosa, de modo que sacó los faldones del pantalón para tocar su piel, el estómago plano…

—Hazme el amor, Zach.

Él musitó su nombre mientras la tomaba en brazos para llevarla al dormitorio y Allison rio, absurdamente feliz. Zach no encendió ninguna lámpara, pero entre la luz de la luna que entraba por las cortinas abiertas y la del pasillo había luz más que suficiente para ver el brillo de sus ojos mientras la dejaba sobre la cama y se quitaba la camisa. El vello de su torso le hacía cosquillas cuando se colocó sobre ella, pero Zach contuvo el aliento cuando rozó su abdomen con los dedos para quitarle el cinturón.

—Ha sido un día asombroso—murmuró.

—Y esta noche está siendo aún más asombrosa—dijo él, su voz cargada de deseo.

Pero Allison sabía que no era sensato tomar en serio las palabras que un hombre y una mujer se decían cuando estaban piel con piel.

Aun así, tuvo que tomar aire antes de añadir:

—Conseguir la cuenta de James Collins...

—Puede que no te lo creas, Allie, pero no me apetece hablar de trabajo ahora mismo.

—¿Entonces no tengo que preocuparme? ¿No me estoy aprovechando de ti?

Zach soltó una carcajada.

—Te estás aprovechando desde el día que nos conocimos. Cada vez que te miro, en lo único que puedo pensar es en hacer esto—le dijo, besando su cuello—. Y esto...

Allison apenas notó que se quitaba el resto de la ropa, salvo cuando tuvo que dejar de besarlo para quitarse la falda y la camisa. Temblaba de anticipación cuando él le quitó el sujetador, el deseo derritiendo músculos y huesos hasta que su cuerpo parecía líquido, atraído por el de Zach tanto como el océano por la luna.

Había algo especial en aquel encuentro, algo raro, precioso y finito. Pero no quería pensar en el futuro cuando el presente ofrecía tantas promesas.

Zach se enterró en ella y Allison le dio la bienvenida enredando las piernas en su cintura para no dejarlo escapar...

Lentamente, él empezó a moverse, aumentando el ritmo de forma gradual hasta hacerla perder la cabeza. Allison se arqueaba con cada embestida, jadeando, recibiéndolo, hasta que el placer los envió a los dos de vuelta a la Tierra, el uno en los brazos del otro.

Zach despertó el lunes por la mañana y, por primera vez en su vida, no quería ir a trabajar. Por supuesto, también por primera vez en su vida, había una mujer preciosa a su lado. Había tenido aventuras, pero muy pocas veces una mujer había dormido con él o había pasado todo el fin de semana. Sin embargo, no había podido despedirse de Allison. Habían pasado el fin de semana encerrados en un mundo de ensueño en el que el lunes no existía.

Pero el juego no podía durar para siempre y la realidad era que tendrían que verse en la oficina en un par de horas.

Allison seguía durmiendo y Zach alargó una mano para tocar su frente. Los primeros rayos del sol que se colaban por las cortinas hacían que su pelo pareciese dorado. Llevaba una de sus camisetas, una que nunca volvería a ponerse sin pensar en ella, pero ya conocía cada centímetro de la piel escondida bajo la prenda. La conocía y, sin embargo, estaba deseando explorarla de nuevo. Allison lo asombraba. Era una mujer segura de sí misma, atrevida, pero al mismo tiempo cariñosa y vulnerable. Y lo último que querría era hacerle daño…

Allison abrió los ojos y se apartó el pelo de la cara, adormilada.

—Bueno, ya está, tenemos que volver a trabajar—

murmuró con una sonrisa que le pareció un poco forzada.

Estaba poniéndoselo fácil, diciendo lo que creía que él quería escuchar para que no se sintiera culpable.

—Allie…

—No pasa nada, Zach, en serio—Allison saltó de la cama y empezó a recoger su ropa, tirada por el suelo—. Sé que probablemente te preocupa que… no sé, que esté tan abrumada de deseo que me lance sobre ti en medio de una reunión, pero prometo contenerme.

—Una pena.

—Sí, ¿verdad?—la sonrisa de Allison desapareció del todo, dejando solo a la mujer vulnerable.

Sabía que lo mejor sería cortar de inmediato, pensar que aquel fin de semana asombroso solo había sido un momento de locura, de pasión, y que los dos debían seguir adelante con sus vidas. Conseguir el contrato con Collins solo era la punta del iceberg y la decisión sobre el nuevo director del departamento comercial sería anunciada la semana siguiente. Un ascenso que significaría viajar casi constantemente. Eso sería un reto para cualquier relación y más para una que acababa de empezar.

¿No sería mejor cortar de inmediato?

«Déjala ir. Piensa en el ascenso, piensa en San Francisco, piensa en seguir subiendo escalones».

Eso era algo que lo había inspirado en el pasado pero, también por primera vez, ya no era así. Y no sabía qué hacer.

—No quiero dejar de verte, Allie.

Tal vez estaba haciendo el ridículo, pensó al ver que ella lo miraba, boquiabierta. Tal vez él quería seguía adelante, pero Allison no estaba interesada.

—Seguramente sonará como algo absurdo… ni siquiera sé lo que te estoy ofreciendo. Tú misma has dicho muchas veces que yo sería un novio espantoso—Zach tragó saliva—. El ascenso a director del departamento comercial significa que tendré que viajar todo el tiempo… y tú mereces algo mejor.

Mucho más de lo que él podía ofrecerle.

Allison se aclaró la garganta.

—Si tú lo dices… —bromeó.

Zach suspiró, aliviado. Era evidente que sentía lo mismo que él. Y Allison le importaba más de lo que quería reconocer, más que…

El pensamiento quedó truncado mientras le quitaba la camisa de la mano para volver a tirarla al suelo.

—Pero nada de lanzarte sobre mí en medio de una reunión.

Allison rio y su risa puso voz a la absurda felicidad que sentía por dentro.

—Entonces, supongo que tendré que aprovecharme de ti ahora mismo.

Capítulo 12

ZACH entró en la oficina conteniendo el deseo de ponerse a silbar. No recordaba la última vez que se había sentido tan relajado, tan contento. ¿Y cómo no iba a estar contento? Allison y él no se habían separado desde la fiesta del viernes. Y verla en la oficina no era tan raro como había pensado.

A pesar de las bromas, Allison lo trataba igual que la semana anterior, antes de acostarse juntos. Si alguien tenía un problema para controlarse, era él.

Como había imaginado, su aportación a la presentación para James Collins había llamado la atención del consejo de administración y Daryl le había pedido que ayudase a otro comercial cuando no estuviera con Zach. Allison no había vuelto a decir que quería marcharse de Knox y, cuanto más lo pensaba, más se daba cuenta de que debería permanecer allí.

Había hecho un trabajo estupendo y Daryl y el

resto del equipo de ventas estaban encantados con ella. Incluso se llevaba bien con Martha, con quien nadie se llevaba bien. Debería quedarse, pensó. Además, no tendrían que seguir trabajando juntos porque él sabía que iban a darle el puesto de director del departamento comercial. Después de conseguir el contrato con Collins, ¿cómo no iban a hacerlo?

—Llegas tarde—dijo Martha.

Zach enarcó una ceja.

—¿Tarde? Pero si son las ocho.

—Exactamente—dijo la recepcionista, con un esbozo de sonrisa—. ¿Desde cuándo llegas a la oficina después que yo? Aparte de esta semana, claro.

Zach frunció el ceño. Se había tomado su tiempo yendo a trabajar porque no quería dejar a Allison. Esa mañana habían desayunado en el patio, disfrutando de la brisa matinal y discutiendo sobre qué sección del periódico querían leer primero.

—No tengo una cita hasta mediodía. Si la tuviera...

—Zach, estoy de broma—lo interrumpió Martha—. Todo el mundo sabe cuánto trabajas.

Él movió los hombros, intentando librarse de una repentina inseguridad. Llegar a su hora y no dos horas antes no significaba que estuviera perdiendo el interés por su trabajo.

Seguía intentando convencerse a sí mismo más tarde esa mañana cuando Daryl le pidió que fuera a su despacho. Debería haberlo esperado, pero el anuncio de que el consejo había tomado una decisión lo pilló desprevenido.

Dejándose caer sobre una silla, Zach saludó a los miembros del consejo, con los que se comunicaba por conferencia telefónica, y escuchó mientras le informaban sobre la decisión que habían tomado.

Pero, de repente, los parabienes se convirtieron en condolencias…

—Espero que lo entiendas—dijo una voz sin rostro—. Aunque haces un trabajo estupendo, hemos pensado que alguien más experimentado sería mejor para el puesto de director del departamento comercial.

Zach había dejado de escuchar después de la primera frase. Los halagos daban igual, lo importante era que le habían dado el puesto a otro. Y él había estado tan seguro de que era para él que la sorpresa lo dejó casi mareado, como si el mundo se hubiera puesto patas arriba.

¿Era eso lo que sintió su padre al descubrir que Caroline estaba embarazada? ¿Cuando vio que sus sueños se le escapaban de las manos y no podía hacer nada al respecto?

Sin embargo, Zach mantuvo una expresión hermética. Los miembros del consejo de administración no podían verlo, pero Daryl estaba sentado frente a él.

—Gracias por tomarme en consideración. Estoy seguro de que han tomado la decisión acertada—dijo por fin.

Daryl cortó la comunicación y lo miró con expresión apenada.

—Lo siento.

Zach se levantó y apoyó las manos sobre el escritorio de su jefe.

—¡Maldita sea, Daryl! ¡Bob Henderson no ha traído un cliente nuevo desde que yo empecé a trabajar en este departamento!

—Pero sus cuentas…

—Son algunas de las más importantes de California—terminó Zach la frase por él—. Lleva seis años viviendo de esas cuentas, pero eso no significa que sea un buen comercial. Significa que *era* un buen comercial.

Daryl se levantó, suspirando.

—Nadie está cuestionado tu trabajo o tu talento. De hecho, deberías sentirte orgulloso. Pronto llegará tu turno, Zach, y aunque sé que ahora mismo estás decepcionado, me alegro de que sigas siendo parte del equipo.

Zach sabía que Daryl esperaba que asintiese, pero no podía hacerlo. Después de semanas trabajando sin descanso se había quedado sin palabras. El hombre que podía venderle una nevera a un esquimal no sabía qué decir. No había podido hacer la venta más importante, no había podido hacer que el consejo de administración le diese el puesto que deseaba.

De modo que se dio la vuelta, furioso. Tal vez el puesto de director del departamento comercial solo había sido un ascenso perdido, pero pronto sería un contrato perdido, un cliente perdido, luego otro y otro.

¿Cuántas veces se había recordado a sí mismo que no podía tener una vida personal y triunfar en la vida profesional al mismo tiempo? Se había distraído y estaba pagando el precio.

Cuando llegó a la puerta de su despacho estuvo a punto de chocar con Allison y ella puso una mano sobre su torso para no perder el equilibrio, pero Zach se apartó de inmediato al notar el calor de su piel.

—Buenos días—lo saludó, con una alegre sonrisa.

Pero él sentía como si estuviera en una oscura cueva y todo lo bello y luminoso solo pudiera causarle dolor.

Perder el ascenso había sido un golpe terrible y la rabia que había tenido que disimular mientras el presidente del consejo de administración le daba la noticia salió a la superficie en ese momento.

—No puedo hablar ahora mismo, Allison.

—¿Qué ocurre?—preguntó ella—. Si no me lo cuentas, sabes que insistiré…

—El nuevo jefe del departamento comercial es Bob Henderson.

—¿Qué?—exclamó ella—. Zach, lo siento mucho.

Zach se dio cuenta de que parecía entristecida, pero no sorprendida. En absoluto.

—Ese puesto debería haber sido para mí. Yo debería…

—¿Qué? ¿Haber trabajado más? ¿Haber trabajado quince horas al día?

—Desde luego, no es eso lo que hace Bob Henderson.

—No, no lo es, pero le han dado el puesto. ¿Sabes por qué?

A Zach no le importaba un bledo por qué le habían dado el puesto a Bob. Lo que no entendía era por qué no se lo habían dado a él.

—Da igual, ya es demasiado tarde.

—Es un trabajo de supervisor, Zach. Uno que es perfecto para él, pero no para ti.

El presidente del consejo de administración no podía haberlo dicho mejor.

—Allison, déjalo.

—Tú eres un gran comercial, Zach. Mira lo que hiciste con James Collins.

—Debería haber buscado nuevos clientes en lugar de... —no terminó la frase, pero ya era demasiado tarde.

Allison dio un paso atrás.

—¿Crees que has perdido el ascenso por mi culpa?

—Sabía que esto no iba a funcionar, Allison. Lo siento.

—Yo también lo siento—replicó ella, fulminándolo con la mirada—. De hecho, lo siento por ti. El éxito no consiste en tener un puesto ejecutivo antes de los treinta años. El éxito es disfrutar de lo que tienes. Y si dejaras de pensar en ascender, tal vez te darías cuenta de que no te habría gustado nada ese puesto.

—Mira quién habla. Tú haces un trabajo que detestas, por no hablar de media docena de aficiones que no se te dan bien. Dime, Allison, ¿tú eres feliz?

El sonido del interfono hizo que se apartaran, como dos boxeadores en el cuadrilátero.

—Zach, el señor Collins por la línea uno.

Él respiró profundamente, intentando calmarse.

—No puedo seguir hablando. Ahora no.

Allison lo miró a los ojos.

—No habrá otra oportunidad—le advirtió en voz baja.

Zach lo sabía. Había sabido desde el principio que un día tendría que elegir y, dándole la espalda a Allison, levantó el auricular.

Zach no se molestó en levantar la cabeza del ordenador cuando alguien llamó a la puerta del despacho.

—Pase.

Cuando el intruso no dijo nada, siguió trabajando. Era lo único que lo hacía seguir adelante desde el fallido ascenso.

Cada vez que cerraba los ojos veía otros ojos verdes cargados de tristeza, pero Zach había encontrado una cura; la misma de siempre, seguir trabajando.

—Zach… —la voz de Daryl hizo que levantase la cabeza por fin.

—Ah, hola. ¿Has visto el e-mail que te he enviado? No es una cuenta tan importante como la de Collins, pero es un trabajo decente.

—Lo he visto, pero no es de eso de lo que quería hablar.

Algo en el tono de su jefe sorprendió a Zach, que apartó la mirada de la pantalla del ordenador, su única ventana al mundo durante la última semana.

Apenas había visto a Allison después de la discusión y no sabía cómo había convencido a Daryl, pero esos últimos días trabajaba con otros comerciales. De vez en cuando oía su risa por los pasillos… y tenía que apretar los dientes, a veces incluso sujetarse a los brazos del sillón para no ir a hablar con ella.

—¿Qué ocurre, Daryl?

—Es Bob Henderson.

Su jefe se sentó frente al escritorio.

—¿Qué ocurre con Bob?

—Ha sufrido un infarto. Por lo que sé, se encuentra estable, pero el cardiólogo ha recomendado un by-pass, de modo que no creo que pueda volver pronto a la oficina. Y si vuelve será para trabajar a tiempo parcial.

Zach entendió de inmediato, pero después de la desilusión de perder el ascenso no podía creer…

—Tienes una entrevista en San Francisco mañana—dijo Daryl entonces—. Pero no es más que una formalidad, el puesto es tuyo.

—¿Y las razones por las que yo no era el candidato adecuado?

—Los miembros del consejo de administración lo pensaron mucho antes de tomar su decisión y no tengo la menor duda de que tú le demostrarás a cualquier detractor que está equivocado. Si sigues queriendo el puesto, claro.

Si seguía queriendo el puesto... pues claro que lo seguía queriendo. ¿O no?

Zach se preguntó cómo sería su vida si decía que no. Si hacía las paces con Allison, si le daba una oportunidad a esa relación. Sabía que ella quería casarse y formar una familia y, de repente, la imaginó con un bebé en brazos...

Pero entonces recordó a su padre en el cuarto de estar de su antigua casa, donde pasaba interminables horas mirando las viejas cintas de sus partidos de fútbol, amargado por la vida que no había podido tener.

—Sigo queriéndolo—afirmó.

Daryl lo estudió en silencio durante unos segundos, casi como si intentara leer sus pensamientos.

—Quiero que sepas que contabas con mi apoyo desde el principio. Tuve mis dudas cuando solicitaste que te tomasen en cuenta, pero tu trabajo con Allison me hizo cambiar de opinión.

—¿Qué tiene que ver Allison en esto?

—La primera vez que la vi supe que había algo especial en esa chica, un gran potencial. Yo lo vi enseguida, pero has sido tú quien ha sacado lo mejor de ella. Eso es lo que tiene que hacer un ejecutivo—afirmó Daryl—. No sabía si podrías hacerlo, pero has demostrado que yo estaba equivocado.

—Allie no necesitaba que yo sacase lo mejor de ella—dijo Zach—. Trabajó en una agencia de publicidad en Nueva York y sabe muy bien lo que hace.

Pero estar con Allison había despertado lo peor de él, la parte de sí mismo que quería negar, la parte que se parecía a su padre.

«Podría haberlo tenido todo si no fuera por ti».

¿Cuántas veces había escuchado esas acusaciones de niño… para luego hacérselas él a Allison? La culpaba por haber perdido el ascenso cuando en realidad de no ser por ella ni siquiera lo habrían tomado en consideración para el puesto.

Avergonzado, Zach sacudió la cabeza. No podía hacerle a Allison lo que su padre le había hecho a él.

—¿A qué hora sale mi vuelo?

Allison decidió que si seguía enfadada con Zach su pena desaparecería, de modo que mientras iba a trabajar recordaba su discusión.

Aunque la culpa era suya. ¿Cuántas veces le había advertido Zach que lo único que le importaba era el trabajo?

Estaba saliendo del ascensor cuando Brett se acercó a ella.

—¿Te has enterado de la noticia?

—¿Qué noticia?

—Zach ha conseguido el puesto de director del departamento comercial. Bob Henderson ha sufrido un infarto… se va a poner bien, pero el puesto es de Zach. Acaba de irse a San francisco.

—¿Ya se ha ido?—murmuró Allison, que no salía de su asombro.

—Estará allí una semana y me ha pedido que cuide de sus cuentas hasta que vuelva. ¿Te lo puedes creer?

—¿De todas sus cuentas?—preguntó Allison.

—Zach me ha advertido sobre Riana Collins, no te preocupes. Ah, y también me ha dicho que tengo que pasar por tu casa para instalar una alarma. Ha insistido en que la instalase yo personalmente, dice que es bueno para un vendedor. Así que, cuando quieras.

—Ah, muy bien.

—Pensabas que se le había olvidado, ¿a que sí?

—Últimamente tiene muchas cosas en la cabeza—dijo Allison.

Tantas que se había ido sin decirle adiós.

—No se ha olvidado—le aseguró Brett—. Creo que eso era lo que más le preocupaba.

Ella no lo creía. Sin duda, la alarma sería un regalo de despedida. No podía creer que fuese algo más.

—Si no estás demasiado ocupado con todo el trabajo que te ha dejado Zach, quedaremos la semana que viene.

—Cuando te venga bien—dijo Brett—. Dicen que Zach será el ejecutivo más joven de la empresa. ¿Crees que yo tengo lo que hace falta para llegar a ejecutivo?

—Pues claro que sí—respondió Allison—. Puedes hacer todo lo que te propongas.

—Gracias—murmuró él—. Luego te veo.

La sonrisa de Allison desapareció en cuanto se quedó sola. Y mientras iba a su despacho no dejaba de recordar esa frase: «puedes hacer todo lo que te propongas».

¿Por qué había pensado que Zach no sería feliz en

ese puesto ejecutivo? ¿Porque era un gran comercial o porque no quería que se fuera de Phoenix?

Había intentado retenerlo, como él había temido...

Debería haberlo apoyado, pensó. Debería haberlo animado para que persiguiera su sueño, aunque eso significara dejarla a ella atrás. Al menos entonces tal vez habría tenido la oportunidad de decirle adiós.

Capítulo 13

ZACH salió del aeropuerto y, de inmediato, notó el cambio de temperatura. Del calor seco de Phoenix a la humedad de San Francisco. Una espesa niebla bloqueaba el sol, dándole al cielo un color de madrugada aunque era mediodía.

Pero mientras tomaba un taxi se dijo a sí mismo que no estaba allí por el tiempo. Estaba allí por el ascenso que tanto había anhelado.

Y uno que había recibido cuando el adversario había caído sobre la lona.

Seguridad Knox había elegido al hombre para hacer ese trabajo y no había sido él.

¿Era por eso por lo que no se sentía entusiasmado? ¿Porque el ascenso le había llegado de rebote?

Tal vez no había sido la primera elección, pero se lo había ganado. Aquella era su oportunidad, pensó, tirando la bolsa de viaje sobre el asiento. Pero cuando el taxista le preguntó dónde iba, el nombre del hotel se le atragantó. Debería ir a su habitación y preparar la reunión del día siguiente, pero de repente se oyó decir a sí mismo:

—Al hospital general de San Francisco.

Estuvo a punto de cambiar de opinión una docena de veces durante el trayecto, pero al final se encontró recorriendo un laberinto de pasillos hasta llegar a la habitación de Bob Henderson. Cuando empujó la puerta vio a Bob en la cama, un hombre de pelo cano y rostro tan pálido como las sábanas, enganchado a varias máquinas y tubos. Parecía dormido y Zach se dio la vuelta para salir de la habitación…

—Mira quién está aquí, Zach Wilder.

—No nos habíamos visto nunca en persona.

—No, pero te he reconocido por la foto del boletín de la empresa. El mejor comercial durante cinco años seguidos.

Había cierto sarcasmo en la frase, pero Zach lo entendía. Haber conseguido el puesto de sus sueños para perderlo unas horas después era un golpe muy amargo.

—Así que te han traído para que ocupes mi puesto.

—Sí—respondió Zach sintiéndose culpable, aunque nada de aquello era culpa suya—. Toma, te he traído esto—le dijo, sacando una novela de la bolsa de viaje—. Es de espías y dicen que es muy buena.

—Imagino que ahora tendré mucho tiempo para leer. Gracias.

Zach miró el ramo de flores sobre la mesilla.

—Bonitas flores.

—El presidente de Knox trata muy bien a sus empleados.

—¿Son de la empresa?—murmuró Zach, tocando el pétalo de una rosa de color melocotón. La textura le recordó a la piel de Allison y apartó la mano como si lo hubiera quemado.

Pero cuando miró alrededor no vio más flores, ni tarjetas de compañeros o amigos, ningún detalle personal. Y eso lo entristeció.

Él no sabía nada sobre la vida personal de Henderson. ¿Estaba casado? ¿Tenía hijos, nietos? ¿O estaría solo en el mundo?

Durante unos días, él había tenido a Allison. Había tenido sus sonrisas, su pasión, sus regañinas porque no dormía suficiente. Y la verdad era que hasta entonces sencillamente no sabía lo que se había perdido.

—Me he pasado toda la vida esperando este momento—dijo Bob entonces—. Estaba seguro de que esto era lo único que importaba. Tenía unos clientes estupendos y trabajé mucho para conseguir las mejores tecnologías, pero cambian tan rápidamente…

Todo eso había ocurrido una década antes, pero Zach no iba a decirlo en voz alta, por supuesto.

—Has trabajado mucho y bien.

—Sí—asintió Bob, sin mirarlo—. Y he esperado este ascenso durante muchos años.

—Te guardarán el puesto si lo quieres—dijo Zach entonces—. Pide una excedencia y seguro que en unos meses podrás volver a incorporarte.

Bob negó con la cabeza.

—Si los últimos días me han enseñado algo es que no soy el hombre adecuado para ese puesto. Ya no. Después de esto, no creo que pudiera trabajar doce horas diarias—dijo, suspirando—. Tienes suerte, chico. Eres lo bastante joven como para llegar arriba del todo y para disfrutar mirando desde la cima.

Siempre hacia arriba, siempre buscando algo mejor. Pero no era la predicción de Bob lo que se había quedado grabado en su mente cuando se despidió de él sino otra frase…

«Disfrutar mirando desde la cima».

¿Llegaría a la cima en diez, quince años? Y si era así, ¿con quién lo celebraría? ¿La ocasión sería marcada por un reloj de oro, un ramo de flores enviado por la compañía?

Zach se frotó los ojos, agotado después de varias horas mirando la pantalla de la televisión.

—Zach, cariño, ¿qué haces aquí?

Su madre estaba en la puerta del cuarto de estar, con una bata que él le había regalado por Navidad unos años antes.

—Lo siento. No quería despertarte.

—No importa—dijo Caroline—. ¿Pero por qué no estás en San Francisco? Pensé que te quedarías allí hasta el lunes.

—Volví anoche.

—¿La reunión no fue bien?

—Fue estupenda. El puesto es mío.

—Ah, cuánto me alegro—el entusiasmo de Caroline sonaba forzado—. ¿Pero qué haces aquí viendo viejos vídeos? ¿Por qué no has ido a tu casa?

Zach volvió a mirar la pantalla del televisor. El capitán del equipo, su padre, lanzó un pase de diez yardas que el *catcher* recuperó después de dar un salto sobrehumano.

No podía recordar cuántas horas había estado Nathan Wilder viendo esos vídeos mientras bebía whisky y hablaba de los buenos tiempos.

Cuando era niño, Zach los había visto con él, con la esperanza de complacerlo, de encontrar su aprobación de algún modo. Pero cuando llegó a la adolescencia discutían sin parar y desde entonces se había negado a poner el pie en el cuarto de estar.

Ahora, sin embargo, le gustaría haberlo hecho. Porque siendo adulto veía detalles que se había perdido de niño.

—No era tan bueno—murmuró.

—Pues claro que lo era—protestó Caroline—. Tú has visto cómo lanzaba la pelota.

—Y también he visto que el *catcher* ha tenido que dar un salto de dos metros porque el capitán la había lanzado demasiado lejos.

—Solo era un pase.

—He visto muchos pases, mamá.

Caroline se sentó en el brazo del sillón y pasó las manos por su pelo como cuando era un niño.

—¿Cuántas cintas has visto?

—Las suficientes—respondió Zach. Las suficientes como para descubrir que su padre perdía pases, lanzaba con demasiada fuerza y era incapaz de leer bien la defensa.

Debilidades que no habían impedido que le diera la victoria a su equipo cuando estaba en el instituto, pero que habrían sido inaceptables en la liga profesional.

—Era un buen jugador—insistió Caroline.

—Un buen jugador de instituto, pero no habría podido llegar a la liga profesional—frustrado, Zach apagó la televisión—. Tantos años hablando de lo que podía haber sido…

—Zach, por favor—lo interrumpió su madre—. ¿Por qué sacas eso ahora? Sé de sobra que no fue el mejor padre del mundo, pero lleva muerto muchos años y…

—Lo siento, mamá—se disculpó él al ver que los ojos de Caroline se llenaban de lágrimas—. No estoy intentando insultar su memoria o culparlo por un pasado que nadie puede cambiar. Solo estoy intentando entender.

—¿Qué es lo quieres entender, hijo?

Zach se echó hacia atrás en el sillón, mirando la oscura pantalla del televisor.

—Papá siempre decía que casarse y tener un hijo le había robado sus sueños, así que yo pensé que concentrarme en mi carrera, en mis objetivos, era la única manera de vivir. Y durante muchos años eso es lo que he hecho. No he dejado que nadie se pusiera en mi camino.

—Hasta Allison.

—Hasta Allison—reconoció Zach, preguntándose por qué ni siquiera le sorprendía que su madre lo hubiera descubierto antes que él—. Nunca había conocido a nadie como ella. Es tan… diferente—después de decirlo hizo una mueca por lo inadecuado de ese calificativo—. Pensé que tal vez podría tenerlo todo, pero cuando le dieron el ascenso a Bob Henderson supe que era imposible.

—Pero ahora el puesto es tuyo e imagino que Allison ya no es una distracción—dijo Caroline, con tono de reproche.

Zach frunció el ceño, aunque le había dado razones

para que pensara de ese modo. Peor, le había dado razones a Allison para que lo pensara también.

Y se le ocurrió entonces que si tener el ascenso era todo lo que siempre había querido, debería sentir mucho más feliz de lo que se sentía.

Zach estaba en la puerta de la casa de Bethany, preguntándose qué demonios hacía allí. Era una pregunta que lo había perseguido desde que bajó del avión. Debería haberle dejado un mensaje a Allison y esperar que ella contestase, si contestaba, en lugar de arriesgarse a ir a casa de su hermana. Su coche estaba aparcado en la puerta, de modo que estaba allí, pero aún podía marcharse sin decir nada...

La puerta se abrió en ese momento. Demasiado tarde para darse la vuelta, demasiado tarde para huir. Lo único que podía hacer era mirar a Allison, que llevaba el pelo apartado de la cara con una cinta, sus adorables labios abiertos en un gesto de sorpresa.

Parecía cansada y, de repente, el bulto que llevaba en brazos, que Zach había creído era ropa sucia, emitió un gemido.

—¿Es...?

Allison sonrió, apartando la mantita rosa para revelar el rostro de un bebé.

—Te presento a Lilly Anne Armstrong.

Zach miró a la recién nacida, que parpadeó un par de veces y luego se quedó dormida.

—Se parece a ti.

Allison puso un dedo sobre los labios.

—Bethany se está echando una siesta, pero tienes suerte de que no haya oído eso.

—Bueno, también se parece a ella.

Mientras Allison se daba la vuelta para dejar a Lilly en un moisés, no era el bebé de Bethany en lo que Zach estaba pensando sino en el suyo, el suyo y el de Allison.

Tan inopinado anhelo lo dejó sorprendido. Una esposa, una familia, hijos… Era una vida que nunca había pensado que querría, pero una sin la que de repente no sabía cómo iba a vivir.

Allison se volvió para mirarlo, pero la idea de abrirle su corazón hizo que empezase a sudar.

—No sabía que tu hermana estuviera a punto de dar a luz.

—No lo estaba. El parto se ha adelantado.

—¿Pero Bethany está bien?

—Sí, muy bien. Y todo gracias a ti.

—¿A mí?—exclamó Zach.

—Bethany había comprado unos cuadros para la habitación de la niña y estaba colgándolos cuando perdió el equilibrio. Se puso de parto y, como no podía llegar hasta su móvil, activó la alarma desde el mando a distancia. Si no hubiera sido por la alarma no sé qué habría pasado… así que, gracias.

La niña emitió un infantil suspiro y los dos miraron hacia el moisés.

—¿Bethany ha hecho las paces con su marido?— le preguntó Zach.

—Lo llamé desde el hospital y sé que han hablado un par de veces, pero no quiere saber nada de Lilly.

Él sacudió la cabeza.

—Algún día lo lamentará.

—No lo sé. No se puede forzar a alguien a querer algo que no quiere.

—Allie…

—Siento mucho que nos peleásemos—lo interrumpió ella.

—Yo también, no sabes cuánto lo siento.

Había sido un idiota por culparla a ella. Los días que habían pasado juntos habían sido los mejores de su vida y valían mucho más que cualquier ascenso.

¿De verdad había pensado que ella se interpondría en su camino? Con Allison a su lado, Zach sabía que podría logar cualquier cosa, pero por primera vez el trabajo no era lo más importante. Ahora tenía un objetivo diferente, uno que no podría lograr sin ella.

—Siento mucho no haber tenido la oportunidad de decírtelo antes, pero estoy muy orgullosa de ti. Debes estar contento con el ascenso.

—Sobre eso…

—Estaba equivocada, Zach. Sé que eres un gran comercial, pero también sé que puedes ser un gran ejecutivo. Te encanta trabajar en Seguridad Knox y se nota en todo lo que haces.

«No se puede forzar a alguien a querer algo que no quiere».

Sus palabras se repetían en la cabeza de Zach y, de repente, lo entendió todo: Allison no quería que se fuera, pero tenía miedo de pedirle que se quedara, miedo de ser una carga.

—Te quiero, Allie. Me da igual el ascenso. Le he dicho al Knox que ocuparía el puesto hasta que encontrasen a otra persona, pero después de eso volveré a Phoenix, al trabajo que más me gusta y a la mujer a la que amo.

—¡No puedes hacer eso!—exclamó ella—. Si te quedas, lo lamentarás. Acabarás odiándome…

Zach la tomó por los hombros.

—No, Allie, te juro que no. Yo no soy Kevin y no quiero ser como mi padre.

Allison dejó escapar un largo suspiro.

—Por lo que me has dicho, tú eres todo lo contrario a tu padre.

—Siempre lo había pensado, pero la verdad es que nos parecemos más de lo que me gustaría admitir. Mi padre se pasó la vida culpándonos a mi madre y a mí por sus fracasos y yo he hecho lo mismo, pero al contrario. He usado el trabajo como una excusa para justificar el fracaso en mi vida personal. Y luego, cuando no conseguí el ascenso, te culpé a ti. Y no sabes cuánto lo lamento, pero te compensaré...

—No.

—¿No?—Zach la miró, perplejo. Había esperado que le echase los brazos al cuello…

—¿El éxito profesional es lo único que querías hasta hace una semana y ahora me dices que has cambiado por completo?

—He cambiado, Allie.

—¿Vas a renunciar de repente al objetivo de toda tu vida?

Sonaba absurdo, pero en su corazón Zach sabía que era verdad. Una semana había sido suficiente para darse cuenta de que no quería estar sin ella. Pero si Allison no lo creía tal vez era porque no sentía lo mismo.

—Allie…

La súplica se quedó en su garganta, interrumpida por tantos años luchando por el cariño y la atención de su padre.

¿Cuántas veces le había rogado que le tirase una pelota y cuántas veces le había dicho él: «más tarde, ahora no puedo»? ¿Cuántas veces se había negado a reconocer a su hijo de carne y hueso en favor de un sueño perdido?

Al final, Zach había dejado de buscar su atención, sabiendo que no podía esperar nada de Nathan Wilder más que rechazo. Pero no lo había esperado de Allison.

Allison se desplomó sobre el sofá cuando Zach se marchó, cada latido de su corazón marcando los segundos. Había hecho lo que debía hacer, se decía. Y tal vez algún día Zach sería el presidente de Seguridad Knox. Esa idea la consoló un poco pero, por el momento, perderlo hacía que el futuro, un futuro sin Zach, pareciese solitario y vacío.

Había dicho que la amaba y estaba dispuesto a olvidar sus sueños por ella. ¿Pero cómo podía dejar que hiciera eso cuando sabía lo que esos sueños significaban para él? Zach tenía la oportunidad de olvidar su dolorosa infancia y el resentimiento de su padre y demostrarse a sí mismo que no era un fracaso. ¿Cómo podía quitarle eso?

Allison tragó saliva. No, no podía hacerlo. Lo amaba demasiado.

—Veo que Zach se ha ido—escuchó la voz de su hermana.

—Pensé que estabas durmiendo.

Bethany se encogió de hombros mientras se acercaba al moisés con una sonrisa en los labios. Algo positivo había salido de todo aquello, pensó. Su madre estaba de vacaciones, de modo que Allison había estado al lado de su hermana durante el parto y Bethany parecía haber olvidado su resentimiento contra ella.

—La casa es pequeña, se oye todo.

—Siento haberte despertado.

—Te he oído decirle a Zach que no querías saber nada de él.

—¡Yo no he dicho eso! Le estoy dando lo que quiere, lo que siempre ha querido.

—A mí me parece que lo que quiere es a ti.

—Nos conocemos desde hace un par de meses, Bethie, y hasta hace unas semanas nuestra relación era estrictamente profesional. Zach lleva años intentando conseguir ese ascenso y no puedo dejar que lo tire todo por la ventana.

—¿Entonces lo haces por él?

Allison asintió con la cabeza. Amaba a Zach por muchas razones, pero sobre todo por su determinación. Podría haber seguido los pasos de su padre, buscando excusas para justificar cualquier fracaso, pero en lugar de eso había salido adelante por sí solo. Había sido un error por su parte no animarlo desde el principio y se negaba a ser una carga.

—Sí, lo hago por Zach.

—Pues yo no me lo creo—dijo su hermana entonces.

—¿Qué quieres decir con eso?

—Tú sabes que yo no me desperté un día y decidí traicionar a Gage—Bethany levantó una mano cuando Allison iba a protestar—. Lo traicioné, Allie. Sé lo que hice, pero no fue una decisión fácil. Pensando que era lo mejor para mi matrimonio, me convencí a mí misma de que estaba haciendo bien, pero Gage no lo ve así y no lo verá nunca.

—No se trata de lo que yo quiero—insistió Allison.

—No, más bien de lo que te da miedo. Te da miedo admitir que amas a Zach y que si algún día él elige el trabajo por encima de ti, te romperá el corazón.

Perder a Zach no sería como romper con Kevin. Aunque había creído amar a su ex, su traición le había tocado el orgullo más que el corazón. Pero perder a Zach…

—Sí, tengo miedo—admitió.

—Papá se habría llevado una desilusión si oyera eso.

Esa frase le dolió más que cualquier acusación. Allison no había llorado cuando Zach se marchó, temiendo que si empezaba no podría parar, pero en ese momento sus ojos se llenaron de lágrimas.

—¿Cómo puedes decir eso?

—Porque es cierto. ¡Esta persona no eres tú, Allie! Tú siempre has sido la valiente, la aventurera. Siempre te has arriesgado, pero mírate ahora, con trabajos temporales y aficiones absurdas…

—Ya te he dicho que tenías razón sobre el trabajo y las clases de cerámica—se defendió ella. Intentando arreglar su relación con Bethany, Allison se había negado una parte de sí misma. Ella no quería una carrera que consumiese todo su tiempo, pero necesitaba un trabajo que la entusiasmase, que le diera la sensación de estar haciendo algo en la vida—. Ya he hablado con la agencia de trabajo temporal para decir que no estaré disponible a partir de este momento.

—Es un principio—asintió Bethany—. ¿Pero qué pasa con Zach? ¿No es hora de que te arriesgues de nuevo? ¿Hora de dejar de ir a lo seguro y lanzarte de cabeza? No creo que sea muy difícil, él ha dado el primer paso.

—Sí, es verdad.

Había dicho que la quería. Y no habría rechazado el ascenso si no estuviera absolutamente seguro de sus sentimientos...

—Bethany, ¿qué he hecho?

—Eso no es tan importante como lo que debes hacer. Venga, ve a buscarlo.

Después de abrazar a su hermana, Allison tomó su bolso y corrió hacia la puerta, con el corazón acelerado. Estaba buscando el móvil mientras bajaba los escalones del porche cuando vio el BMW de Zach aparcado al otro lado de la calle.

Él estaba de espaldas, con las manos apoyadas sobre el capó, como aquel día en el garaje. Parecía un hombre intentando superar un golpe mortal y se le rompía el corazón...

—¡Zach!

Él se volvió y cuando sus ojos se encontraron, Allison tardó un segundo en cruzar la calle y echarse en sus brazos. No sabía quién se había movido primero, pero daba igual. Habían dado el salto juntos y acabaron donde debían estar, uno en brazos del otro.

No entendía cómo podía haber pensado por un segundo que podía vivir sin él. El riesgo de amar a Zach era algo a lo que podría lanzarse de cabeza, en cuerpo y alma, y sabía que él siempre estaría ahí para recogerla.

—Te quiero—le dijo, apartándose un poco para mirarlo a los ojos—. Siento mucho haberte dejado ir pensando que no era así.

—No te preocupes, no pensaba rendirme tan fácilmente. Como tú misma has dicho muchas veces, yo no paro hasta conseguir lo que quiero. ¿De verdad pensabas que iba a rendirme?

La certeza que había en los ojos azules era la respuesta que Allison necesitaba. Zach no era la clase de hombre que se rendía cuando un obstáculo se ponía en su camino.

—Debería haber sabido que no ibas a hacerlo, pero es que no podía creer que fueras a renunciar a tus sueños por mí.

—No voy a hacerlo, Allie. Tú eres todo lo que quiero y todo lo que temía anhelar. ¿Crees que un ascenso importa más que eso?

Abrumada de emoción, Allison no sabía si reír o llorar.

—Eres un gran comercial, Zach Wilder, pero eres mejor persona. Y no hay ninguna razón para que no puedas ser las dos cosas—le dijo, tomando su cara entre las manos—. Deberías aceptar el puesto. Sé que significaría viajar mucho, pero no me importa. Has demostrado que puedes hacer todo lo que te propongas y serás el mejor director del departamento comercial que nadie pueda imaginar.

Zach esbozó una sonrisa.

—¿Y si quisiera ser el mejor marido que nadie pueda imaginar?

Se lanzaría de cabeza, dedicaría cada momento a ser el mejor, a ser el hombre al que Allison podría amar.

—Será mejor que estés seguro del todo porque no es un puesto temporal—le advirtió ella, su corazón a punto de estallar de felicidad.

—Estoy totalmente preparado para un compromiso de por vida.

—Entonces debo decirle, señor Wilder, que el puesto es suyo.

ALLY BLAKE
CITA PARA UNA BODA

Hannah estaba deseando volver a casa para la boda de su hermana, pero apenas podía considerarlo unas vacaciones porque para investigar un nuevo programa de televisión…, ¡su jefe había decidido ir con ella!

Hannah no quería que el pícaro Bradley Knight fuera su acompañante en la boda. Y más aún cuando descubrió que él había reservado la suite del ático para que la compartieran…

N.º 480

STACY CONNELLY
LAS REGLAS DE LA PASIÓN

Allison Warner trabajaba para Zach Wilder como ayudante temporal, pero no había esperado que su jefe fuera irresistible. No tenía la menor duda de que Zach la deseaba, pero después de un desengaño amoroso no sabía si podía arriesgar su corazón con un hombre que no estaba interesado en una relación seria. Zach no tenía intención de cambiar su forma de pensar; el trabajo lo era todo para él y un romance sería un obstáculo que lo alejaría de su objetivo. Sin embargo, ¿por qué iba a negarse a sí mismo una pequeña diversión después de la jornada laboral? Hasta que las reglas cambiaron de repente…